Photoshop CS4中文版
平面创意设计实用教程

刘小伟　熊　辉　朱　琳　编著

电子工业出版社

Publishing House of Electronics Industry

北京·BEIJING

内 容 简 介

本书通过Photoshop CS4平面设计基础、应用范例和实训指导3大环节，全面介绍了Photoshop CS4中文版的主要功能和面向实际的应用技巧。基础部分包括电脑平面设计入门、Photoshop CS4应用初步、选区的创建与编辑、图像的绘制与修饰、图像编辑、应用图层、文字与矢量图形的编辑处理、图像色彩调整、通道及其应用、蒙版及其应用、滤镜及其应用和Photoshop CS4的其他功能等内容，每章都围绕实例进行讲解，步骤详细、重点突出，可以手把手地教会读者进行实际操作。应用范例部分列举了12个典型实例，通过详细分析和讲解制作过程，引导读者将软件功能和具体应用紧密结合起来，还能在不知不觉中掌握实用的图像创意设计理念。实训指导部分精心安排了13个实训项目，这些项目涵盖了Photoshop CS4的主要功能，并从实战的角度出发，对每一个项目给出了明确的目的及具体指导。此外，在基础部分的每章最后都安排了一定数量的习题，在应用范例部分的每章最后安排了举一反三强化训练项目，在实训指导部分的每个实训项目最后都安排有思考与上机练习题，读者可以用来巩固所学知识。

本书适合作为各级各类学校和社会短训班的教材，也是广大平面设计爱好者相当实用的自学读物。

图书在版编目（CIP）数据

Photoshop CS4中文版平面创意设计实用教程/刘小伟等编著.—北京：电子工业出版社，2009.4
ISBN 978-7-121-08354-9

Ⅰ.P⋯ Ⅱ.刘⋯ Ⅲ.图形软件，Photoshop CS4—教材 Ⅳ.TP391.41

中国版本图书馆CIP数据核字（2009）第023976号

责任编辑：易　昆
印　　刷：北京天竺颖华印刷厂
装　　订：三河市鑫金马印装有限公司
出版发行：电子工业出版社
　　　　　北京市海淀区万寿路173信箱　邮编：100036
　　　　　北京市海淀区翠微东里甲2号　邮编：100036
开　　本：787×1092 1/16　印张：23.75　字数：600千字
印　　次：2009年4月第1次印刷
定　　价：41.00元

凡所购买电子工业出版社图书有缺损问题，请向购买书店调换。若书店售缺，请与本社发行部联系，联系及邮购电话：（010）88254888。
质量投诉请发邮件至zlts@phei.com.cn，盗版侵权举报请发邮件至dbqq@phei.com.cn。
服务热线：（010）88258888。

前　言

电脑平面设计是以电脑作为信息处理的核心，再借助各种输入、输出和存储设备，以各种图像处理软件为操作工具，完成对图像的采集、绘制、建模、变换、存储、加工、传输和输出等工作。Photoshop一直在平面设计领域独领风骚，是全球最流行、功能最强大、最常用、最有效的平面图像创作工具，被广泛应用于彩色桌面印刷、摄影、广告设计、装潢设计、动画设计和网页制作等行业。

Photoshop CS4作为专业图像编辑标准，提供了一系列划时代的图像处理工具，为实现品质卓越的设计效果提供了有力保障。Photoshop CS4是Photoshop历史上最大规模的一次产品升级，它提供了Adobe Photoshop CS4和Adobe Photoshop CS4 Extended两个版本。其中，Photoshop CS4 Extended除具有Photoshop CS4的所有功能外，还提供有用于编辑3D模型和动画制作的工具。

为了使读者快速上手，有效地掌握Photoshop的主要功能与实用的作品创意设计技巧，具备平面创意设计的职业能力，本书以Photoshop的最新、最高版本——Photoshop CS4中文版为蓝本，结合作者多年的教学和实践经验，以"短期内轻松学会Photoshop CS4的主要功能，掌握实用平面作品创意设计技能，进行必要的模拟岗位实践训练"为目标，精心安排了"Photoshop CS4平面设计基础"、"Photoshop CS4应用范例"和"Photoshop CS4实训指导"三部分内容，用新颖、务实的内容和形式指导读者快速上手，十分便于教师施教、读者自学。

本书融合了传统教程、实例教程和实训指导书的优点，但又不是简单的三合一，而是根据读者在图像处理工作中的实际需求，使三个环节相辅相成、相得益彰。

全书共分为以下3篇：

- 第1篇（Photoshop CS4平面设计基础）：本篇安排了12章内容。着重结合实例介绍了电脑平面设计入门、Photoshop CS4应用初步、选区的创建与编辑、绘制和修饰图像、图像编辑、应用图层、文字与矢量图形的编辑处理、调整图像色彩、通道及其应用、蒙版及其应用、滤镜及其应用和Photoshop CS4的其他功能等内容。通过本篇的学习，读者可以初步掌握Photoshop CS4的主要功能和基本应用方法，学会使用Photoshop CS4完成基本的图像编辑处理，把握软件的基本使用技巧。

- 第2篇（Photoshop CS4应用范例）：本篇安排了4章内容。着重通过12个完整的范例介绍了使用Photoshop CS4进行手工绘图、商业设计、数码相片处理和Web图像处理的方法与技巧。在这些范例中，既融入了Photoshop CS4的主要知识点，又体现了软件的主流应用。通过本篇的学习，读者可以从各个范例中受到启发，开阔设计视野，掌握Photoshop的综合应用能力，提高实用作品的创作技能。

- 第3篇（Photoshop CS4实训指导）：本篇安排了两章内容。着重通过12个基础实训项目和1个综合实训项目来进行Photoshop CS4的基本应用和作品创作的强化训练。各个实训项目都具有很强的针对性、实用性和可操作性，并采用了"任务驱动"和"模拟实战"的手法来提高实训效率和兴趣。通过本篇的学习，读者可以巩固Photoshop CS4的功能应用，并能在实战中积累经验，提高艺术修养，培养团结合作精神。

本书由刘小伟、熊辉、朱琳等执笔编写。此外，俞慎泉、温培和、刘晓萍、李远清、刘飞、李丽霞和张源远等也参加了本书的实例制作、校对、排版等工作，在此表示感谢。由于编写时间仓促，编者水平有限，书中疏漏和不妥之处在所难免，欢迎广大读者和同行批评指正。

为了方便读者阅读，本书配套资料请登录"华信教育资源网"（http://www.hxedu.com.cn），在"资源下载"频道的"图书资源"栏目下载。

目　录

VII

第3篇　Photoshop CS4实训指导

第1篇

Photoshop CS4
平面设计基础

多年以来，Photoshop一直在平面设计领域独领风骚，是全球最流行、功能最强大、最常用、最有效的平面图像创作工具，被广泛应用于彩色桌面印刷、摄影、广告设计、装潢设计、动画设计和网页制作等行业。

Photoshop CS4是Adobe公司于2008年10月最新推出的新一代设计开发软件套装Creative Suite 4的主要组件之一。该软件是一款集设计、图像处理和图像输出于一体的软件，其简洁的界面语言、灵活变通的处理命令、得心应手的操作工具、随意的浮动面板设计、强大的图像处理功能，几乎可以满足用户在图像处理领域中的任何要求，帮助用户高效地设计制作出高品质的图像作品，创建出无与伦比的影像世界，是名符其实的图像处理大师。

为了使读者快速掌握Photoshop CS4的基本概念、功能和应用，本篇将结合实例介绍以下知识要点：

* 电脑平面设计的基础知识。
* Photoshop CS4的基本操作。
* 创建和编辑选区。
* 绘制和修饰图像。
* 编辑图像。
* 图层的操作和管理。
* 文字和矢量图形处理。
* 图像色彩及其调整。
* 应用通道。
* 应用蒙版。
* 使用滤镜。
* Photoshop CS4的其他功能。

第1章　电脑平面设计入门

电脑平面设计是指以电脑为主要创作工具，综合使用各种电脑外设及软件来辅助进行图形图像的输入、编辑和输出等平面设计工作。目前，绝大多数平面视觉作品都是利用电脑来创作的。本章将介绍电脑平面设计的基础知识，重点介绍以下内容：

- 平面设计的相关概念。
- 图形图像文件的格式。
- Photoshop软件的特点和应用领域。
- Photoshop图像处理的一般流程。

1.1　平面设计的基本概念

电脑平面设计以电脑作为信息处理的核心，再借助各种输入、输出和存储设备，以各种图像处理软件为操作工具，完成对图像的采集、绘制、建模、变换、存储、加工、传输和输出等工作。要进行平面设计，首先需要了解电脑平面设计的特点和相关概念。

1.1.1　电脑平面设计

电脑平面设计集电脑技术、数字技术和艺术创意设计于一体，其主要特点有：

- 信息处理方便：利用电脑可以方便地录入文字，并可通过数码相机、扫描仪等设备直接导入电子文件，然后通过修整、修饰和编辑图像，制作出图文混排的作品，最后将作品打印输出。与传统的平面设计方式相比，电脑平面设计的操作方法更加方便快捷，修改也变得更加容易，更重要的是利用电脑强大的图文生成和编辑处理功能，设计者可以更加容易地将创意、设计和制作融为一体，即使是对传统平面设计了解甚少的初学者也很容易上手。

- 集成并超越了多种传统美术创作工具：现代平面设计都是以电脑为主要的创作工具，这种模式既结合了各种传统绘画工具的特点，又能体现多种新的艺术风格，使平面设计的创作技法不断推陈出新。在传统绘画中，水彩、油画、国画、工艺美术、建筑、雕塑、摄影等都局限在一个非常狭小的创作空间里，任何创作技法上的革新都非常艰难，但电脑平面设计却包容了这一切，比如本书即将学习的Photoshop里就有画笔、铅笔、喷枪等创作工具，它还能根据创作者的需求方便地自制工具。各种图形图像软件的出现，极大地刺激了摄影业、印刷业、出版业的发展。

- 信息处理能力强大：电脑在文字录入、图像扫描、图像存储、图像编辑、特效处理等方面具有超强的处理能力，在图文混排、图像输出等方面的操作也更加方便快捷。因此，将电脑应用在平面设计中，既能提高创作效率和质量，又能丰富视觉传达的信息。

- 使平面设计走向产业化：电脑在平面设计中的应用，极大地改变了平面设计的作业环境，使艺术创作逐步走向标准化、工业化、产业化。

- 促进设计创意：电脑革新了设计师的艺术语言与表现手法，同时还促进创意的萌发机制与深化过程。通过电脑及平面设计软件，几乎可以表现人们的所有创意。

1.1.2　图形与图像

人的肉眼能识别的自然景观或图像是一种模拟信号，为了使电脑能够记录和处理图像和图形，必须先使这些景观或图像数字化。数字化后的图像和图形分别称为数字图像和数字图形（通常简称为图像、图形）。

- 图形：图形是指用电脑绘制的形状，这种画面主要由直线、圆、圆弧、矩形、任意曲线和图表等对象组成。
- 图像：图像是指由电脑输入设备捕捉实际场景画面产生的数字图像，如数码照片。

1.1.3　位图与矢量图

电脑平面设计涉及的数字化图形或图像通常有位图和矢量图形两种表示形式。

- 位图图像：位图也称为像素图像或栅格图像，它是以记录屏幕上图像的每一个黑白或彩色的像素来反映图像。位图能非常逼真地表现出自然界的真实景象，它由若干个称为"像素"的细小颜色块所组成，每个像素都具有特定的位置和颜色值。位图图像依赖于分辨率，在放大图像或以高清晰度方式打印图像时，容易出现锯齿状的边缘，如图1-1所示。
- 矢量图形：矢量图形采用一组指令集合来描述图形的直线、圆、圆弧、矩形、曲线等图元的位置、维数和形状。要在显示器上显示出矢量图形，需要使用专门的软件将描述图形的指令转换成在屏幕上显示的形状和颜色。用于产生和编辑矢量图形的程序通常称为绘图程序，这种程序可以产生和操作矢量图形的各个部分，并对矢量图形进行移动、缩放、旋转和扭曲等变换处理。与位图相比，矢量图形不会因为显示比例等因素的改变而降低图形的品质，如图1-2所示。

图1-1　位图放大后出现明显锯齿　　　　　　图1-2　矢量图放大后不会失真

1.1.4　色调、色相、饱和度和对比度

图像的色调、色相、饱和度和对比度也是进行图像处理时常要用到的概念。

- 色调：色调是指图像的明暗程度。调整色调就是指调整图像的明暗程度，色调的范围为0～255，共有256种色调。
- 色相：色相是一种颜色区别于其他颜色最显著的特性，它用于判断颜色是红、黄还是其他的色彩，对色相进行调整是指在多种颜色之间进行调整。
- 饱和度：饱和度是指色彩的纯度，又称为彩度。对色彩的饱和度进行调整是指调整图像的纯度。

- 对比度：对比度是指不同颜色之间的差异。调整对比度就是调整颜色之间的差异。提高对比度，则两种颜色之间的差异会变得更明显。例如，提高一幅灰度图像的对比度，将使其黑白更加分明，达到一定程度时将成为黑、白两色的图像。

1.1.5　像素与分辨率

Photoshop的图像是基于位图格式的，因此在编辑位图的过程中则是针对图像的像素进行处理，而不是对象或物体的形状。

1. 像素

可以将一幅位图看成是由无数个点组成的，组成图像的一个点就是一个像素，像素是构成位图图像的最小单位。位图图像在高度和宽度方向上的像素总量称为图像的像素大小。

2. 分辨率

电脑平面设计工作常常会涉及到图像分辨率、设备分辨率、显示分辨率和位分辨率等分辨率的概念，它们的含义如下。

- 图像分辨率：图像分辨率是指每英寸图像所包含的点阵或像素的数量，其单位为dpi。比如，一幅600dpi的图像表示该图像每英寸含有600个点或像素。分辨率的大小会直接影响到图像的质量，分辨率越高图像越清晰，所生成的文件也越大，处理的时间也越长，对设备的要求也越高，在实际制作图像时要根据需要来选择分辨率。

- 设备分辨率：设备分辨率（或称为输出分辨率）是指各种电脑输出设备每英寸上产生的点阵或像素的数量。比如，各种打印机和绘图仪分辨率就是指设备分辨率。设备分辨率也采用dpi来衡量。

- 显示分辨率：显示分辨率是指屏幕上所显示的点阵或像素的数量。比如，屏幕分辨率为1280×1024，表示可以在显示屏的水平方向上显示1280个像素，在垂直方向上显示1024个像素。

- 位分辨率：位分辨率也称为位深，主要用来衡量每个像素存储的信息位元数。位分辨率决定了图像中每个像素所存放的颜色信息。比如，一个24位的RGB图像，表示该图像的原色R、G、B各用了8位，共用了24位。由于在RGB图像中，每个像素都需要记录R、G、B三原色的信息，所以，每个像素所存储的位元数为24位。

1.2　图形图像文件的格式

用电脑处理的矢量图形和位图图像都是以文件的形式保存的。根据记录图像信息的方式及压缩图像数据的方式的不同，图形图像文件分为多种格式，每种格式的文件都有相应的扩展名。

1. 常见图形文件格式

图形文件的格式很多，常见的图形文件格式有以下几种：

- AI格式：扩展名为.ai，该格式的文件是Adobe Illustrator软件的输出格式。AI文件也是一种分层文件，可以对图形内所存在的层进行操作。

- WMF格式：扩展名为.wmf，该格式的文件是一种Windows图元文件，是微软公司定义的一种Windows平台下的图形文件格式。Microsoft Office的剪贴画使用这种格式的文件。

- CDR格式：扩展名为.cdr，该格式是CorelDRAW中的一种矢量图形文件格式。它是所有CorelDRAW应用程序中均能够使用的一种文件格式。
- DWG格式：扩展名为.dwg，该格式是AutoCAD中使用的一种图形文件格式。
- DXB格式：扩展名为.dxb，该格式是AutoCAD中创建的一种图形文件格式。
- DXF格式：扩展名为.dxf，该格式是AutoCAD中的图形文件格式，它以ASCII码方式存储图形，在表现图形的大小方面十分精确，可被CorelDRAW、3ds Max等大型软件调用编辑。
- EPS格式：扩展名为.eps，该格式的图像可以同时包含矢量图形和位图图像，并且支持Lab、CMYK、RGB、索引颜色、双色调、灰度和位图颜色模式，但不支持Alpha通道。桌面分色（DCS）格式便是标准EPS格式的一个版本。

2. 常见图像文件格式

图像文件的格式也有很多，常见的图像文件格式有以下几种：

- Photoshop格式：扩展名为.psd，是Photoshop默认的文件格式，而且是唯一支持所有可用图像模式、参考线、Alpha通道、专色通道和图层的格式。
- BMP格式：扩展名为.bmp，这是PC上的标准Windows图像格式，该格式支持RGB、索引颜色、灰度和位图颜色模式，但不支持Alpha通道。
- 图形交换格式：扩展名为.gif，这是Internet上常用的一种压缩文件格式，用于显示网页中的索引颜色图形和图像，该格式保留索引颜色图像中的透明度，但不支持Alpha通道。
- JPEG格式：扩展名为.jpg，这也是Internet上常用的一种压缩文件格式，该格式支持CMYK、RGB和灰度颜色模式，但不支持Alpha通道。
- PNG格式：扩展名为.png，该格式主要用于在网络上无损压缩和显示图像，它支持24位图像并能产生无锯齿状边缘的背景透明度。不过，某些Web浏览器不支持PNG格式的图像。PNG格式支持无Alpha通道的RGB、索引颜色、灰度和位图模式的图像，可以保留灰度和RGB图像中的透明度。
- TIFF格式：扩展名为.tif，该格式用于在不同应用程序和电脑平台之间交换文件，常用的图像软件和扫描仪大都支持该格式。TIFF格式支持具有Alpha通道的CMYK、RGB、Lab、索引颜色和灰度图像以及无Alpha通道的位图模式图像。

1.3 Photoshop软件的特点和应用领域

本书即将介绍的是使用Photoshop CS4进行平面创意设计的方法和技巧。Photoshop CS4的功能非常强大，能支持多种图像格式和色彩模式，能同时进行多色层处理，而它的图像变形功能更是为制作出特殊的视觉效果提供了便利，强大的滤镜功能则能够制作出许多奇特的效果。Photoshop在图像绘制、合成、编辑和特效制作方面被公认为"业界标准"，可以高效地创建出优秀的封面、招贴、广告图像及各种艺术作品。在学习使用Photoshop CS4之前，有必要了解其基本特点和应用领域。

1.3.1 Photoshop的特点

与其他平面设计软件相比，Photoshop有很多优势，其主要特点有：

- 图像编辑操作轻松快捷：Photoshop提供了功能强大的图像编辑、照片修饰以及合成工具，可帮助用户获得具有专业品质的作品。
- 可享受无限的创意选项：借助于Photoshop富有创新性的特殊效果选项和功能强大的绘画和绘图工具，可以获得相当多的结果。
- 能创建引人注目的Web页面：使用Photoshop，可以直接制作出超凡脱俗的网页图像。
- 可进行精确的印刷控制：Photoshop提供了专业品质的打印控制，能有效地创建出能够在数据传输时也能保持高精度和样式的图像。
- 可自动完成重复性的任务：Photoshop可以将费时的图像处理过程转换为自动完成的操作，从而使创作过程简单高效。
- 精确地保持颜色：Photoshop可以使颜色在不同设备中保持一致，并可靠地输出到任何介质，还能进行精确的打印控制。

1.3.2　Photoshop的应用领域

Photoshop可以应用于平面设计的所有领域，其最主要的应用包括以下几个方面：

- 创作艺术作品：使用Photoshop可以为图片添加各种艺术效果，对图片和文字进行各种特技处理，创作出具有个性特征和艺术风格的艺术作品或商业作品。
- 制作插图：可以将经Photoshop处理的照片引入到排版软件中，作为一幅优美的插图或背景图像。
- 广告设计：广告业务是Photoshop最主要的应用领域之一。
- 图片扫描与编辑：Photoshop可以很方便地将照片或其他作品扫描到电脑中，并对其进行修正与控制，如调整亮度、对比度等。
- 图像拍摄与处理：用数码相机拍摄的相片在Photoshop中可进行聚集、亮度调整等多项处理，使之产生各种效果。
- 制作背景与壁纸：可以用Photoshop对一幅照片加工润色，再将该照片引入到其他软件中作为背景；也可创建一幅图案，存储为BMP格式，用做Windows的壁纸。
- 创建Web图像：在网络上，可使用Photoshop加工处理后的精美图像或动画。当然，这需要在保存文件时将其存储为相应的Web格式。

1.4　Photoshop图像处理的一般流程

使用电脑进行平面设计时，应以视觉传达要求为基础，运用Photoshop等电脑平面设计软件进行图像创作。Photoshop图像处理的一般流程如图1-3所示。

1. 收集整理素材

进行图像处理时，为了表现某种主题，可能需要各种各样的原始材料来支持，如果材料缺乏，就像机器没有原材料，大楼没有地基一样，没有任何意义。图像素材可来源于各种商品化素材图库、自己拍摄的数码图片、扫描图片、视频资料等。

2. 选取处理范围

Photoshop一般只能通过对范围的选择形成所谓的"对象"，再对"对象"进行各种各样的处理。因此，范围的选取在Photoshop中占有非常重要的地位，应熟练掌握创建选区的技巧。

3. 控制对象颜色

对于多个"对象"合成的图像，颜色难免会有差异，甚至冲突。应根据实际情况进行颜色的调整，使得亮度、对比度、色调、色彩等都比较合适。

4. 组合对象

要将各种"对象"合成为一幅完美的图像，应在组合时进行各种处理，如大小、角度、色彩混合等的处理。

5. 融合边界

处理作品后，各范围和各图层之间，往往会出现明显的"边缘"，对这些细微的边缘，一定要加以融合，消除这些边缘，使作品不会因为这些地方失色。Photoshop提供了大量的修饰和修图工具，合理使用这些工具将有助于提升图像的质量。

6. 协调色彩

处理完作品后，作品颜色也许会跟开始的融色状态不一致，必须再次进行色彩处理。处理的原理与第3步控制颜色是一致的。

图1-3　Photoshop图像处理的一般流程

7. 添加文本

文字在美术作品中，本身就是一门艺术，在处理完的作品里，一般都会加上一些画龙点睛的文字。Photoshop提供了相当强大的文字编辑和格式设置功能，可以创建各种普通文字和艺术文字。

8. 保存和输出作品

最后，可以根据需要将图像存储为适当的图像格式并进行优化，使之有最佳的效果和最小的文件体积。此外，也可以根据需要打印或导出图像。

本章要点小结

本章介绍了电脑平面设计的相关概念和Photoshop的基本应用常识。下面对本章的重点内容进行小结：

（1）电脑平面设计集电脑技术、数字技术和艺术创意设计于一体，这种设计工作以电脑为主要创作工具，综合使用各种电脑外设及软件来辅助进行图形图像的输入、编辑和输出等平面设计工作。

（2）电脑平面设计具有信息处理方便、集中并超越了多种传统美术创作工具、信息处理能力强大、使平面设计走向产业化、促进设计创意等特点。

（3）要进行平面设计，需要先弄清图形与图像、位图与矢量图、像素与分辨率，以及色调、色相、饱和度和对比度等概念。

（4）矢量图形和位图图像都是以文件的形式保存的。根据记录图像信息的方式、压缩图像数据的方式的不同，图形图像文件分为多种格式。

（5）Photoshop可以应用于平面设计的所有领域，其最主要的应用包括创作艺术作品、制作插图、广告设计、图片扫描与编辑、图像拍摄与处理、制作背景与壁纸和创建Web图像等方面。

（6）Photoshop图像处理的一般流程包括收集整理素材、选取处理范围、控制对象颜色、组合对象、融合边界、协调色彩、添加文本、保存和输出作品等步骤。

习题

选择题

（1）为了使电脑能够记录和处理图像和图形，必须先使各种景观或图像（　　　）。

A. 矢量化　　B. 位图化　　　　C. 栅格化　　　　　D. 数字化

（2）位图是以记录屏幕上图像的每一个黑白或彩色的（　　　）来反映图像。

A. 色彩　　　B. 色调　　　　　C. 像素　　　　　　D. 分辨率

（3）（　　　）是指色彩的纯度。

A. 对比度　　B. 饱和度　　　　C. 色相　　　　　　D. 色调

（4）图像分辨率是指每英寸图像所包含的点阵或像素的数量，其单位为（　　　）。

A. dpi　　　　B. dip　　　　　C. pi　　　　　　　D. ip

（5）Photoshop默认的文件格式（　　　）。

A. .wmf　　　B. .ai　　　　　C. .psd　　　　　　D. .gif

填空题

（1）＿＿＿＿＿的图像和图形分别称为数字图像和数字图形。

（2）矢量图形采用一组＿＿＿＿＿来描述图形的直线、圆、圆弧、矩形、曲线等图元的位置、维数和形状。

（3）＿＿＿＿＿是构成位图图像的最小单位。

（4）位图图像在高度和宽度方向上的像素总量称为图像的＿＿＿＿＿。

（5）显示分辨率是指屏幕上所显示的点阵或像素的＿＿＿＿＿。

简答题

（1）什么是平面设计？什么是电脑平面设计？电脑平面设计有哪些特点？

（2）图形与图像的区别是什么？位图与矢量图的区别又是什么？

（3）简要说明色调、色相、饱和度和对比度的含义。

（4）什么是像素？什么是分辨率？常用的分辨率概念有哪些？

（5）Photoshop的特点有哪些？主要应用于何种场合？

（6）简述Photoshop图像处理的一般流程。

第2章 Photoshop CS4应用初步

Photoshop CS4作为专业图像编辑标准，提供了一系列创新的图像处理工具，为实现品质卓越的设计效果提供了有力保障。关于Photoshop CS4的基础知识和基本应用，重点介绍以下内容：

- Photoshop CS4的用户界面。
- Photoshop CS4的常用操作。
- 图像文件的操作方法。
- Photoshop CS4的设置方法。

2.1 Photoshop CS4的操作环境

Photoshop CS4是Photoshop历史上最大规模的一次产品升级，它提供了Adobe Photoshop CS4和Adobe Photoshop CS4 Extended两个版本。其中，Photoshop CS4 Extended除具有Photoshop CS4的所有功能外，还提供有用于编辑3D模型和动画制作的工具。本书以Photoshop CS4 Extended为例，介绍Photoshop CS4在平面设计中的应用方法。

2.1.1 Photoshop CS4的窗口元素

安装好Photoshop CS4后，选择【开始】 | 【所有程序】 | 【Adobe Photoshop CS4】命令，即可启动Photoshop CS4并进入如图2-1所示的用户界面。Photoshop CS4的用户界面主要由应用程序栏、工作场所切换器、菜单栏、选项栏、控制面板、工具面板、文档窗口和面板组等部分组成。

1. 应用程序栏

应用程序栏位于窗口顶部，其中提供了一组常用的应用程序控件，主要控件有：

- 【启动Bridge】按钮 [Br]：用于启动Adobe Bridge CS4。Adobe Bridge CS4是一个Adobe CS4设计套装通用的图像浏览和管理组件。
- 【查看额外内容】按钮 [ ]▼：用于快速显示（或隐藏）标尺、参考线和网格。
- 【缩放级别】按钮 50% ▼：用于更改文档窗口中图像的显示比例。
- 【抓手工具】按钮 [ ]：当图像的大小超出文档窗口时，可以使用该工具来平移图像的显示区域。
- 【缩放工具】按钮 [ ]：用于按预设的百分比放大或缩小图像。
- 【旋转视图工具】按钮 [ ]：用于在不破坏图像的情况下旋转画布，但该工具需要OpenGL（高性能图形算法行业标准）的支持。
- 【排列文档】按钮 [ ]▼：用于在同时打开多个图像时，按不同的方式显示图像。
- 【屏幕模式】按钮 [ ]▼：用于在"标准屏幕模式"、"带有菜单栏的全屏模式"和"全屏模式"之间切换。

图2-1　Photoshop CS4的用户界面

2. 工作场所切换器

工作场所切换器用于从如图2-2所示的工作场所切换菜单中选择最合适的工作方式，不同工作方式的面板布局会有所不同。比如，要进行Web图像编辑，可以选择【Web】选项，自动激活如图2-3所示的面板组。

图2-2　工作场所切换菜单　　　　　图2-3　Web工作场所

3. 菜单栏

菜单栏用于组织Photoshop CS4的菜单命令。要执行其中的命令，只需单击某个菜单项，再从出现的菜单中选择相应的命令或子命令即可。

4. 控制面板

控制面板也称为工具选项栏，用于显示当前所选工具的相关选项。通过对其中选项参数的设置，可以更改工具的应用效果。

5. 工具面板

工具面板用于提供创建和编辑图像、图稿、页面元素等的工具，相关工具将编为一组。

6. 文档窗口

文档窗口用于显示正在编辑处理的图像文件。默认情况下，文档窗口采用选项卡式窗口，也可以进行分组。

7. 面板组

面板组由多个面板组成，不同面板的功能有所不同。可以根据需要对面板进行编组或堆叠。

 Photoshop CS4界面最大化后，应用程序栏、工作场所切换器和菜单栏将合并为一行，如图2-4所示。

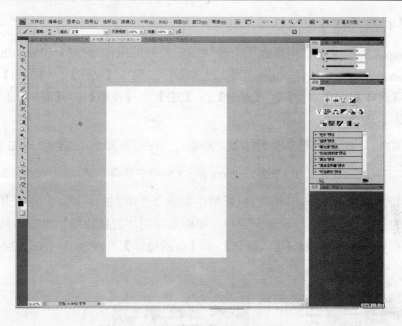

图2-4　最大化的Photoshop CS4界面

2.1.2　个性化用户界面

为了更好地编辑处理图像，Photoshop CS4允许用户对界面进行个性化切换。最基本的个性化设置方式有：

- 要隐藏所有面板、控制面板和工具面板，只需按一下【Tab】键。要重新显示面板、控制面板和工具面板，只需再按一下【Tab】键即可。
- 要隐藏除工具面板和控制面板以外的所有面板，可按【Shift】+【Tab】组合键。同样，再次按下【Shift】+【Tab】组合键，可恢复正常显示。
- 要调用面板菜单选项，可将鼠标指针放在面板右上角的面板菜单图标 ▾≡ 上，然后单击鼠标。

- 单击工具面板顶部的双箭头按钮▶▶，可以将工具面板中的工具放在两栏中并排显示。再次单击该按钮，又将恢复为一栏显示。
- 拖动工具面板标题栏，可将其在桌面上任意移动。
- 要将面板折叠为图标，可以单击面板上方的双箭头按钮▶▶。折叠为图标后，要打开某个面板，只需单击相应的图标即可。
- 要将面板移动到窗口的其他区域，只需拖动面板标题栏即可。
- 左右拖动面板图标上方的手柄，可以改变面板图标的宽度。
- 要恢复默认工作区的元素排列方式，只需从菜单栏中选择【窗口】|【工作区】|【基本功能（默认）】命令即可。

2.2　Photoshop CS4的常用操作

使用Photoshop CS4进行图像处理时，主要涉及菜单栏、工具面板、控制面板、面板组和文档窗口等界面元素，下面介绍这些界面元素的一般操作方法。

2.2.1　菜单栏及其操作

Photoshop CS4的菜单栏中集成了大多数图像处理的操作命令。与Photoshop的早期版本相比，Photoshop CS4菜单项有一定的变化，主菜单中提供了【文件】、【编辑】、【图像】、【图层】、【选择】、【滤镜】、【分析】、【3D】、【视图】、【窗口】和【帮助】11个菜单项，如图2-5所示。

文件(F)　编辑(E)　图像(I)　图层(L)　选择(S)　滤镜(T)　分析(A)　3D(D)　视图(V)　窗口(W)　帮助(H)

图2-5　Photoshop CS4的菜单项

要执行特定的菜单命令，只需用鼠标单击菜单命令所在的菜单项，从打开的下拉菜单中选择要执行的菜单命令即可。比如，要对一幅图像应用"查找边缘"滤镜，只需在打开图像后，从菜单栏中选择【滤镜】|【风格化】|【查找边缘】命令即可，如图2-6所示。

图2-6　使用菜单命令执行滤镜效果

对于没有任何特殊标记的菜单命令，只需直接单击菜单项，就可完成相应的操作；对于右侧带有一个小三角形图标的菜单命令，表明该菜单项还包含有下一级子菜单，只需将鼠标指针指向这类菜单，就可以出现其下一级菜单；对于带有一个省略号（…）标志的菜单命令，在执行后将打开一个对话框；部分菜单命令的后面带有一个快捷键，按下相应的快捷键即可快速执行命令操作，如保存图像文件的快捷键为【Ctrl】+【S】。此外，每个菜单命令后面的括号里都有一个字母，在按下【Alt】键的同时按相应菜单名称后面的字母键即可打开该菜单，再使用上下光标键即可来选择相应的命令。

菜单栏中各个菜单项的主要功能如下：

- 【文件】菜单：主要用于创建、打开、关闭、保存、导入、导出和打印图像文件。
- 【编辑】菜单：主要用于对图像进行撤销、剪切、拷贝、粘贴、描边、填充、清除、定义画笔等编辑操作，并可对系统进行设置。
- 【图像】菜单：主要用于调整图像的色彩模式、图像的色彩与色调、更改图像大小、更改画布尺寸、旋转画布等。
- 【图层】菜单：主要用于对图层进行控制和编辑，如新建图层、复制图层、删除图层、栅格化图层、添加图层样式、添加图层蒙版、链接和合并图层等。
- 【选择】菜单：主要用于创建和编辑图像的选择区域，如对选区进行羽化、存储和变换等。
- 【滤镜】菜单：主要用于添加各种产生特效的滤镜。
- 【分析】菜单：主要用于提供多种度量工具。
- 【3D】菜单：主要用于进行三维图像的编辑处理。
- 【视图】菜单：主要用于控制图像显示的比例以及显示或隐藏标尺和网格等。
- 【窗口】菜单：主要用于对Photoshop CS4的工作界面进行调整，如隐藏和显示各种面板等。
- 【帮助】菜单：主要用于提供使用Photoshop CS4的各种帮助信息。

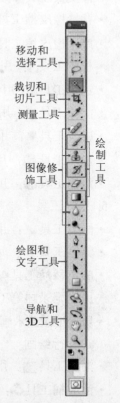

移动和
选择工具

裁切和
切片工具

测量工具

绘
制
工
具

图像修
饰工具

绘图和
文字工具

导航和
3D工具

图2-7 工具的类型

2.2.2 工具面板及其操作

工具面板中集中了Photoshop CS4的各种常用工具，这些工具以图标的形式出现。工具面板中的工具分为如图2-7所示的几种类型，各个工具的使用方法会因工具种类的不同而不同。下面先简要介绍这些工具的图标和功能，具体用法将在后面的章节中详细介绍。

1. 移动和选择工具

- 移动工具：用于移动选区、图层和参考线等内容。
- 选框工具：用于创建规则选区。其中包含矩形选框工具、椭圆选框工具、单行选框工具和单列选框工具4个子工具。

- 套索工具：用于创建任意不规则选区。其中包含套索工具 🔾、多边形套索工具 🔾 和磁性套索工具 🔾 3个子工具。
- 快速选择工具 ✎：使用可调整的圆形画笔笔尖来快速创建选区。
- 魔棒工具 ✎：用于选择着色相近的区域。

2. 裁切和切片工具

- 裁剪工具 🔲：用于裁切图像。
- 切片工具 🔪：用于创建切片。
- 切片选择工具 🔪：用于选择切片。

3. 测量工具

测量工具用于提取图像的色样和尺寸等参数，包括吸管工具 ✐、颜色取样器 ✐、标尺工具 ✐、注释工具 🔲 和计数工具 $1_2{}^3$。

4. 图像修饰工具

- 污点修复画笔工具 ✐：用于移去污点和对象。
- 修复画笔工具 ✐：用于根据样本或图案绘画以修复图像中不理想的部分。
- 修补工具 🔾：用于根据样本或图案来修复所选图像区域中不理想的部分。
- 红眼工具 👁：用于移去由闪光灯导致的红色反光。
- 仿制图章工具 🔲：用于根据图像的样本来绘画。
- 图案图章工具 🔲：使用图像的一部分作为图案来绘画。
- 橡皮擦工具 ✐：用于抹除像素并将图像的局部恢复到以前存储的状态。
- 背景橡皮擦工具 🔲：通过拖动它可将区域擦抹为透明区域。
- 魔术橡皮擦工具 🔲：只需单击一次即可将纯色区域擦抹为透明区域。
- 模糊工具 ⬦：用于对图像中的硬边缘进行模糊处理。
- 锐化工具 ⬦：用于锐化图像中的柔边缘。
- 涂抹工具 🔾：用于涂抹图像中的数据。
- 减淡工具 🔾：用于使图像中的区域变亮。
- 加深工具 🔾：用于使图像中的区域变暗。
- 海绵工具 ⬤：用于更改区域的颜色饱和度。

5. 绘画工具

- 画笔工具 ✐：用于绘制画笔描边。
- 铅笔工具 ✐：用于绘制硬边描边。
- 颜色替换工具 🔾：用于将选定颜色替换为新颜色。
- 历史记录画笔工具 🔾：用于将选定状态或快照的副本绘制到当前图像窗口中。
- 历史记录艺术画笔工具 🔾：使用选定状态或快照，采用模拟不同绘画风格的风格化描边进行绘画。
- 渐变工具 🔲：用于创建直线形、放射形、斜角形、反射形和菱形的颜色混合效果。
- 油漆桶工具 🔾：使用前景色填充着色相近的区域。

6. 绘图和文字工具

- 钢笔工具：用于绘制边缘平滑的路径，包括钢笔工具、自由钢笔工具、添加锚点工具、删除锚点工具和转换锚点工具。
- 文字工具：用于在图像上创建文字，包括横排文字工具 **T** 和竖排文字工具。
- 文字蒙版工具：用于创建文字形状的选区，包括横排文字蒙版工具和竖排文字蒙版工具。
- 路径选择工具：用于创建显示锚点、方向线和方向点的形状或线段选区，包括路径选择工具和直接选择工具。
- 形状工具：用于在正常图层或形状图层中绘制形状和直线，包括矩形工具、圆角矩形工具、椭圆工具、多边形工具和线条工具。
- 自定形状工具：用于创建从自定形状列表中选择的自定形状。

7. 导航和3D工具

- 3D旋转工具：用于围绕对象的x轴旋转模型。
- 3D滚动工具：用于围绕对象的z轴旋转模型。
- 3D平移工具：用于沿x或y方向平移相机。
- 3D滑动工具：用于通过左右拖动来水平移动模型，或上下拖动来拉近或拉远模型。
- 3D比例工具：用于增大或缩小模型。
- 3D环绕工具：用于使相机沿x或y方向环绕移动。
- 3D滚动视图工具：用于围绕对象的z轴旋转相机。
- 3D平移视图工具：用于沿x或y方向平移相机。
- 3D移动视图工具：用于移动相机。
- 3D缩放工具：用于拉近或拉远视角。
- 旋转视图工具：用于在不破坏图像的情况下旋转画布。该工具的功能和应用程序栏中对应的工具的功能完全相同。
- 抓手工具：用于在图像窗口内移动图像，该工具的功能和应用程序栏中对应的工具的功能完全相同。

要使用工具面板中的工具，可先用鼠标在工具面板中单击进行选择。选中某个工具后，该工具在工具面板中将处于"按下"的状态。当鼠标指针移动到图像窗口中时，指针开关便会发生相应的变化。

比如，在工具面板中选择【横排文字工具】**T** 后，在文档窗口中单击鼠标，出现文字插入点，输入文字内容后按下【Ctrl】+【Enter】键，即可在文档窗口中创建一个文字对象，如图2-8所示。

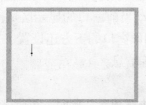

图2-8　使用【横排文字工具】创建文字的过程

部分工具图标的右下角带有一个黑色小三角形标记，表明该工具是一个工具组，其中还包含有多个子工具，只需单击小三角形标记就能展开工具组，然后在出现的菜单中选择需要的工具。

2.2.3 控制面板及其操作

默认情况下，控制面板位于菜单栏下方。控制面板用于提供当前所选工具的详细信息、可使用的功能和一些工具设置的选项。选择不同的工具，其控制面板中出现的选项也不同。

比如，选取【画笔工具】后，将出现如图2-9所示的“画笔”控制面板。使用该选项栏，可以设置“画笔”工具的样式、大小、模式、不透明度、流量等参数。

画笔: 13
模式: 正常
不透明度: 100%
流量: 100%

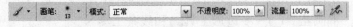

图2-9 “画笔”控制面板

利用“画笔”控制面板进行画笔设置后，在文档窗口中拖动鼠标即可按设置的参数绘制出图案，如图2-10所示。

画笔: 120
模式: 正常
不透明度: 80%
流量: 70%

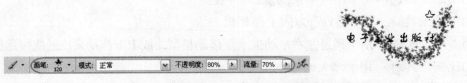

图2-10 设置“画笔”控制面板的参数并绘制图案

2.2.4 面板及其操作

面板中提供了一些功能设置选项，可以帮助用户方便地监视和修改图像。Photoshop CS4提供了很多面板，可以在如图2-11所示的【窗口】菜单中选择要激活的面板。

排列(A)
工作区(K)
扩展功能
3D
测量记录
导航器
调整
动画
动作 Alt+F9
段落
仿制源
工具预设
画笔 F5
历史记录
路径
蒙版
色板
通道
图层 F7
图层复合
信息 F8
颜色 F6
样式
直方图
注释
字符
选项
工具

图2-11 【窗口】菜单中的面板选项

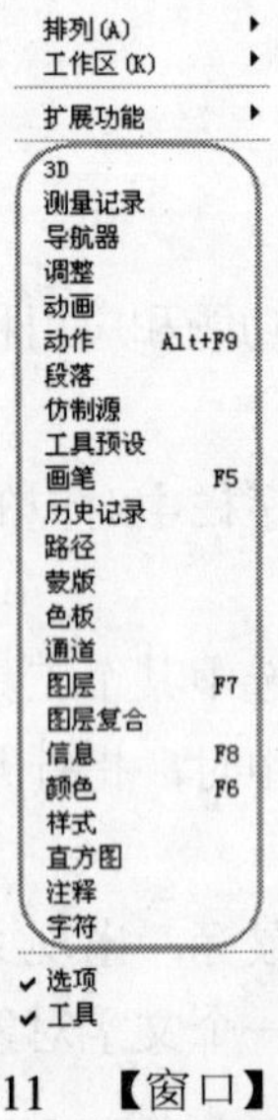

面板的使用方法比较直观，只需激活要使用的面板后利用其中的选项进行操作即可。比如，要设置一幅图像的自然饱和度，可先激活“调整”面板，然后单击其中的【自然饱和度】图标▼，出现自然饱和度选项后直接拖动鼠标设置“自然饱和度”和“饱和度”参数即可，如图2-12所示。

面板可以根据需要进行停放、移动等操作，也可以添加或删除面板，还可以调整面板大小。

2.2.5 文档窗口的基本操作

在Photoshop CS4中可以同时打开多个图像窗口（也称为文档窗口）。可以根据需要移动当前窗口的显示区域、调整窗口的大小、改变窗口的排列方式或在各窗口间切换。每个图像窗口的下方还设置了一个状态栏，可以使用状态栏来显示图像的当前放大率和文件大小等信息。

1. 管理文档窗口

打开多个图像文件后，“文档”窗口将以选项卡方式显示。此时，可以进行下面的操作：

图2-12 用"调整"面板调整图像的自然饱和度

· 要激活某个图像,只需单击相应的图像标签即可,如图2-13所示。

图2-13 激活图像

· 要更改某个文档在选项卡中的排列方式,只需将该选项卡拖动到需要的位置,如图2-14所示。

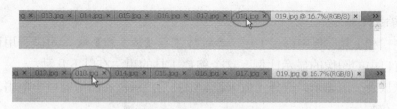

图2-14 更改文档在选项卡中的排列方式

· 要在单独的窗口中编辑图像,只需从选项卡组中拖出相应的图像即可,如图2-15所示。

2. 调整窗口排列

打开了多个图像文件后,可以使用应用程序栏中的【排列文档】按钮来重新排列图像。比如选择"五联"选项后,排列的效果如图2-16所示。

3. 改变图像的显示比例

在编辑图像时,有时需要放大图像的显示比例来观察和处理图像的细节部分;有时又需要缩小图像的显示比例以便观察整幅图像。Photoshop CS4提供了多种缩放图像在窗口中的显示比例的方法。

图2-15   从选项卡组中分离图像文档

图2-16   "五联"方式排列图像窗口

（1）用缩放工具

应用程序栏和工具面板中都提供了一个缩放工具【放大镜】，可以利用该工具来缩小或放大图像窗口中的图像的显示比例。这个缩放工具的用法有以下几种：

- 将图像放大一倍显示：选择【放大镜】工具后，只需在图像窗口中单击，就能将图像放大一倍显示。
- 将图像缩小一倍显示：选择【放大镜】工具后，在按住【Alt】键的同时在图像窗口中单击，便可将图像缩小一倍显示。
- 还原图像显示比例：选择【放大镜】工具后，在图像窗口中双击，便可将图像显示比例还原为100%。
- 放大特定区域：选择【放大镜】工具后，在图像窗口中拖放出一个区域，可将选定区域放大至整个窗口。

（2）用【视图】菜单中的缩放选项

【视图】菜单提供了5个选项用于改变图像的显示比例，如图2-17所示。各个选项的含义如下：

- 【放大】选项：用于放大图像。
- 【缩小】选项：用于缩小图像。
- 【按屏幕大小缩放】选项：用于使图像适合屏幕大小。
- 【实际像素】选项：用于按实际像素大小显示图像。
- 【打印尺寸】选项：用于将图像调整为打印尺寸。

（3）用"导航器"面板

利用"导航器"面板，可以在可视的状态下调整图像的显示比例。要改变显示比例，应先激活"导航器"面板，然后将光标定位在"导航器"面板的滑块上左右拖动即可，如图2-18所示。

图2-17　改变显示比例的选项　　　　　　　　图2-18　用"导航器"面板改变显示比例

4. 在图像窗口中移动显示区域

当图像超出当前窗口的显示区域时，系统会自动出现垂直滚动条和水平滚动条，可以利用滚动条在窗口中移动所显示的区域。

应用程序栏或工具面板中的【手型工具】，也可以移动显示区域。选择该工具后，光标变成形状，在显示窗口中直接拖动光标即可改变显示的区域，如图2-19所示。

利用"导航器"面板也能改变显示区域。先将光标移动到"导航器"面板的图像显示区，然后拖动鼠标即可，如图2-20所示。

图2-19　用手型工具移动显示区域

图2-20   用"导航器"面板改变显示区域

2.3   图像文件的操作

使用Photoshop进行图像处理的本质是对图像文件的处理。Photoshop CS4在【文件】菜单中提供了用于进行文件操作的各种命令，最基本的图像文件操作命令包括新建图像文件、打开图像文件、保存图像文件、关闭图像文件和恢复图像文件等。

2.3.1   创建新图像文件

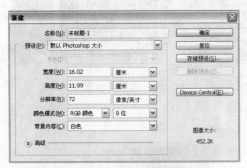

图2-21   "新建"对话框

使用【文件】菜单中的【新建】命令，可以创建新的图像文件。启动Photoshop CS4后，选择【文件】|【新建】命令（快捷键为【Ctrl】+【N】），打开如图2-21所示的"新建"对话框。

"新建"对话框中提供的选项主要有：

- "名称"框：在"名称"文字输入框中，可以输入新图像文件的名称，默认文件名为"未标题-1"、"未标题-2"……。
- "预设"下拉列表框：从"预设"下拉列表框中，可以选择各种预设尺寸的标准图像尺寸，如图2-22所示。
- "大小"列表框："大小"列表框用于选择所需的标准规格纸张。比如，从"预设"下拉列表框中选择"国际标准纸张"选项后，可以在"大小"列表框中选择国际标准纸张的具体规格，如图2-23所示。
- "宽度"和"高度"：用于自定义图像的尺寸。设置时，应先在"宽度"和"高度"的单位列表框中选择测量单位，再在"宽度"和"高度"输入框中输入图像文件的宽度和高度，如图2-24所示。

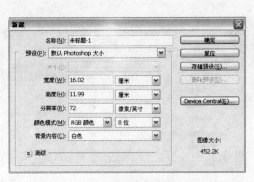

图2-22 预设尺寸

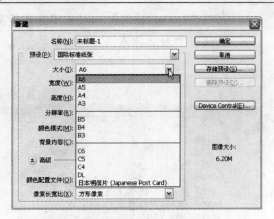

图2-23 选择标准纸张大小

图2-24 自定义图像的测量单位和尺寸

- "分辨率"列表框：通过如图2-25所示的"分辨率"列表框，可以选择分辨率的单位，其中有"像素/英寸"和"像素/厘米"两种单位供选择，选择后可以在数值输入框中输入新文件的分辨率。
- "颜色模式"列表框：在"颜色模式"列表框中可选择文件色彩模式，如图2-26所示。

图2-25 分辨率单位列表框

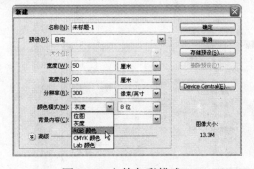

图2-26 文件色彩模式

- "背景内容"列表框："背景内容"列表框用于选择背景方式，如图2-27所示。其中，"白色"是指用白色（默认的背景色）填充背景或第1个图层；"背景色"是指用当前背景色填充背景或第1个图层；"透明"是指使第1个图层透明，没有颜色值，且最终的文档内容将包含单个透明的图层。
- "高级"选项组：单击"高级"选项组左侧的展开图标 ，将出现如图2-28所示的"高级"选项。在"高级"选项中，可以选取一个颜色配置文件，也可以选取"不要对此文档进行色彩管理"。对于"像素长宽比"选项，除非使用用于视频的图像，否则都应选取"方形像素"。

图2-27　背景内容选项

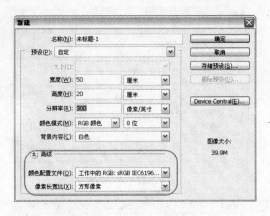

图2-28　"高级"选项组

- 功能按钮：设置好图像文件参数后，单击"新建"对话框右侧的【存储预设】按钮，可以将设置存储为预设值，下次打开"新建"对话框时会自动出现在"预设"列表中；单击【确定】按钮即可完成图像文件的新建；单击【取消】按钮将取消对图像文件的创建；从"预设"列表框中选择一种自定义的预设选项，再单击【删除预设】按钮，可以将其删除；单击【Device Central】按钮，可以创建一个为特定设备设置的文档。
- "图像大小"选项：显示根据当前参数所创建的PSD文档的文件容量。

比如，要创建一个用于Web页的尺寸为1024×768像素的图像文件，其参数设置和创建效果如图2-29所示。

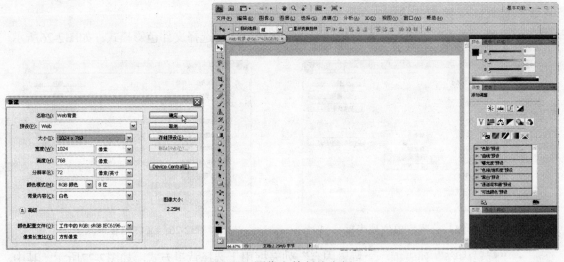

图2-29　图像文件创建实例

2.3.2　打开图像文件

对于Photoshop CS4所支持格式的图像文件，可以从硬盘、U盘、光盘、网络等介质中将其打开，然后进行需要的编辑和处理。

1. 直接打开文件

要直接打开某个图像文件，可以使用下面的方法：

（1）从菜单栏中选择【文件】|【打开】命令（或在文档窗口的空白区域处双击鼠标，或使用快捷键【Ctrl】+【O】），将打开如图2-30所示的"打开"对话框。

（2）在"查找范围"列表框中选择需要打开的文件所存储的路径。

（3）双击存储图像文件的文件夹。

（4）双击需要打开的文件（或选中要打开的文件后再单击【打开】按钮），即可将指定的文件打开，然后在Photoshop CS4的主界面中会新出现一个图像文件窗口，如图2-31所示。

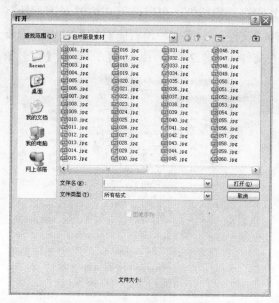

图2-30　"打开"对话框

图2-31　图像打开效果

2. 以指定格式打开文件

为了满足某些特殊处理的需要，可以用指定的格式打开图像文件。选择【文件】|【打开为】命令，将出现"打开为"对话框。"打开为"对话框与"打开"对话框外观相似，但可以从"打开为"列表框中选择将图像以某种特定的文件格式打开，如图2-32所示。

3. 打开最近曾打开过的文件

从主菜单中选择【文件】|【最近打开文件】菜单命令，将出现一个显示了最近曾打开过的10个图像文件的子菜单。要快速打开列表中显示的图像文件，只需从菜单中选取相应的文件名即可。

4. 打开为智能对象

智能对象是包含栅格或矢量图像中的图像数据的图层。智能对象将保留图像的源内容及

其所有原始特性，可以使用户能够对图层执行非破坏性编辑。打开为智能对象的方法是：选择【文件】|【打开为智能对象】命令，出现"打开为智能对象"对话框，在其中选择要打的文件，如图2-33所示。最后，单击【打开】按钮即可。

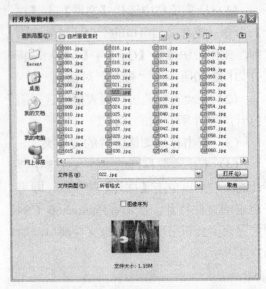

图2-32　选择打开格式　　　　　　图2-33　"打开为智能对象"对话框

5. 使用Adobe Bridge CS4打开图像

Adobe Bridge CS4（简称Bridge）是Adobe CS4中的一个能够单独运行的应用程序，主要用于组织、浏览、查找和管理本地磁盘和网络驱动器中的图像文件。要启动Adobe Bridge CS4，可以使用下面的方法之一：

- 在Photoshop CS4中选择【文件】|【在Bridge中浏览】命令。
- 直接在Windows系统中选择【开始】|【所有程序】|【Adobe 】 | 【Adobe Bridge CS4】命令。
- 单击应用程序栏上的【启动Bridge】图标 **Br** 。

使用任意一种方法启动Adobe Bridge CS4后，都将可以打开如图2-34所示的Adobe Bridge CS4主界面。

由于Adobe Bridge CS4和Adobe CS4的各个组件相互关联，要在Photoshop CS4中打开当前浏览的图片，只需双击该图片即可。

2.3.3　保存图像文件

Photoshop CS4可以指定多种文件格式来保存数码图像，也可以存储文件的副本，并指定存储选项。存储图像文件可通过【存储】或【存储为】命令完成，其具体方法是：

（1）在存储文件时，如果文件已经存储过，选择【文件】|【存储】命令（快捷键为【Ctrl】+【S】）可以直接存储最近修改的内容。

（2）如果是新建的文件，选择【文件】|【存储】菜单命令或选择【文件】|【存储为】命令（快捷键为【Shift】+【Ctrl】+【S】）都将打开如图2-35所示的"存储为"对话框。

（3）在"保存在"列表框中选择存储图像文件的驱动器和文件夹。

（4）在"文件名"文字输入框中输入要存储文件的文件名。

图2-34　Adobe Bridge CS4的主界面

（5）在"格式"列表框中选择要保存的
文件格式。

（6）单击【存储】按钮。

存储文件时，还可以通过对话框中的"存
储选项"设置区进行详细的保存选项设置。比
如，选取"作为副本"项，允许把当前文件制
作成一份拷贝，并以选定的格式存储。另外，
还可以选择是否存储图像中的图层和通道，指
定存储缩览图和使用小写扩展名以及指定图像
文件色彩样式等。

　如果选择【文件】菜单中的【存储为
Web和设备所用格式】命令，可以将图
像文件保存为Web和设备所用格式。

图2-35　"存储为"对话框

2.3.4　关闭图像文件

Photoshop CS4还提供了一组用于关闭图像窗口和退出Photoshop程序的命令，主要命令
有：

- 关闭当前图像窗口：选择【文件】|【关闭】命
令，可关闭当前图像窗口，如果是新建的文件
或修改后未存储的文件，将出现如图2-36所示
的警示框，提示是否存储对图像所做的修改。

图2-36　关闭命令的警示框

- 关闭已打开的全部图像文件：选择【文件】|
【关闭全部】命令，可以关闭当前所有打开的全部图像文件。如果其中包含有未保存
的文件，也会提示保存文件。

- 关闭当前图像窗口并打开Bridge：选择【文件】|【关闭并转到Bridge】，可以关闭当前图像窗口，然后启动Adobe Bridge。如果其中包含有未保存的文件，也会提示保存文件。
- 退出Photoshop CS4：选择【文件】|【退出】命令，可以关闭当前所有打开的全部图像文件并退出Photoshop CS4，如果是新建的文件或修改后未存储的文件，也将出现提示保存的警示框。

2.3.5　还原图像文件

选择【文件】|【恢复】命令，可将当前图像还原到修改前的状态。比如，对一幅图像进行编辑修改后，要将其还原为原始状态，只需选择【文件】|【恢复】命令（快捷键为【F12】）即可，操作过程如图2-37所示。

原图

编辑效果

选择【恢复】命令

恢复效果

图2-37　还原图像

2.4　Photoshop CS4的基本设置

由于不同用户在进行不同图像的处理、保存和输出等操作时，其需要的工作环境和软件需求会有所不同，Photoshop CS4提供了一些基本设置选项。其中，最常用的设置包括画布大小设置、图像分辨率设置、标尺设置、网格设置、参考线设置和软件的首选项设置等。

2.4.1　设置画布和分辨率

图像的大小和分辨率是由图像的用途所决定的，图像尺寸大小和分辨率大小将直接影响输出结果的清晰程度，也将影响图像文件的大小。在图像处理前，必须设置好图像的尺寸和分辨率。

1. 设置画布尺寸

整幅图像的大小称为画布尺寸，可以根据需要更改画布的大小。如果减小画布尺寸，画布上原来的图像将会被裁切一些；而增大画布尺寸，新增的部分会用指定的颜色去填充。

在 Photoshop CS4 中打开图像文件后，选择【图像】|【画布大小】命令，将出现"画布大小"对话框，如图 2-38 所示。在对话框的"当前大小"栏中显示了画布的原尺寸和文件大小。

在"新建大小"栏的"宽度"和"高度"数值框中可调整画布的尺寸数据，"新建大小"栏中会显示调整后的文件大小。在"定位"选项中单击其中某个带箭头的方块，可以对现有画布的某条边进行裁切或扩展。

在"定位"选项中包括 9 个方块按钮，单击某个方块后，与该方块相邻的边将不会被裁切或扩展，而不相邻的边将会按照新的宽度和高度均匀裁切或扩展。比如，单击左上角的方块表示对画布的右边和下边进行裁切或扩展；单击第 3 行中间的方块表示按新的高度设置对画布的上边进行裁切或扩展，并按新的宽度设置对画布的左边和右边进行均匀裁切或扩展；单击最中间的一个方块表示对画布的左右边和上下边都进行均匀裁切或扩展。

修改画布大小后，如果新尺寸的宽度或高度比原有尺寸大，则"画布扩展颜色"列表框将被激活，可选择使用"前景色"、"背景色"、"白色"、"黑色"还是"灰色"来填充画布的扩展区域。

还可在"画布大小"对话框中选中"相对"复选项，再在"宽度"数值框中输入在水平方向上需裁切或扩展的数值，在"高度"数值框中输入在垂直方向上需裁切或扩展的数值。如果要裁切，可输入负数，如果要扩展，则需要输入正数。

2. 旋转画布

在 Photoshop 中打开图像后，可以将画布连同其中的图像一起旋转。选择【图像】|【图像旋转】子菜单下的【180 度】、【90 度（顺时针）】、【90 度（逆时针）】、【水平翻转画布】和【垂直翻转画布】命令（如图 2-39 所示），可以将画布分别旋转为指定的度数，或者在水平和垂直方向上进行镜像。

图 2-38　"画布大小"对话框

图 2-39　旋转命令

比如，要将画布水平翻转，只需选择【图像】|【图像旋转】|【水平翻转画布】命令即可，如图 2-40 所示。

图2-40　水平翻转画布

3. 设置图像分辨率

图像的分辨率决定了位图图像的细节的精细度，其测量单位是"像素/英寸"。每英寸的像素越多，分辨率越高。一般来说，图像的分辨率越高，得到的印刷图像的质量就越好。

选择【图像】｜【图像大小】命令，将出现如图2-41所示的"图像大小"对话框，可以在其中查看图像大小和分辨率之间的关系。

要更改图像的分辨率，只需在"分辨率"框中输入新的分辨率数值，然后单击【确定】按钮，如图2-42所示。从图中可以看到，更改图像的分辨率后，图像的像素大小将同步发生变化。

图2-41　"图像大小"对话框

图2-42　更改图像分辨率

若不想更改照片中的图像数据量可取消对"重定图像像素"复选项的选择。然后更改宽度或高度，或者更改分辨率。一旦更改某一个值，其他两个值会发生相应的变化。

2.4.2 使用标尺、网格和参考线

实际处理图像时，常常需要对图像的某些细节部位进行编辑。此时，就需要精确地将光标定位到相应的位置或进行局部区域的精确选择。为此，Photoshop CS4提供了标尺、网格和参考线等辅助功能，可以有效地帮助用户提高操作的精确程度。

1. 标尺

使用标尺功能，可以精确地确定图像或元素当前的位置。要显示或隐藏标尺，可选择【视图】|【标尺】命令（快捷键为【Ctrl】+【L】）。显示标尺后，标尺会出现在图像窗口的顶部和左侧。在移动指针时，标尺内的标记会显示指针的位置，如图2-43所示。Photoshop默认的标尺单位是厘米。

图2-43　显示标尺的效果

2. 参考线

参考线也主要用于精确地对齐目标对象。要创建参考线，只需先显示出标尺，然后在标尺上单击并在图像窗口中拖动出参考线，如图2-44所示。

要移动某条参考线，可按下【Ctrl】键后将鼠标指针移至参考线上进行拖动，也可使用工具面板中的移动工具选定参考线后拖动。要锁定或删除参考线，可选择【视图】|【锁定参考线】或【清除参考线】命令。

3. 网格

要更直观方便地定位光标的位置，还可以使用如图2-45所示的网格。要显示出网格，只需选择【视图】|【显示】|【网格】命令即可。如果要控制光标按网格移动，可选择【视图】|【对齐到】|【网格】命令。

图2-44　创建参考线

图2-45　显示网格的效果

2.4.3 首选项设置

不同设计者对Photoshop CS4有不同的需求，要个性化设置Photoshop CS4的各种选项，可以使用"首选项"对话框来设置。

从菜单栏中选择【编辑】|【首选项】命令，再从子菜单中选择所需的首选项组，即可打开如图2-46所示的"首选项"对话框。

"首选项"对话框中可以设置Photoshop CS4的常规显示选项、界面选项、文件处理选项、性能选项、光标选项、透明度与色域选项、单位与标尺选项、参考线/网络/切片选项、增效工具选项、文字选项。设置这些选项后，在退出Photoshop CS4时将自动存储首选项设置。

 如果Photoshop CS4在工作过程中出现异常现象，很有可能是首选项设置损坏造成的。此时，只需退出Photoshop CS4，然后重新启动Photoshop并同时按下【Alt】+【Ctrl】+【Shift】组合键，出现如图2-47所示的消息框。提示用户是否删除当前的设置。单击【是】按钮，即可将首选项恢复为默认设置。

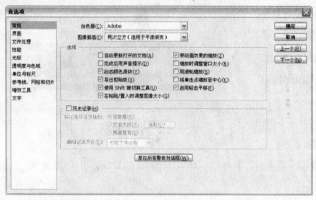

图2-46　"首选项"对话框

图2-47　系统消息框

本章要点小结

本章介绍了Photoshop CS4的用户界面及基本操作方法。下面对本章的重点内容进行小结：

（1）Photoshop CS4的用户界面主要由应用程序栏、工作场所切换器、菜单栏、选项栏、控制面板、工具面板、文档窗口和面板组等部分组成。

（2）Photoshop CS4允许用户对界面进行个性化切换，如隐藏面板、控制面板和工具面板、改变工具面板的显示方式、将面板折叠为图标等。

（3）菜单栏中集成了大多数图像处理的操作命令，它们被组织在【文件】、【编辑】、【图像】、【图层】、【选择】、【滤镜】、【分析】、【3D】、【视图】、【窗口】和【帮助】11个菜单项中。

（4）工具面板中集中了Photoshop CS4的各种常用工具，这些工具以图标的形式出现。工具面板中的工具分为移动与选择工具、裁切与切片工具、测量工具、图像修饰工具、绘画工具、绘图与文字工具、导航与3D工具等类型。

（5）控制面板用于提供当前所选工具的详细信息、可使用的功能和一些工具设置的选项。选择不同的工具，其控制面板中出现的选项也不同。

（6）面板中提供了一些功能设置选项，可以帮助用户方便地监视和修改图像。面板的使用方法比较直观，只需激活要使用的面板后利用其中的选项进行操作即可。

（7）在Photoshop CS4中可以同时打开多个图像窗口。可以根据需要移动当前窗口的显示区域、调整窗口的大小、改变窗口的排列方式或在各窗口间切换。

（8）Photoshop CS4在【文件】菜单中提供了用于进行文件操作的各种命令，最基本的图像文件操作命令包括新建图像文件、打开图像文件、保存图像文件、关闭图像文件和恢复图像文件等。

（9）Photoshop CS4提供了一些基本设置选项。其中，最常用的设置包括画布大小设置、图像分辨率设置、标尺设置、网格设置、参考线设置和软件的首选项设置等。

习题

选择题

（1）应用程序栏中（　　）用于快速显示（或隐藏）标尺、参考线和网格。

A.   B. Br   C.   D.

（2）默认情况下，文档窗口采用（　　）式窗口。

A. 横排   B. 选项卡   C. 竖排   D. 平铺

（3）对于带有（　　）标志的菜单命令，在执行后将打开一个对话框。

A. 省略号   B. 对勾   C. 快捷键   D. 小三角形图标

（4）利用（　　）面板，可以在可视的状态下调整图像的显示比例。

A. 调整   B. 动作   C. 通道   D. 导航器

（5）选择【文件】|（　　）命令，可将当前图像还原到修改前的状态。

A. 调整   B. 恢复   C. 修复   D. 还原

填空题

（1）控制面板也称为_____，用于显示当前所选工具的相关选项。通过对其中选项参数的设置，可以更改工具应用效果。

（2）要隐藏除工具面板和控制面板以外的所有面板，可按_____。

（3）_____菜单主要用于控制图像显示的比例以及显示或隐藏标尺和网格等。

（4）每个图像窗口的下方设置了一个_____，主要用来显示图像的当前缩放率和文件大小等的信息。

（5）最基本的图像文件操作命令包括_____图像文件、打开图像文件、_____图像文件、关闭图像文件和恢复图像文件等。

（6）Adobe Bridge CS4是主要用于_____。

（7）图像的分辨率的测量单位是_____。

（8）要精确地将光标定位可以使用_____等辅助功能。

简答题

（1）Photoshop CS4的窗口元素主要有哪些？各有何功能？

（2）如何个性化设置用户界面？试举例说明。

（3）Photoshop CS4的菜单项有哪些？举例说明菜单命令的使用方法。

（4）工具面板的功能是什么？如何选择和使用工具面板？如何使用控制面板？

（5）如何激活面板？如何使用面板选项？

（6）文档窗口的基本操作有哪些？如何使用？

（7）如何创建新图像？如何打开图像？如何保存图像？如何还原图像？

（8）如何设置画布和分辨率？试举例说明。

（9）标尺、网格和参考线的功能分别是什么？如何显示标尺、网格和参考线？

第3章 创建和编辑选区

选区是一种由用户在图像中指定的特定的图像区域。Photoshop CS4的大多数操作都只能针对选区内部的像素进行。Photoshop CS4提供了大量的选择工具和命令，本章将介绍"选区"的创建和编辑方法，重点介绍以下内容：

- 创建选区的方法。
- 选框工具及其应用方法。
- 套索工具及其应用方法。
- 用快速选择工具和魔棒工具创建选区。
- 快速选择色彩范围。
- 编辑选择区域的方法。

3.1 创建选区的方法

在Photoshop CS4的工具面板中，提供了选取框工具、套索工具、魔棒工具等多种图像选取工具，还专门提供了一个【选择】菜单，其中包含了很多对区域选择和编辑的命令。

1. 用选择工具创建选区

Photoshop提供一个选择工具组（如图3-1所示），这些工具可用于建立栅格数据选区和矢量数据选区。其中选框工具用于创建规则的选区，套索工具用于建立不规则选区，快速选择工具利用画笔来快速"绘制"选区，魔棒工具用于选择颜色一致的不规则区域。

比如，如图3-2所示的圆形选区便是用【椭圆选框工具】来创建的。

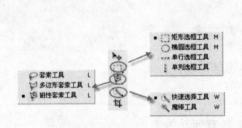

图3-1　选择工具组 　　　　　　　　　　　　图3-2　一个圆形选区

 任何一种外观选区都是用沿顺时针转动的黑白虚线表示的，所选取的区域便是当前图像的编辑范围，几乎所有的操作命令都只对选取区域内有效，对区域外无效。比如，创建选区后，使用【阈值】命令调整图像色彩时，只能调整选区内部的图像，如图3-3所示。

---

2. 用【选择】菜单中的命令创建和修改选区

如图3-4所示的【选择】菜单中提供了大量选择命令，可以利用其中的命令来选择全部像素、取消选择、重新选择和反相选择，也可以对选区进行编辑和修改，还可以使用【色彩范围】命令在整个图像或选定区域内选择一种特定颜色或颜色范围。

图3-3　调整选区的阈值　　　　　　　　图3-4　【选择】菜单中的命令

3. 用路径创建选区

要选择矢量数据，可以使用钢笔工具或形状工具，利用这些工具生成精确轮廓的路径，再将路径转换为选区即可，如图3-5所示。

图3-5　用路径创建选区

4. 用蒙版创建选区

可以将选区存储在Alpha通道中。Alpha通道将选区存储为称为蒙版的灰度图像。蒙版类似于反选选区，它将覆盖图像的未选定部分，并阻止对此部分应用任何编辑或操作。通过将Alpha通道载入图像中，可以将存储的蒙版转换回选区。

 　本章将重点介绍前两种创建选区的方法，使用路径创建选区的方法将在第7章中介绍，
提示　使用蒙版创建选区的方法将在第10章中介绍。

3.2　使用选框工具创建选区

在Photoshop CS4的工具面板的选框工具组中提供了矩形选框工具、椭圆选框工具、单行选框工具和单列选框工具4种工具，可以使用这些工具来创建规则选区。

3.2.1　创建矩形选框

从工具面板中选择【矩形选框工具】后，只需用鼠标在图像窗口中拖动，再松开鼠标即可创建一个矩形选区，如图3-6所示。

图3-6　使用矩形选框工具创建选区

选择【矩形选框工具】后，在菜单栏的下方将出现如图3-7所示的工具控制面板。使用工具控制面板上的选项可修改选择方式，还可设置羽化、消除锯齿和样式等参数。

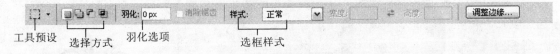

图3-7　矩形选框工具的工具控制面板

1. 设置选择方式

可以在现有选区的基础上添加选区或减去选区，还可以重新创建选区或创建交叉选区。多数选择工具的工具控制面板上都提供了以下4种选择方式：

- 新选区■：取消原来的选择区域，重新选择新的区域。
- 添加到选区■：在原来的选择区域的基础上增加新的选择区域，形成最终的选择区。在添加选区时，指针旁边将出现一个加号。也可以选择"新选区"方式，然后按住【Shift】键的同时拖出一个新选区将其添加到原选区中。
- 从选区减去■：从原来的选择区域中减去新的选择区域。在从选区中减去选区时，指针旁边将出现一个减号。也可以选择"新选区"方式，然后按住【Alt】键并拖动一个新选区以减去另一个选区。
- 与选区交叉■：将新的选择区域与原来的选择区域相交的部分作为最终的选择区域。在选择交叉区域时，鼠标指针旁将出现一个"×"号。也可以在按住【Alt】+【Shift】组合键的同时，在要选择的原始选区的部分上拖动鼠标。

2. "羽化"选项

如果对选区进行羽化，可以消除选择区域的正常硬边界，使其柔化，从而在区域边界处产生一个过渡段。"羽化"选项的取值范围在0～255像素之间，如图3-8所示为两种羽化值时同一选区填充上黑色后的效果对比。

羽化值为0　　　　　　　　　　羽化值为10

图3-8　羽化前后的效果对比

3. "样式"选项

"样式"选项用于指定所创建的选框的形状样式，在工具控制面板上单击其下拉列表右侧的下拉按钮，将出现如图3-9所示的下拉菜单，其中提供了"正常"、"固定比例"和"固定大小"3个选项。

* 正常：这是默认的选择方式，也是最为常用的方式。在这种方式下可以用鼠标拉出任意矩形。
* 固定比例：在这种方式下，可以任意设定矩形的宽度和高度的比例，系统默认比值为1∶1。
* 固定大小：在这种方式下，可以通过输入宽度和高度的数值来精确地确定矩形的大小，系统默认大小为64×64像素。

4. 【调整边缘】按钮

"调整边缘"选项用于提高选区边缘的品质，还可以对照其他背景来查看选区的情况。创建选区后，单击工具控制面板中的【调整边缘】按钮，或选择【选择】|【调整边缘】命令，都将出现如图3-10所示的"调整边缘"对话框。

图3-9　选框样式下拉菜单　　　　图3-10　"调整边缘"对话框

"调整边缘"对话框中提供了以下用于调整选区的选项：

• "半径"选项：用于设置选区边界周围的区域大小。增大半径值，可以在包含柔化过渡或细节的区域中创建更加精确的选区边界。

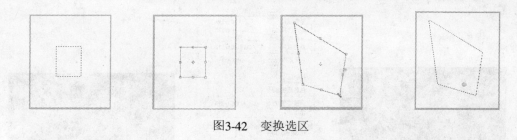

图3-42 变换选区

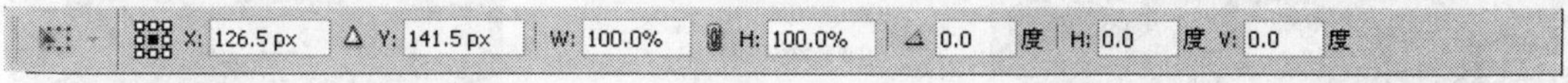

图3-43 变换工具控制面板

通过控制面板中的选项，可以设置下面的变换方式：

· 要缩放选区，只需拖动手柄。在拖动角手柄时如果按住【Shift】键，可按比例缩放选区。

· 要精确缩放选区，可在工具控制面板的"宽度"和"高度"文本框中输入百分比。如果按下【链接】图标，可以在缩放时保持长宽比。

· 要对选区进行旋转，可将鼠标指针移动到选框之外，当指针变为弯曲的双向箭头状时拖动鼠标即可。在旋转时，如果按下【Shift】键可将旋转限制为按15度增量进行。

· 要精确指定旋转角度，可在工具控制面板的"旋转"文本框中输入度数。

· 要相对于外框的中心点扭曲选区，可按住【Alt】键后拖动手柄。

· 要自由扭曲选区，可按住【Ctrl】键再拖动手柄。

· 要斜切选区，可按住【Ctrl】+【Shift】组合键，然后拖动手柄。

· 要精确斜切选区，可在工具控制面板的"H（水平斜切）"和"V（垂直斜切）"框中输入角度。

· 要应用透视，可按住【Ctrl】+【Alt】+【Shift】组合键，然后拖动手柄。

变换完成后，只需按下【Enter】键即可；要取消变换，只需按下【Esc】键即可。

3.6.4 扩展选区的相似颜色

使用【选择】菜单中的【扩大选取】和【选取相似】命令，可以对当前建立的选区进行扩展，将相似的颜色添加到选区中。

· 扩大选取：创建选区后，选择【选择】|【扩大选取】命令，可以将所有位于魔棒选项中指定的容差范围内的相邻像素添加到选区中，如图3-44所示。

· 选取相似：创建选区后，选择【选择】|【选取相似】命令，可以将整个图像中位于容差范围内的像素全部添加到选区中，如图3-45所示。

示 【选择】菜单中的【存储选区】和【载入选区】命令分别用于加载已经储存的选择区域和储存新的选择区域。选区的保存是通过建立新的Alpha通道来实现的，保存和加载选区的具体方法将在第7章中详细介绍。

图3-44　扩大选取

图3-45　选取相似

本章要点小结

选区的创建和编辑是Photoshop CS4图像处理的前提，本章介绍了创建和编辑选择区域的方法与技巧，下面对本章的重点内容进行小结：

（1）在Photoshop CS4中，可以使用选取框工具、套索工具、魔棒工具等选择工具来创建选区，也可以用【选择】菜单中的命令创建和修改选区，还可以用路径或用蒙版来创建选区。

（2）选框工具组中提供了矩形选框工具、椭圆选框工具、单行选框工具和单列选框工具4种工具，使用选框工具控制面板上的选项可修改选择方式，还可设置羽化、消除锯齿和样式等参数。

（3）套索工具组中提供了【套索工具】、【多边形套索工具】和【磁性套索工具】3种工具，可以用来创建由直线线段构成或徒手描绘外框的不规则选区范围。

（4）"快速选择工具"组中提供了【快速选择工具】和【魔棒工具】两种特殊的选择工具。使用【快速选择工具】，可以用画笔快速创建选区；使用【魔棒工具】可以选择颜色相同或相近的整片的色块。

（5）使用【选择】菜单中的【色彩范围】命令，可以选中已有选区或整个图像中指定的颜色或色彩范围，所创建的选区是根据图片中颜色的分布特点自动生成的。

（6）【选择】菜单提供的功能很多，利用其中的基本选择命令，可以全选图层、取消选择、重新选择，还可以反向选择当前选区。此外，还可以利用【修改】子菜单中的命令来修改选区，利用【变换选区】命令对已创建的选择区域进行自由变换，利用【扩大选取】和【选取相似】命令，可以对当前建立的选区进行扩展，将相似的颜色添加到选区中。

习题

选择题

（1）在（　　）时，鼠标指针旁将出现一个"×"号。

A. 减去选区　　　　B. 添加选区　　　　C. 选择交叉区域　　　D. 新选区

（2）如果对选区进行（　　），可以消除选择区域的正常硬边界，使其柔化，从而在区域边界处产生一个过渡段。

A. 平滑　　　　　　B. 柔化　　　　　　C. 过渡　　　　　　　D. 羽化

（3）（　　）工具用于自动识别对象边缘，然后根据识别的结果创建选区。

A. 套索　　　　　　B. 多边形套索　　　C. 磁性套索　　　　　D. 智能套索

（4）使用【选择】菜单中的（　　）命令，可以选中已有选区或整个图像中指定的颜色。

A. 色彩范围　　　B. 扩大选取　　　　C. 选取相似　　　　　D. 相似色彩

（5）使用（　　）命令，可以在当前选区的基础上创建一个环状的选区。

A. 收缩　　　　　　B. 扩展　　　　　　C. 平滑　　　　　　　D. 边界

填空题

（1）选择【矩形选框工具】后，利用其工具控制面板上的选项可修改_____，还可设置_____等参数。

（2）选框工具的_____选项用于提高选区边缘的品质，还可以对照其他背景来查看选区的情况。

（3）在进行选区移动操作时，要将选区移动的方向限制为_____度的倍数，可在拖动时按住【Shift】键。

（4）使用"多边形套索"工具时，如果按住【Alt】键，可以_____。

（5）【快速选择工具】利用可调整的_____来快速"绘制"选区。

（6）【魔棒工具】会智能化地将图像中_____选中，从而建立起一个不规则的连续的选区。

（7）创建选区后，使用【选择】菜单中的【变换选区】命令，将在选区的四周出现_____，可以对已创建的选择区域进行自由变换。

（8）使用【选择】菜单中的【扩大选取】和【选取相似】命令，可以对当前建立的选区进行扩展，将_____添加到选区中。

简答题

（1）选区的作用是什么？试举例说明。

（2）如何创建矩形选框？如何设置矩形选框的参数？

（3）如何创建椭圆选框和只有一个像素的选框？

（4）如何使用各种套索工具创建选区？试举例说明。

（5）如何使用快速选择工具创建选区？如何使用魔棒工具创建选区？

（6）如何选中已有选区或整个图像中指定的颜色或色彩范围？

（7）如何全选图层？如何取消选择？如何重新创建选区？如何反向选择当前选区？

（8）如何修改选区？如何变换选区？

（9）如何扩展选区的相似颜色？

第4章 绘制和修饰图像

使用Photoshop进行图像处理时，常常需要进行图像绘制和修饰操作。Photoshop CS4提供了完善的绘画技术，可以灵活方便地进行手工绘画操作，也可以利用其图像修饰功能来快速改变图像的外观。本章将介绍图像绘制和修饰工具，重点介绍以下内容：

- 绘画工具及其使用方法。
- 图像颜色及其填充方法。
- 图像的修复方法。
- 图像的修饰方法。

4.1 使用绘画工具

Photoshop CS4提供了【画笔工具】、【铅笔工具】和【颜色替换工具】等用于更改图像像素颜色的绘画工具，可以使用它们来手绘出精美的图像或编辑现有图像的颜色。利用每种工具的控制面板，还可以设置对图像应用颜色的方式，也可以从预设画笔笔尖中选取笔尖。

4.1.1 画笔工具及其使用

工具面板中提供的【画笔工具】✐与日常生活中的毛笔非常相似。可以使用该工具来手工绘制各种具有柔和边缘的线条，从而组合出各种形态的图案。

选择【画笔工具】✐后，可以在"画笔"面板或画笔工具控制面板上设置好画笔的形状、大小、硬度、色彩混合模式、不透明度和流量等参数，然后在图层中拖动鼠标绘制出线条，如图4-1所示。

选择画笔工具

设置画笔参数

绘制图像

图4-1　使用画笔工具手绘图案

4.1.2 画笔工具控制面板

选择【画笔工具】后，将出现如图4-2所示的工具控制面板。画笔工具控制面板中提供了"画笔"、"模式"、"不透明度"和"流量"等选项，还有一个喷枪工具✐和一个【切换画笔面板】按钮。

图4-2　画笔工具控制面板

- "画笔"选项：用于设置画笔的大小和形状。单击"画笔"选项右侧的下拉按钮，将出现如图4-3所示的弹出式面板，可以在其中设置画笔的"主直径"大小、"硬度"等参数，还可以选择各种预设的画笔。

- "模式"选项：用于设置画笔的混合模式。单击"模式"选项右侧的下拉按钮，将出现如图4-4所示的下拉菜单，可从其中选择"正常"、"溶解"等混合模式。

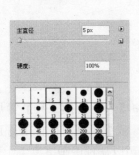

图4-3　画笔设置　　　　　　　　　　　　　　图4-4　画笔的混合模式

- "流量"选项：用于设置所画线条的颜色的浓度。

- 喷枪工具 ：单击 图标即可选中该工具，选中后进行绘画操作时，可以使画出的线条随着鼠标停留时间增加而变粗。

- 【切换画笔面板】按钮 ：单击该按钮，将出现如图4-5所示的"画笔"面板，可以在该面板中对画笔参数进行详细设置。

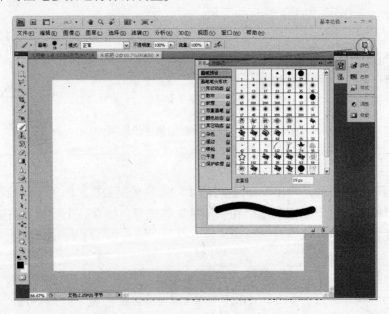

图4-5　用【切换画笔面板】按钮打开"画笔"面板

4.1.3 使用铅笔工具

【铅笔工具】✐用于绘制类似铅笔绘制的线条，其使用方法和【画笔工具】的用法相似。使用铅笔工具绘制的线条棱角突出、无边缘发散效果，如图4-6所示。

从工具面板中选择【铅笔工具】✐后，将出现如图4-7所示的工具控制面板，其中提供了"画笔"、"模式"、"不透明度"和"自动抹除"等选项。"自动抹除"选项是铅笔工具的特有选项。选中该选项后，在用【铅笔工具】绘画时，若图像的颜色与前景色相同，便会自动擦除前景色而填入背景色，从而使"铅笔"具有擦除功能。

图4-6 用铅笔工具绘制的图像 　　　　图4-7 铅笔工具的控制面板

4.1.4 颜色替换工具

【颜色替换工具】✎用于替换图像中的特定颜色。选择【颜色替换工具】后，将出现如图4-8所示的工具控制面板。

图4-8 颜色替换工具控制面板

【颜色替换工具】中特有的选项有：

- "取样方式"选项：【颜色替换工具】提供了3种取样方式。选择"连续"方式✎，在拖移时会连续对颜色取样；选择"一次"方式✎，只替换包含第1次单击的颜色的区域中的目标颜色；选择"背景色板"方式✎，将只替换包含当前背景色的区域。

- "限制"选项：可从其下拉列表中选择限制方式。选择"不连续"选项，将替换出现在指针下任何位置的样本颜色；选择"连续"选项，将替换与紧挨在指针下的颜色邻近的颜色；选择"查找边缘"选项，将替换包含样本颜色的连接区域，同时更好地保留形状边缘的锐化程度。

- "容差"选项：选择较低的"容差"，可以替换与所单击的像素相似的颜色；增加"容差"可替换范围更广的颜色。

- "消除锯齿"选项：选中"消除锯齿"复选框，可以为所校正的区域定义平滑的边缘。

使用颜色替换工具时，需要先选择一种前景色作为目标颜色，再选择颜色替换工具，在图像中单击要替换的颜色，最后在图像中拖动鼠标，即可替换为目标颜色，如图4-9所示。

4.1.5 设置画笔

画笔特性的详细设置是利用"画笔"面板来实现的。选择【窗口】|【画笔】命令，或者选择画笔工具后直接单击工具控制面板右侧的【切换画笔面板】按钮，都将打开如图4-10所示的"画笔"面板。其中显示的预设画笔是事先存储在系统中的画笔笔尖，它们都具有大小、形状和硬度等特性。利用"画笔"面板，可以对预设画笔的各个选项进行自定义的设置。

图4-9　使用颜色替换工具

（1）设置笔尖形状

使用画笔所绘制的图像都是由一个个像素点组成的，每个绘制点的形状则是由画笔的笔尖形状决定的，笔尖形状是画笔的最基本的属性设置。

选定一种画笔后，在"画笔"面板的"画笔参数设置选项"区中单击"画笔笔尖形状"项，可以显示出有关笔尖形状的各选项，如图4-11所示。

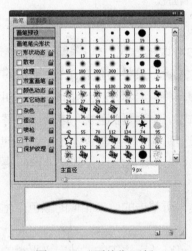

图4-10　"画笔"面板

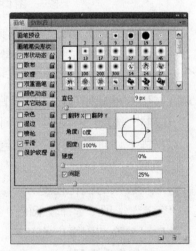

图4-11　笔尖形状的设置选项

画笔的笔尖选项主要包括：

- 直径：笔尖的直径，即画笔的大小，该参数将直接影响到所绘制线条的粗细。
- 角度：笔尖绘画时的倾斜角度。可以直接在"角度"数值框中输入度数，也可以在预览框中拖移水平轴。
- 圆度：当圆度值为100%时，笔尖形状为一个正圆；该值小于100%时，笔尖形状为一个椭圆。
- 硬度：硬度用于决定绘制结果边缘的清晰度。硬度越大，边缘越清晰；硬度越小，边缘越模糊。
- 间距：间距值越大，这些点就越稀松；间距值越小，这些点就越紧密。

（2）设置形状动态画笔

形状动态画笔是指笔尖的尺寸、角度或圆度等参数在绘制过程中是动态的，会自动发生变化。在"画笔"面板的"画笔参数设置选项"区中选中"形状动态"项可以显示有关形状动态的设置选项，如图4-12所示。主要的设置选项有：

- 大小抖动：用于设置画笔笔迹大小的改变方式，可以在其后的数值框中键入数字或拖动滑块来输入值。如果要指定控制画笔笔迹的大小变化的方式，可从"控制"下拉菜单中选取一个选项。可选择的选项包括"关"、"渐隐"、"钢笔压力"、"钢笔斜度"和"光笔轮"。
- 最小直径：用于设置启用"大小抖动"或"大小控制"后画笔笔迹可以缩放的最小百分比。
- 倾斜缩放比例：用于设置"大小抖动"为"钢笔斜度"时，在旋转前应用于画笔高度的比例因子。
- 角度抖动：用于设置画笔笔迹角度的改变方式。其"控制"下拉菜单中提供了"关"、"渐隐"、"钢笔压力"、"钢笔斜度"、"光笔轮"、"旋转"、"初始方向"和"方向"等选项。
- 圆度抖动：用于设置画笔笔迹的圆度在描边中的改变方式。
- 最小圆度：用于设置在启用"圆度抖动"或"圆度控制"时画笔笔迹的最小圆度。其"控制"下拉菜单中提供了"关"、"渐隐"、"钢笔压力"、"钢笔斜度"、"光笔轮"和"旋转"等选项。

（3）设置散布效果画笔

散布效果画笔是指在拖动鼠标绘制图像的过程中，各个绘制点杂乱地散布在鼠标拖动轨迹的附近。在"画笔"面板的"画笔参数设置选项"区中选中"散布"项可以设置笔迹的数目和位置，如图4-13所示。

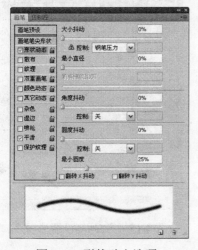

图4-12　形状动态选项

图4-13　散布设置选项

主要设置选项有：

- 散布：用于设置笔迹在描边中的分布方式，数值越大，散射效果越明显。其"控制"下拉菜单中提供了"关"、"渐隐"、"钢笔压力"、"钢笔斜度"、"光笔轮"和"旋转"等选项。

- 数量：用于设置在每个间距间隔所应用的画笔笔迹数量。
- 数量抖动：用于设置画笔笔迹的数量如何针对各种间距间隔而改变，即散布点的数量随机抖动。其"控制"下拉菜单中提供的选项与"散布"选项相同。

（4）设置画笔纹理

可以为画笔指定一种特殊纹理，从而使画笔能绘制纹理色彩。在"画笔"面板的"画笔参数设置选项"区中选中"纹理"项，将显示出画笔纹理的设置选项，如图4-14所示。

主要设置选项有：

- "纹理样本"面板：单击左上角的"纹理样本"选择框将出现"纹理"面板，可在面板中选择需要的画笔纹理。
- 反相：用于选择基于纹理样本中的色调反转纹理中的亮点还是暗点。
- 缩放：用于设置图案的缩放比例。
- 为每个笔尖设置纹理：选定该选项，可以将选定的纹理单独应用于每个画笔笔迹。
- 模式：用于设置组合画笔和图案的混合模式。
- 深度：用于设置油彩渗入纹理中的深度。
- 最小深度：用于设置油彩可渗入的最小深度。
- 深度抖动：用于设置深度的改变方式。

（5）设置双重画笔

双重画笔是一种特殊的画笔，其中包括主画笔和第2画笔。使用该画笔绘画时，主画笔的运动轨迹内填充的不是单一的颜色，而是第2画笔的笔尖形状图案。设置主画笔的方法和设置普通画笔相同。设置第2画笔时，只需在"画笔"面板的"画笔参数设置选项"区中单击"双重画笔"项，便能显示出如图4-15所示的第2画笔设置选项。

图4-14　画笔纹理设置选项

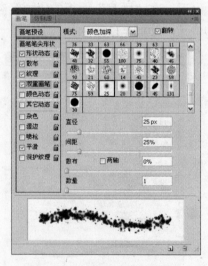

图4-15　第2画笔设置选项

主要设置选项有：

- 模式：用于设置从主画笔和第2画笔组合画笔笔迹时要使用的混合模式。
- 直径：用于控制双笔尖的大小。
- 间距：用于控制双笔尖画笔笔迹之间的距离。
- 散布：用于设置双笔尖画笔笔迹的分布方式。

·数量：用于设置在每个间距间隔应用的双笔尖画笔笔迹的数量。

（6）设置颜色动态画笔

颜色动态画笔是指画笔的颜色在绘制过程中是动态的，会自动发生变化。在"画笔"面板的"画笔参数设置选项"区中选择"颜色动态"项可以显示出有关颜色动态的设置选项，如图4-16所示。

主要设置选项有：

·前景/背景抖动：用于设置画笔的颜色在前景色和背景色之间抖动的程度。

·色相抖动：用于设置画笔颜色的色相不断抖动的程度。

·饱和度抖动：用于设置画笔颜色的饱和度不断抖动的程度。

·亮度抖动：用于设置画笔颜色的亮度不断抖动的程度。

·纯度：用于设置画笔颜色的纯度不断抖动的程度。

（7）设置其他动态效果

在"画笔"面板的"画笔参数设置选项"区中选择"其它动态"项可以显示出形状和颜色之外的动态选项，如图4-17所示。

图4-16 颜色动态选项

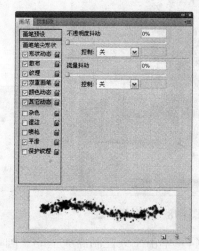

图4-17 "其它动态"设置选项

主要设置选项有：

·不透明度抖动：设置画笔油彩不透明度的程度。

·流量抖动：设置油彩流量变化的程度，即所绘的颜色深浅不一的程度。

（8）设置其他画笔选项

除了上述设置选项外，在"画笔"面板左窗格中还提供了以下复选框：

·"杂色"复选框：选中该复选框，可使画笔在绘制过程中自动添加一些杂点，该效果对硬度较小的画笔尤其明显。

·"湿边"复选框：选中该复选框，可使画笔具有类似于水彩的绘制效果，绘制出的线条的边缘会被加强。

·"喷枪"复选框：选择是否启用喷枪效果。

·"平滑"复选框：选中该复选框，可使画笔的绘制结果中的曲线更柔和。

·"保护纹理"复选框：选中该复选框，可使所有设置了纹理的画笔具有相同的纹理和纹理比例。

4.1.6 根据历史状态绘制图像

工具面板中提供了两个与"历史记录"面板中记录的历史状态（源状态）有关的工具，利用这两个工具，可以将图像中部分图像还原。

1. 历史记录画笔工具

【历史记录画笔工具】可将图像的局部区域恢复到"历史记录"面板中记录的某种历史状态。其应用方法如下：

（1）从工具面板中选择【历史记录画笔工具】。

（2）在"历史记录"面板中单击用于绘制的历史状态前的灰色方块，使其中出现图标，将该状态设置为源状态，如图4-18所示。

（3）选择【编辑】|【填充】命令，选择一种图案对图像进行填充，将"不透明度"设置为50%，具体参数设置和应用效果如图4-19所示。

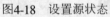

图4-18　设置源状态　　　　　　　　　图4-19　用图案填充图像

（4）单击工具控制面板上的"画笔"选项，设置好画笔参数，如图4-20所示。

（5）在图像窗口中涂抹，涂抹范围内的图像将被恢复为源状态，如图4-21所示。

图4-20　设置画笔参数　　　　　　　　图4-21　恢复涂抹范围内的图像

2. 历史记录艺术画笔工具

【历史记录艺术画笔工具】 用于将图像的当前状态与指定源状态进行融合，从而生成一种类似印象派的艺术图像效果。从工具面板中选择该工具后，将出现如图4-22所示的工具控制面板，可以从"样式"下拉列表中选择一种预设样式来进行操作。

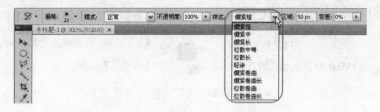

图4-22 历史记录艺术画笔工具控制面板

【历史记录艺术画笔工具】通过变形、模糊等手段将当前状态融入到指定的源状态中。指定源状态后，用"历史记录艺术画笔"工具在图像中涂抹，即可产生艺术化的效果，如图4-23所示。

图4-23 使用历史记录艺术画笔工具

4.2 填充区域颜色

利用Photoshop的色彩工具，可以设置画笔的颜色，也可以根据需要对图像的某个选择区域或整个图层进行填充。

4.2.1 设置绘画颜色

在Photoshop中，既可以从预设的颜色样品中选择合适的颜色，也可以自由调配颜色。

1. 设置前景色和背景色

前景色是指使用绘画工具绘出的图像颜色，而背景色是指图层的底色，一些与背景色有关的工具执行的结果就得到背景色。例如，使用橡皮擦或者渐变工具时，得到的就是背景色。

工具面板中有一个专门的颜色工具，通过该工具可以设置当前的前景色和背景色，也可以切换前景色和背景色，还可以恢复默认的颜色设置，如图4-24所示。要切换背景色和前景色，只需按下【X】键即可；按下【D】键则前景色和背景色回到Photoshop默认的模式。

单击颜色工具中的  按钮，可转换前景色与背景色；单击■小图标，可恢复前景色与背景色的默认颜色（即前景色为黑色，背景色为白色。如果查看的是Alpha通道，则默认的前景色为白色，背景色为黑色）。单击■大图标，则出现如图4-25所示的"拾色器"对话框。在该对话框中，移动小光圈到所需的颜色位置，单击【确定】按钮，便可设定所需的前景色或背景色。也可以直接输入RGB、CMYK、Lab或HSB参数来设置颜色。

【前景色】按钮 ——————————————— 【切换前景色和背景色】按钮

【恢复默认的前景色和背景色】按钮 ■ —————— 【背景色】按钮

图4-24   前景色和背景色的设置工具

RGB颜色值还可以由3个两位的十六进制数字组成，它们分别代表各自的颜色强度。比如，颜色值#00fa00表示绿色，如图4-26所示。

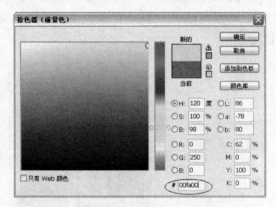

图4-25   "拾色器"对话框   图4-26   用十六进制值表示颜色

2．"颜色"面板

"颜色"面板也用于修改图像的前景色和背景色颜色，该面板中的调整主要是通过对所选择的色彩模式的基本色的组成进行调整所得到的，如图4-27所示。例如，在RGB模式中通过调整RGB三种原色的相对比例，便可得到需要的颜色。

如果对当前的模式不满意，可以单击面板右上角的小三角形，打开如图4-28所示的面板菜单，选择合适的模式，也可以右键单击"色谱条"选择合适的模式。色谱条也有几种不同的模式，可以逐一尝试找出它们的异同点，并在作品中灵活运用。一般情况下用的是RGB模式的滑块和色谱条。当然，也可以直接双击前景色和背景色的色板来调出"拾色器"对话框。

3．"色板"面板

图4-29所示的"色板"面板的功能类似于"颜色"面板，也是用来选择背景色和前景色的。虽然它所选择的颜色的准确性稍差，但适合于时间短而要求又不是很高的图像处理。

单击面板右上角的小三角形，可打开如图4-30所示的面板菜单，从中选择【载入色板】选项，将出现"载入"对话框，可从中选择任意一项载入。色板的"保存"和"替代"操作与此类似。

工具面板中的吸管工具 ✐ 可以帮助用户从图像中拾取所需的颜色，省去了调整各种基色比例的过程。它可在图像或调色板中拾取所需要的颜色，并将它设定为前景色。若按下【Alt】键的同时拾取颜色，可将其设定为背景色。

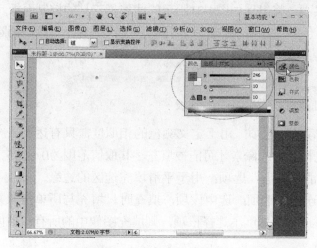

图4-27　"颜色"面板　　　　　　　　　图4-28　"颜色"面板菜单

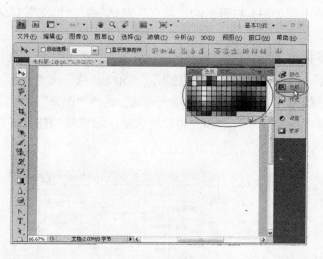

图4-29　"色板"面板　　　　　　　　　图4-30　面板菜单

4.2.2　一般色彩填充

使用【油漆桶】工具和【渐变】工具，可以在图层或选区内填充指定色彩，两者的填充方式有所不同。

1. 使用"油漆桶"工具填充

【油漆桶】工具用于填充单击处色彩相近并相连的区域的颜色或图案，用该工具进行填充相当于用"魔棒"工具选择填充区域后选择【编辑】|【填充】命令。

　　从工具面板中选择【油漆桶】工具 ◇，将出现如图4-31所示的油漆桶工具的控制面板。其中包括"填充方式"、"模式"、"色彩混合模式"、"不透明度"、"容差"、"消除锯齿"、"连续的"和"所有图层"等选项。

图4-31　油漆桶工具的工具控制面板

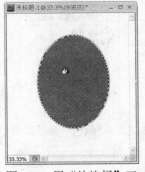

图4-32　用"油漆桶"工
具填充图像

- "容差"选项：用于定义颜色的相似度，只有达到该颜色相似度的像素才可能被填充。其取值范围为0～255。
- "消除锯齿"选项：用于平滑填充选区的边缘。
- "连续"选项：选中该项，填充时只填充与所单击像素邻近的像素；不选择该项，则填充图像中的所有相似像素。
- "所有图层"选项：基于所有可见图层中的合并颜色数据填充像素。

　　填充时，先设置好前景色和工具控制面板上的参数，然后单击要填充的图像部分，即可使用前景色或图案来填充指定容差内的所有指定像素，如图4-32所示。

　　2. 使用【填充】命令填充图像

　　利用【编辑】菜单中的【填充】命令，也可以用填充颜色或图案来填充图像。与"油漆桶"工具不同，该命令的填充区域是图层或选区。

　　选择【编辑】|【填充】命令后，将出现如图4-33所示的"填充"对话框。"填充"对话框的主要选项有：

- "内容"选项：单击"使用"下拉列表框右侧的下拉箭头，将出现如图4-34所示的下拉列表，可以从中选择"前景色"、"背景色"、"黑色"、"50%灰色"或"白色"等色彩进行填充。选择"颜色"选项，可以用指定颜色填充选区。选择"图案"选项，可以使用图案来填充选区。选择"历史记录"选项，可以将选定区域恢复为在"历史记录"面板中设置为源的状态或图像快照。

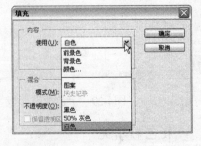

图4-33　"填充"对话框　　　　　　　　图4-34　填充内容下拉列表

- "混合"选项：用于设置填充内容与原图层内容的混合方式，可以设置混合模式和不透明度。

　　比如，创建一个选区后选择【编辑】|【填充】命令，出现"填充"对话框。在"使用"列表框中选择使用"图案"进行填充，然后单击"自定图案"选项打开图案列表，从列表中

选择用于填充的图案，再设置好填充内容的混合模式和不透明度。最后，单击【确定】按钮，即可填充选区，如图4-35所示。

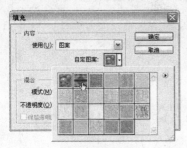
选择图案

设置混合模式和不透明度

填充效果

图4-35　用图案填充选区

4.2.3　渐变填充

渐变是一种将多种颜色逐渐混合的填充方式，既可以从预设渐变填充中选取渐变色彩，也可以创建自己的自定义渐变颜色。

1. 渐变选项

从工具面板中选择【渐变】工具 █，将出现如图4-36所示的工具控制面板。

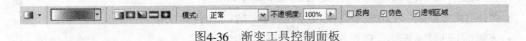

图4-36　渐变工具控制面板

（1）选择渐变方案

单击工具控制面板中"渐变方案"选项右侧的下拉箭头，将出现如图4-37所示的"渐变方案"弹出式面板，可以从中选择需要的渐变方案。也可以从面板菜单中选择相应的命令来载入渐变方案或对渐变方案进行管理。

（2）选择渐变方式

渐变工具提供了5种渐变方式，可以在工具控制面板中单击相应的按钮来选择渐变色的变化方式。

· 线性渐变 █：沿用户绘制的渐变路径做线性变化，效果如图4-38所示。

· 径向渐变 █：将绘制的渐变路径作为半径，由内向外做圆形变化，效果如图4-39所示。

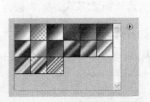
图4-37　"渐变方案"
弹出式面板

图4-38　线性渐变

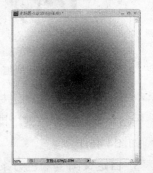
图4-39　径向渐变

- 角度渐变 ：将绘制的渐变路径作为角度的起始边，随着角度的增加做环绕变化，效果如图4-40所示。
- 对称渐变 ：沿着绘制的渐变路径做对称的线性变化，效果如图4-41所示。
- 菱形渐变 ：将绘制的渐变路径作为半径，由内向外做菱形变化，效果如图4-42所示。

　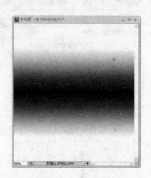　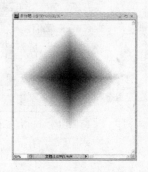

图4-40　角度渐变　　　　　　图4-41　对称渐变　　　　　　图4-42　菱形渐变

（3）设置其他选项

渐变工具控制面板上还提供了以下选项：

- "模式"选项：用于指定填充色与下一图层的混合模式。
- "不透明度"选项：用于指定填充色的不透明度。
- "反向"选项：用于反转渐变填充中的颜色顺序。
- "仿色"选项：使用较小的带宽创建较平滑的混合。
- "透明区域"选项：要对渐变填充使用透明蒙版。

2. 渐变填充方法

使用【渐变工具】 填充图像选区或图层的方法如下：

（1）创建一个用于填充渐变效果的区域（如果不创建选区，则对整个当前图层填充渐变效果）。

（2）从工具面板中选择"渐变"工具 ，在工具控制面板中单击"渐变方案"选项右端的下拉箭头，打开"渐变方案"弹出式面板。在面板中单击选择需要的渐变色彩方案，如图4-43所示。

（3）单击"渐变方式"组中的【菱形渐变】图标 ，如图4-44所示。

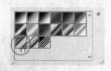　　　　　　　　　　　　　　　　

图4-43　选择渐变方案　　　　　　　　　　　　图4-44　选择渐变方式

（4）在图像中拖动鼠标绘制一条直线（称为渐变路径），如图4-45所示。

（5）松开鼠标按键，即可根据渐变路径指定的起点、终点和渐变方向形成渐变填充效果，如图4-46所示。

3. 自定义渐变颜色方案

单击工具控制面板中的"颜色方案"选项框 下，将出现如图4-47所示的"渐变编辑器"对话框。利用该对话框，可以自定义渐变方案，也可对预设的方案进行编辑。

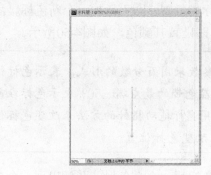

图4-45　绘制渐变路径

图4-46　渐变效果

（1）设置色标

在"渐变编辑器"对话框的色带下方有两个或多个渐变色标，这些色标用于定义该点的颜色。单击需要渐变颜色的位置，可以添加一个色标，单击某个已经存在的色标则可以将其选中。选中某个色标后，色标设置区域的"颜色"和"位置"选项变为可用，可以用这两个选项设置该色标的颜色、位置和两边的渐变中间点，如图4-48所示。

图4-47　"渐变编辑器"对话框

图4-48　选择色标

- 更改色标颜色：先选定要编辑的色标，然后单击"色标"组中的"颜色"框，将打开"选择色标颜色"对话框，从中选择需要的颜色后单击【确定】按钮，即可更改所选色标的颜色，如图4-49所示。从色带中可以看到，更改颜色后，渐变效果将做相应的变化。

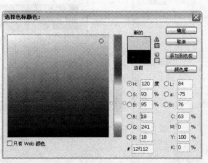

图4-49　更改色标颜色

- 添加并设置新色标：在色带下方单击需要添加色标的位置，即可添加一个新色标。添加色标后，可以左右拖动色标调整其位置，也可以设置其颜色，如图4-50所示。

"位置"框中显示的是当前选中色标的位置，该参数采用百分数的形式，表示色标位置占整个色带长度的百分比。例如，0%表示色标在色带的最左端；50%表示色标在色带的中点；100%表示色标在色带的最右端。除采用鼠标拖动指针的方法来改变色标位置外，也可以在数值框中输入具体的位置参数来改变色标位置。

- 调整左右两个色标颜色的中间色位置：选中某个色标后，会在色标的两侧出现一个白色的小菱形标记，该标记表示左右两个色标颜色的中间色的位置。可以用鼠标拖动中间点标记调整其位置，如图4-51所示。也可以单击选中某个中间点标记，然后在"位置"框中以百分数的形式设置其位置。

 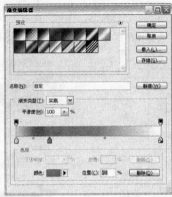 

图4-50　添加并设置新色标　　　　　　　　　图4-51　调整中间色位置

- 删除色标：要删除不需要的色标，只需用鼠标将色标拖离色带即可。

（2）设置不透明度色标

利用不透明度色标，可以设置不透明度渐变。在"渐变编辑器"对话框中，不透明度渐变位于色带上方。选中某个不透明度色标后，可在"渐变编辑器"对话框下方的"不透明度"和"位置"框中输入相应的参数，如图4-52所示。在进行渐变填充时，如果要应用方案中的不透明度渐变效果，需选中工具控制面板中的"透明区域"复选框，否则不透明度渐变不起作用。

图4-52　设置不透明度渐变

（3）设置杂色渐变

"渐变编辑器"对话框默认的渐变类型是实底渐变，如果要设置杂色渐变，可从"渐变类型"下拉列表中选择"杂色"选项，选择后对话框中的选项将出现变化，如图4-53所示。杂色渐变是一种反映随机色彩变化的渐变效果。

选择"杂色"选项后，可以在"粗糙度"框中设置渐变的粗糙程度，该值越大，色彩变化越明显；拖动颜色参数滑块（如RGB、CMYK等）可设置随机颜色的范围；单击【随机化】按钮，可根据其他参数产生一种随机渐变，每次单击该按钮都会产生一种新的渐变。如图4-54所示为设置了"杂色"的渐变效果。

 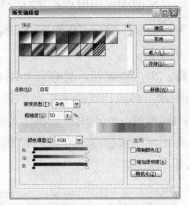 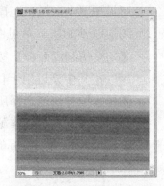

图4-53 选择"杂色"渐变类型　　　　　　图4-54 "杂色"渐变效果

（4）保存渐变方案

编辑或新建渐变方案后，可以在"渐变编辑器"的"名称"框中键入新渐变方案的名称，然后单击【新建】按钮，将当前的设置保存为一个新的渐变方案。

创建后，新的渐变方案会出现在"渐变编辑器"对话框和"渐变"面板中。要永久地保存自定义的渐变方案，只需单击"渐变编辑器"对话框中的【存储】按钮即可。

4.3 修复图像

由于各种原因，图像上可能会存在一些刮痕或污点，可以利用Photoshop CS4的图像修补工具来进行修补。工具面板中提供的修补工具主要有【仿制图章工具】、【图案图章工具】、【污点修复画笔工具】、【修复画笔工具】、【修补工具】和【红眼工具】等。

4.3.1 仿制图像

【仿制图章工具】用于将图像的局部内容复制到图像的其他位置，也可以复制到其他图像文件中。该工具的控制面板如图4-55所示，其中提供了"画笔"、"模式"、"不透明度"、"流量"、"喷枪"、"对齐"、"样本"等选项，以及【切换仿制源面板】和【切换画笔面板】两个按钮。

图4-55 仿制图章工具控制面板

　　仿制图章工具的控制面板中的"画笔"选项、"模式"选项、"不透明度"选项、"流量"选项和"喷枪"选项的功能与普通【画笔工具】相同。下面仅介绍"对齐"和"样本"等选项：

- "对齐"选项：选中"对齐"复选框，可连续对像素进行取样，即使释放鼠标按键，也不会丢失当前取样点；但如果取消对"对齐"选项的选择，则会在每次停止并重新开始绘制时使用初始取样点中的样本像素。

- "样本"选项：用于从指定的图层中进行数据取样，其下拉列表中的选项如图4-56所示。选择"当前和下方图层"选项，可以从当前图层及其下方的可见图层中取样；选择"当前图层"选项，只能从当前图层中取样；选择"所有图层"选项，可以从所有可见图层中取样。选择"所有图层"后，可以单击【忽略调整图层】图标 ，从调整图层以外的所有可见图层中取样。

- 【切换仿制源面板】按钮 ：单击该按钮，将打开如图4-57所示的"仿制源"面板，可以在其中设置用于仿制图章工具或修复画笔工具的选项。比如，可以设置5个不同的样本源并快速选择所需的样本源，而不用在每次需要更改为不同的样本源时重新取样，也可以查看样本源的叠加，以便在特定位置仿制源，还可以缩放或旋转样本源以更好地匹配仿制目标的大小和方向。

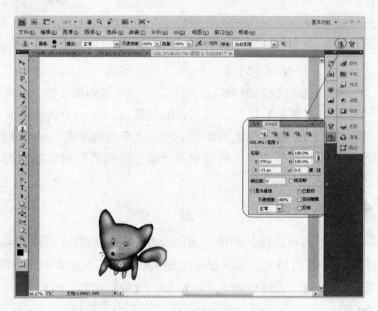

当前图层
当前和下方图层
所有图层

图4-56　"样本"下拉列表　　　　　　　　　　　图4-57　打开"仿制源"面板

- 【切换画笔面板】按钮 ：单击该按钮，将打开如图4-58所示的"画笔"面板，以便对仿制图章工具的画笔选项进行详细设置。

　　要用【仿制图章工具】来仿制图像，只需从工具面板中选择【仿制图章工具】 ，将光标移到要选择的局部图像处，再在工具控制面板的"画笔"选项中，为仿制图章工具 选择一种合适的画笔。接下来，将光标移到需复制的图像位置，按下【Alt】键同时单击鼠标左键，对源图像进行取样。松开【Alt】键，将光标移到目标区域，然后按下鼠标左键并拖动，即可将源图像复制到目标区域，如图4-59所示。

图4-58 打开"画笔"面板

取样   仿制一个图像   仿制更多图像

图4-59 仿制图像的过程

4.3.2 绘制图案

利用工具面板中的【图案图章工具】 ，可以将系统预设的图案或用户自定义的图案快速复制到图像中。选择该工具后，将出现如图4-60所示的工具控制面板，其中的大多数选项与【仿制图章工具】相同。

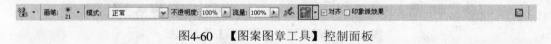

图4-60 【图案图章工具】控制面板

【图案图章工具】控制面板特有的选项有：

- "图案"弹出式面板：用于选择绘画的图案，如图4-61所示。要从更多的图案中选择，可单击"图案"弹出式面板右上角的 按钮，从出现的面板菜单中选择其他图案，如图4-62所示。
- "印象派效果"复选框：用于选择是否应用具有印象派效果的图案。

图4-61 "图案"弹出式面板

要使用【图案图章工具】绘制图像，只需从工具面板中选择【图案图章工具】 后，再从"画笔"弹出式面板中选取一种预设的画笔样式。再根据需要设置"模式"、"不透明度"等的工具选项，然后选中"对齐"选项，使图案与原始起点保持连续性。接下来，从"图案"弹出式面板中选择一种图案，在图像窗口中拖动鼠标，即可用选定图案在图像窗口中绘画，如图4-63所示。

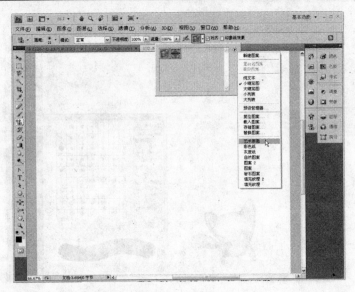

图4-62　面板菜单

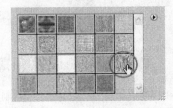

图4-63　用图案图章工具绘制图像

4.3.3　修复污点

要快速去除图像中的污点或其他不需要的图像区域，只需使用【污点修复画笔工具】 就能实现。从工具面板中选择【污点修复画笔工具】后，将出现如图4-64所示的工具控制面板。

图4-64　【污点修复画笔工具】控制面板

工具控制面板中【污点修复画笔工具】特有的选项主要有以下两个：

- 近似匹配：使用选区边缘周围的像素来查找要用做选定区域修补的图像区域。
- 创建纹理：使用选区中的所有像素创建一个用于修复该区域的纹理。

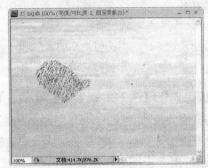

图4-65　待修复的图像

【污点修复画笔工具】是利用图像或图案中的样本像素来修复污点的。该工具将样本像素的纹理、光照、透明度和阴影与所修复的像素相匹配。下面举例说明其具体用法：

（1）打开要修复的图像，如图4-65所示。可以看到，图像的右侧有一团"污点"。

（2）选择【污点修复画笔工具】，设置好画笔大小、类型等参数后，在"污点"范围内拖动鼠标涂抹相应的区域，如图4-66所示。

（3）松开鼠标，即可将"污点"清除掉，如图4-67所示。

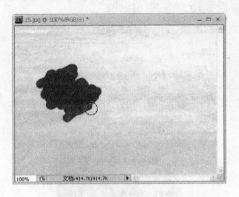

图4-66 涂抹"污点"区域

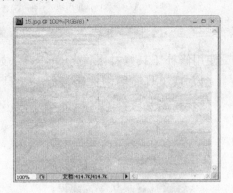

图4-67 修复效果

4.3.4 修复图像

【修复画笔工具】 借用图像某个区域周围的像素和光源来修复特定的图像区域，也可以选择自定义的图案来涂抹不需要的区域。【修复画笔工具】的控制面板如图4-68所示。

图4-68 修复画笔工具的控制面板

要修复图像，可以用下面的方法操作：

（1）打开要修复的图像，在工具栏中选择修复"源"为"取样"，然后按住【Alt】键，在希望以该区域进行涂抹的图像范围内单击鼠标，如图4-69所示。

（2）在要修复的区域中进行涂抹，如图4-70所示。

（3）涂抹完毕后，涂抹区域与周围的区域将变得非常的融合，如图4-71所示。

图4-69 取样修复"源"

图4-70 涂抹要修复的区域

图4-71 修复效果

4.3.5 修补图像

【修补工具】 根据取样区域的图像来修复目标区域中的图像，并将取样图像匹配目标区域中的纹理、阴影、光等因素。该工具主要用于整块图像的修复。其工具控制面板如图4-72所示。

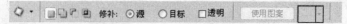

图4-72　修补工具的控制面板

使用修补工具修补图像的操作方法如下：

（1）从工具面板中选择【修补工具】 ◊。

（2）在需要修补的区域拖动鼠标，创建一个选择区域，如图4-73所示。

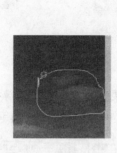

图4-73　创建修补区域选区

（3）将选区拖动到相邻的区域，松开鼠标，被选中的区域中的图像就会变成与目标位置相同的图像，且边缘和背景能很好地融合，如图4-74所示。

图4-74　修复过程

4.3.6　红眼处理

在使用相机拍照时，由于光线与一些照相角度的问题，在照片中可能会出现红眼现象。Photoshop CS4提供了一个专门用于修复"红眼"现象的【红眼工具】 ，其工具控制面板如图4-75所示。该控制面板中的主要选项有：

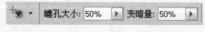

图4-75　【红眼工具】控制面板

·瞳孔大小：设置瞳孔（眼睛暗色的中心）的大小。

·变暗量：设置瞳孔的暗度。

要使用【红眼工具】修复"红眼"现象，只需先打开有"红眼"现象的人物图片，并将人物的眼部区域放大显示，再从工具面板中选择【红眼工具】，将鼠标移动到图像中某个眼睛的红眼部分，单击鼠标即可消除红眼，如图4-76所示。

待修复的图片　　　　　　　消除第1只眼睛的"红眼"　　　　消除另一只眼睛的"红眼"

图4-76　消除红眼

4.4　修饰图像

要编辑图像的细节区域，美化图像或实现某些特定的图像特效，可以利用Photoshop CS4提供的擦除工具和修饰图像工具来实现。

4.4.1　擦除图像

使用擦除工具，可以擦除图像中指定区域的颜色。Photoshop CS4的擦除工具包括【橡皮擦工具】、【背景橡皮擦工具】和【魔术橡皮擦工具】3种。

1. 擦除图像并用背景色填充

【橡皮擦工具】用于擦除图像中不需要的区域，然后用背景色来填充该区域。从工具面板中选择该工具后，在图像区域中涂抹即可，如图4-77所示。

利用如图4-78所示的"橡皮擦"工具控制面板，可以改变"橡皮"的大小等参数以擦除不同大小的区域。调整其"不透明度"，可使擦除部位透明化，如图4-79所示为将"不透明度"设置为50%时的擦除效果。

2. 擦除图像并使之透明

【背景橡皮擦工具】用于擦除当前图

图4-77　使用"橡皮擦"工具

层的同色调区域并使其透明化，其工具控制面板如图4-80所示，主要的选项有：

- "取样"选项：其中包括几个子选项，"连续"选项表示当鼠标在图像中拖动时，拖动经过处的颜色即为擦除颜色；"一次"选项表示当鼠标在图像中拖动时，单击处的颜色即为擦除颜色，单击不同的颜色即擦除的颜色不同；"背景色板"选项表示擦除的颜色即为同背景一样的颜色。

图4-78　橡皮擦工具控制面板

图4-79　"不透明度"为50%时的擦除效果　　　　图4-80　背景橡皮擦工具的工具控制面板

- "限制"选项：单击"限制"项旁的下拉箭头，从出现的下拉菜单中可选择"连续"、"邻近"或"查找边缘"选项。其中，"连续"选项用来在图层中擦除样色；"邻近"选项用来擦除含样色和其他颜色的区域；"查找边缘"选项用来擦除图像对象周围的样色，使对象更加突出。
- "容差"选项：表示擦除颜色的相似程度。

设置好参数后，在图像中拖动鼠标进行擦除，同色调的部分便会被涂抹为透明颜色，如图4-81所示。

3. 擦除相近颜色的区域

【魔术橡皮擦工具】用于擦除当前图层中所有相近的颜色，或者只擦除连续的像素颜色，其工具控制面板如图4-82所示。

图4-81　擦除图像并使之透明　　　　　　图4-82　"魔术橡皮擦"工具控制面板

其中主要的选项有：

- "容差"选项：用于定义被擦除颜色的波动范围。一个低的误差范围值使擦除的像素颜色跟单击处的颜色很接近，而一个高的误差范围值使擦除的像素颜色有一个很大的波动范围。
- "不透明度"选项：用于设置擦除像素颜色的透明度，100%的透明度可使擦除的像素颜色完全透明。
- "消除锯齿"选项：可使擦除区域的边缘变得光滑。
- "连续"选项：使擦除的范围仅仅是单击处的像素，是连续的像素。

设置好参数后，在图像中拖动鼠标进行擦除，同色调的区域会被擦拭为透明颜色，如图4-83所示。

图4-83 擦除相近颜色的区域

4.4.2 修饰图像

Photoshop CS4的修饰工具用于对图像特定区域进行特殊修饰，主要的修饰工具有【模糊工具】、【锐化工具】、【涂抹工具】、【减淡工具】、【加深工具】和【海绵工具】等6种。

1. 模糊修饰图像

【模糊工具】用于使图像的特定区域变得模糊起来，该工具的工具控制面板如图4-84所示。

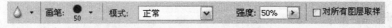

图4-84 "模糊"工具控制面板

主要选项有：

- "画笔"选项：用于选择画笔的形状。
- "模式"选项：用于选择色彩的混合方式。
- "强度"选项：用于选择画笔的强度大小。
- "对所有图层取样"选项：用于使模糊工具作用于所有图层的可见部分。

要模糊图像，只需从工具面板中选择【模糊工具】，然后设置好"画笔"等选项，再在特定的区域中拖动鼠标，即可降低像素之间的反差，从而产生模糊效果，如图4-85所示。

图4-85 模糊面部区域

2. 锐化修饰图像

【锐化工具】 用于增大图像特定区域的像素之间的反差，从而使图像色彩锐化。锐化的功能与模糊相反，其工具控制面板如图4-86所示。

图4-86　锐化工具控制面板

锐化图像时，只需从工具面板中选择【锐化工具】 ，设置好参数后在要锐化的区域中拖动鼠标即可，如图4-87所示。

图4-87　锐化衣服区域

3. 涂抹修饰图像

【涂抹工具】 用于将涂抹区域周围的像素混合起来，产生一种类似于用毛笔在未干的油墨上拖过的特殊效果，其工具控制面板如图4-88所示。选中其中的"手指绘画"选项后，可以设定涂抹的色彩。

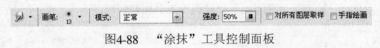

图4-88　"涂抹"工具控制面板

要涂抹图像，可从工具面板中选择【涂抹工具】 ，设置好参数后在要涂抹的区域中拖动鼠标即可，如图4-89所示。

图4-89　涂抹衣服区域

4. 减淡修饰图像

使用【减淡工具】 ，可更改图像某些区域的曝光度，增加其明亮度，从而显示出图像的细节部分。减淡工具控制面板如图4-90所示。

图4-90 减淡工具控制面板

在减淡工具控制面板中，"范围"用于选择要处理的特殊色调区域，可选择以下3个选项之一。

- 阴影：选中后减淡操作只作用于图像的暗调区域。
- 中间调：选中后减淡操作只作用于图像中间调的区域。
- 亮调：选中后减淡操作只作用于图像的亮调区域。

此外，设置"曝光度"可以调整图像曝光强度，一般可先把曝光度的值设置小一些。要减淡图像，可从工具面板中选择"减淡"工具，设置好参数后在要减淡的区域中拖动鼠标即可，如图4-91所示。

图4-91 减淡面部区域

5. 加深修饰图像

使用【加深工具】 ，也能改变图像的曝光度。但是，与【减淡工具】不同，【加深工具】可以使图像中局部曝光过度的区域变暗。其工具控制面板中的选项与减淡工具完全相同，如图4-92所示。

图4-92 加深工具控制面板

要加深图像，可从工具面板中选择【加深工具】，设置好参数后在要加深的区域中拖动鼠标即可，如图4-93所示。

图4-93 加深面部区域

6. 用"海绵"工具调整图像

使用"海绵"工具 🖊，可以调整图像特定区域的色彩饱和度，从而增加或减少局部图像的颜色浓度。

- 降低饱和度：要减少某些区域的颜色浓度，可从工具面板中选择"海绵"工具 🖊，然后在工具控制面板中选择"降低饱和度"选项，再用画笔涂抹要去色的区域即可，如图4-94所示。

图4-94　降低面部区域的饱和度

- 增加颜色浓度：需增加某些区域的颜色浓度，可从工具面板中选择"海绵"工具 🖊，然后在工具控制面板中选择"饱和"选项，再用画笔涂抹要加色的区域即可，如图4-95所示。

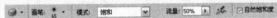

图4-95　增加面部区域的饱和度

本章要点小结

本章介绍了Photoshop CS4的图像绘制和修饰功能，下面对本章的重点内容进行小结：

（1）Photoshop CS4的绘画工具包括【画笔工具】、【铅笔工具】和【颜色替换工具】等几种，这些工具可以更改图像像素颜色。

（2）【画笔工具】 🖊 与日常生活中的毛笔非常相似，可以手工绘制各种具有柔和边缘的线条。其中工具选项包括画笔的形状、大小、硬度、色彩混合模式、不透明度等；【铅笔工具】 🖊 用于绘制类似铅笔绘制的线条，可以绘制出棱角突出、无边缘发散的各种线条；【颜色替换工具】 🖊 用于替换图像中的特定颜色。

（3）"画笔"面板用于设置笔画的特性，包括笔尖形状、形状动态画笔、散布效果画笔、画笔纹理、双重画笔、颜色动态画笔、其他动态效果和其他画笔选项。

（4）与"历史记录"面板中记录的历史状态（源状态）有关的工具包括【历史记录画笔工具】和【历史记录艺术画笔工具】两种，前者用于通过画笔的涂抹，将图像的局部区域恢复到"历史记录"面板中记录的某种历史状态，后者用于将图像的当前状态与指定源状态进行融合，从而生成一种类似印象派的艺术图像效果。

（5）利用工具面板中的前景色和背景色工具，可以设置当前的前景色和背景色；利用"颜色"面板，也可以修改图像的前景色和背景色颜色，该面板中的调整主要是通过对所选择的色彩模式的基本色的组成进行调整所得到的；利用"色板"面板，也能快速选择背景色和前景色。

（6）使用【油漆桶工具】和【渐变工具】，可以在图层或选区内填充指定色彩。【油漆桶工具】用于填充单击处色彩相近并相连的区域的颜色或图案，【渐变工具】用于填充多种颜色逐渐混合的效果。

（7）修补工具主要有【仿制图章工具】、【图案图章工具】、【污点修复画笔工具】、【修复画笔工具】、【修补工具】和【红眼工具】等。

（8）Photoshop CS4提供的修饰工具包括【橡皮擦工具】、【背景橡皮擦工具】和【魔术橡皮擦工具】3种擦除工具，以及【模糊工具】、【锐化工具】、【涂抹工具】、【减淡工具】、【加深工具】和【海绵工具】等6种修饰工具。

习题

选择题

（1）【画笔工具】、【铅笔工具】和【颜色替换工具】等绘画工具主要用于更改（　　）。

    A. 图像区域浓度　　　　　　　　　　B. 图像像素浓度

    C. 图像区域颜色　　　　　　　　　　D. 图像像素颜色

（2）笔画特性的详细设置是利用（　　）来实现的。

    A. 画笔状态栏　　　　　　　　　　　B. "画笔"面板

    C. 画笔工具控制面板　　　　　　　　D. "画笔"对话框

（3）RGB颜色值可以由3个两位的十六进制数字组成，它们分别代表各自的颜色（　　）。

    A. 强度　　　　　　　B. 浓度　　　　　　　C. 深度　　　　　　　D. 混合

（4）沿用户绘制的（　　）做线性变化的渐变方式称为线性渐变。

    A. 渐变角度　　　　　B. 渐变路径　　　　　C. 渐变方向　　　　　D. 渐变方位

（5）使用（　　）按钮，可以将系统预设的图案或用户自定义的图案快速复制到图像中。

    A.   B.   C.   D.

（6）【修补工具】根据（　　）区域的图像来修复目标区域中的图像，并将取样图像匹配目标区域中的纹理、阴影、光等因素。

A. 绘图　　　　　　　B. 修补　　　　　　C 取样　　　　　　D. 修饰

（7）（　　　）工具用于增大图像特定区域的像素之间的反差。

A. 加深　　　　　　　B. 锐化　　　　　　C 海绵　　　　　　D 涂抹

（8）使用【减淡工具】，可更改图像某些区域的（　　　），增加其明亮度，从而显示出图像的细节部分。

A. 亮度　　　　　　　B. 明度　　　　　　C. 曝光度　　　　　D. 对比度

填空题

（1）【画笔工具】与日常生活中的_____非常相似。可以使用该工具来手工绘制各种具有_____的线条。使用铅笔工具绘制的线条则具有_____的特点。

（2）用于替换图像中特定颜色的工具是_____。

（3）【历史记录画笔工具】通过画笔的涂抹，将图像的局部区域恢复到_____。

（4）【历史记录艺术画笔工具】用于将图像的当前状态与_____进行融合，从而生成一种类似印象派的艺术图像效果。

（5）前景色是指_____，而背景色是指_____。

（6）【油漆桶工具】相当于用_____选择填充区域后选择【编辑】|【填充】命令。

（7）_____用于将图像的局部内容复制到图像的其他位置，也可以复制到其他图像文件中。

（8）要快速去除图像中的污点或其他不需要的图像区域，只需使用_____就能实现。

（9）【修复画笔工具】借用图像某个区域周围的_____来修复特定的图像区域，也可以选择自定义的图案来涂抹不需要的区域。

（10）【橡皮擦工具】用于擦除图像中不需要的区域，然后用_____来填充该区域。【背景橡皮擦工具】用于擦除当前图层的_____区域并使其透明化。【魔术橡皮擦工具】用于擦除当前图层中_____的颜色，或者只擦除连续的像素颜色。

（11）【涂抹工具】用于将涂抹区域周围的像素混合起来，产生一种_____的特殊效果。

（12）【加深工具】可以使图像中局部_____的区域变暗。

（13）使用"海绵"工具，可以调整图像特定区域的_____，从而增加或减少局部图像的颜色浓度。

简答题

（1）画笔工具有何特点？其设置选项主要有哪些？

（2）铅笔工具和画笔工具的区别是什么？

（3）颜色替换工具的主要作用是什么？如何使用？

（4）如何详细设置各工具的参数？试举例说明。

（5）如何根据历史状态绘制图像？

（6）如何设置绘画颜色？

（7）如何使用【油漆桶工具】填充颜色？如何使用【填充】命令填充颜色？

（8）如何对图层或选区进行渐变填充？如何自定义渐变色彩？

（9）什么是仿制图像？如何仿制图像？

（10）如何绘制自定义的图案？

（11）如何修复图像中的污点？如何修复图像特定的区域？如何修补图像？如何处理图像中的"红眼现象"？

（12）擦除图像的方法有哪些？各有何区别？

（13）用于进行图像修饰的工具有哪些？各有何功能？

第5章 编 辑 图 像

图像编辑是图形图像软件最基本也是最重要的功能，图像编辑操作也是Photoshop图像处理过程中最常用的操作。本章将介绍图像编辑命令和具体应用方法，重点介绍以下内容：

· 基本图像编辑命令。
· 选区的描边方法。
· 图像的裁剪方法。
· 图像的变换方法。
· 图像的内容识别缩放方法。

5.1 基本图像编辑命令

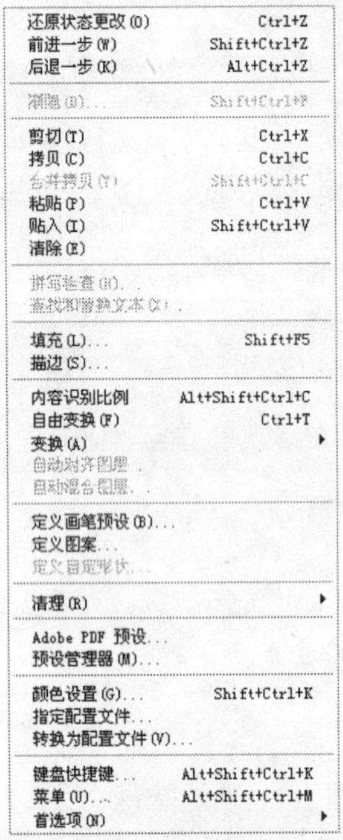

在Photoshop CS4的【编辑】菜单（如图5-1所示）中提供了大量实用的编辑命令，可以选择其中的命令来完成图像选区或图层的编辑操作。本节先介绍其中的基本编辑命令。

1. 还原/重做

在编辑图像时，如果出现了操作失误，只需使用【还原状态更改】命令来撤销或重复相关操作即可。

2. 前进/后退到某一操作步骤

【前进/后退一步】命令的功能与【还原状态更改】命令相似，但【前进/后退一步】命令可以在多步之间连续切换。

3. 剪切、拷贝和粘贴图像区域

在图像中创建选区后，选择【编辑】菜单中的【剪切】或【拷贝】命令，可以将当前图层上的选区剪下来或者复制下来。

· 执行【编辑】|【拷贝】命令（快捷键为【Ctrl】+【C】），当前图层的选区中的内容将被复制到剪贴板中，原图像不会发生变化。

图5-1 【编辑】菜单

· 执行【编辑】|【剪切】命令（快捷键为【Ctrl】+【X】），当前图层的选区中的内容将被复制到剪贴板中，同时原图像区域中的图像被清除，如图5-2所示。

· 执行【剪切】或【拷贝】命令后，再选择【编辑】|【粘贴】命令（快捷键为【Ctrl】+【V】），可将剪贴板上的内容复制到当前工作文件中，并放到一个新图层上，如图5-3所示。

4. 合并复制多个图层

选择【编辑】|【合并拷贝】命令（快捷键为【Shift】+【Ctrl】+【C】），可以将选区

内所有可见图层的合并副本复制到剪贴板中，原图像不变。

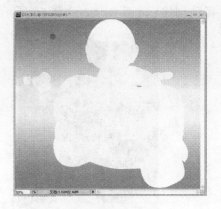

图5-2 剪切选区

图5-3 粘贴效果

5. 贴入

【贴入】命令用于将剪贴板上的内容粘贴到一个已有的选择区域中。"贴入"后，只有在选区中才能看到粘贴的内容。下面举例说明"贴入"的使用方法。

（1）打开如图5-4所示的图像并使用【选择】|【全部】命令全选图像。

（2）选择【编辑】|【拷贝】命令，图像全部复制到剪贴板中。

（3）打开如图5-5所示的图像，并选择其"天空"区域。

图5-4 打开贴入的图像并创建选区   图5-5 打开要贴入内容的图像并创建选区

（4）选择【编辑】|【贴入】命令，即可更换图像选区中的内容。贴入后，将自动取消选择，并自动创建一个新图层，如图5-6所示。

图5-6　贴入效果

6. 清除选区内的图像

在图像中创建一个选区后，只需选择【编辑】 | 【清除】命令，即可将当前图层上的选区内容删除，并用背景色来填充选区，如图5-7所示。

图5-7　清除选区内的图像

7. 定义画笔预设

除了使用预设的画笔外，还可以选择【编辑】 | 【定义画笔预设】命令，将可见的图像或文本定制为特殊的画笔。下面通过一个示例说明定义画笔预设的基本方法：

（1）新建一个白色背景的文件，然后在其中绘制一个图像并填充上颜色。

（2）沿图像四周创建一个圆形选区，如图5-8所示。

（3）选择【编辑】|【定义画笔预设】命令，出现"画笔名称"对话框，输入画笔的"名称"，如图5-9所示。

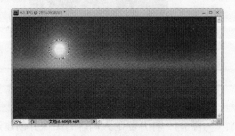
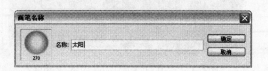

图5-8　建立选区　　　　　　　　　　图5-9　命名画笔

（4）单击【确定】按钮，即可完成画笔的定义。

　　要使用自定义的画笔，只需打开要应用画笔的图像（或新建一个图像），选择"画笔"工具，在选项栏中选择刚才定制的画笔，然后设置不同的前景色，在图像窗口中单击或拖动鼠标，便能绘制出图案，如图5-10所示。

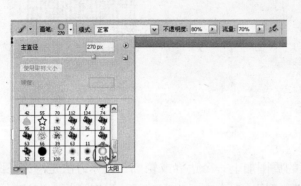

图5-10　使用自定画笔绘制图案

8. 定义图案

　　使用【编辑】|【定义图案】命令，可以将可见的图层或文本层定制为图案。定义为图案后，可以使用该图案来填充图层或选区。下面，也通过一个示例来说明具体的定义和使用方法。

图5-11　打开图片并建立选区

　　（1）打开如图5-11所示的图片，并创建一个选区。

　　（2）选择【编辑】|【定义图案】命令，出现"图案名称"对话框，将图案的名称设置为"菊花"，如图5-12所示。

　　（3）单击【确定】按钮，即可完成图案的定义。

　　（4）新建一个图像文件，如图5-13所示。

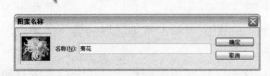

图5-12　命名图案

图5-13　新建图像文件

　　（5）选择【编辑】|【填充】命令，在出现的"填充"对话框中选定内容为"图案"。再从"自定义图案"下拉菜单中选择自定义的图案"菊花"，如图5-14所示。

　　（6）单击【确定】按钮，即可将图案填充在选区中，如图5-15所示。

图5-14 选择图案   图5-15 填充效果

5.2 选区描边

对于任何选区，都可以在选区的周围加上一个边界或轮廓。具体方法是，先在图像窗口中创建一个选区，然后选择【编辑】|【描边】命令，出现"描边"对话框。在该对话框中设置好描边的"宽度"和"颜色"，然后设置好描边位置（可指定是沿着选区的外部、内部还是中间来进行描边），还可以设定颜色混合模式及不透明度，并确认是否保持透明。设置好参数后，单击【确定】按钮即可产生描边效果，如图5-16所示。

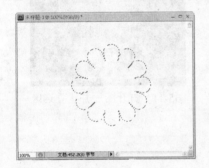

图5-16 描边选区

5.3 裁剪图像

如果要将图像中某些不需要保留的部分裁剪掉，可以使用工具面板中的【裁剪工具】 ![] 来实现。下面通过一个示例说明"裁剪"工具的具体用法。

（1）打开尚未裁剪的原始图像。

（2）从工具面板中选择【裁剪工具】 ![] 。在图像中单击裁剪区域的第一个角点，然后拖动鼠标到裁剪区域的对角点，如图5-17所示。

（3）要调整裁剪区域的大小，可将光标移至区域四周的控点上，待光标变成双箭头时拖动光标即可，如图5-18所示。

（4）将光标定位在裁剪区内，拖动光标即可移动裁剪区域，如图5-19所示。

（5）还可以旋转裁剪区域，将光标定位在裁剪区域外侧，待光标变成↵状后，拖动光标即可，如图5-20所示。

图5-17 确定裁剪区域

图5-18 调整裁剪区域 图5-19 移动裁剪区域

（6）确定好要保留的范围后，按下【Enter】键或在裁剪区内双击鼠标，即可执行裁剪操作，裁剪后的效果如图5-21所示。要取消对裁剪区域的裁剪，只需按下【Esc】键。

通过如图5-22所示的"裁剪"工具控制面板，可以指定裁剪图像的比例，还可以在裁剪的同时修改图像的分辨率。

图5-20 旋转裁剪区域 图5-21 裁剪效果

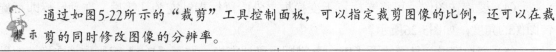

图5-22 "裁剪"工具控制面板

5.4　变换图像

使用【编辑】菜单中的变换命令，可以对图层或图层中选定的区域进行变换处理。本节将介绍【自由变换】命令和【变换】的基本用法。

1. 自由变换

选择【编辑】菜单中的【自由变换】命令（其快捷键为【Ctrl】+【T】），可以对选区或除背景层以外的所有图层进行放大、缩小和旋转等自由变换处理。具体变换方法如下：

（1）打开要变换的图像，选定要变换的图层（或创建要变换的选区），如图5-23所示。

（2）选择【编辑】|【自由变换】命令，将出现8个控制点，拖动这些控制点，即可变换图像的大小。按住【Shift】键拖动4个顶角的控制点，可以按比例缩放图像，如图5-24所示。

图5-23　待变换的原始图像　　　　　　　　图5-24　按比例缩放图像

（3）在变换过程中，将光标移动到图像内部，鼠标指针变为▶后，拖动鼠标，即可移动图像的位置，如图5-25所示。

（4）要旋转图像，可将光标置于变换框之外，鼠标指针变为↤状后，拖动鼠标即可旋转图像的角度，如图5-26所示。

（5）变换完成，只需按下【Enter】键即可确认变换，按下【Esc】键则取消变换，效果如图5-27所示。

图5-25　移动图像的位置　　　　图5-26　旋转图像　　　　图5-27　变换效果

2. 全面变换图像

利用【编辑】|【变换】子菜单下的命令（如图5-28所示），可以对选区或除背景层以

外的所有图层进行更丰富的变换操作。【变换】子菜单中各个命令的功能如下：

- 【再次】命令：重复上一次的变换操作。
- 【缩放】命令：对当前图层或选区内的图像进行缩放操作。
- 【旋转】命令：对当前图层或选区内的图像进行旋转操作。
- 【斜切】命令：对当前图层或选区内的图像进行倾斜操作，如图5-29所示。

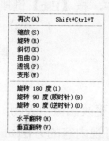

图5-28 【变换】子菜单　　　　　　　　　　图5-29 斜切变形

- 【扭曲】命令：对当前图层或选区内的图像进行扭曲操作，如图5-30所示。
- 【透视】命令：对当前图层或选区内的图像进行透视操作，如图5-31所示。
- 【变形】命令：对当前图层或选区内的图像进行形状变形处理，如图5-32所示。

图5-30 扭曲变形　　　　　　图5-31 透视变形　　　　　　图5-32 形状变形

- 【旋转180】命令：将当前图层或选区内的图像旋转180°。
- 【旋转90度（顺时针）】命令：将当前图层或选区内的图像顺时针旋转90°。
- 【旋转90度（逆时针）】命令：将当前图层或选区内的图像逆时针旋转90°。
- 【水平翻转】命令：将当前图层或选区内的图像水平翻转。
- 【垂直翻转】命令：将当前图层或选区内的图像垂直翻转。

3. 变换选项栏

选择【缩放】、【旋转】、【斜切】、【扭曲】、【透视】或【自由变换】等命令后，将出现相应的变换选项栏，可以直接在其中设置参数来精确定制变换效果，如图5-33所示。

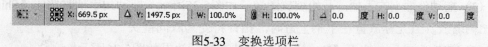

图5-33 变换选项栏

主要选项有：

- "宽度"和"高度"数值框：在其中输入百分比，可以根据数值进行缩放，单击选项栏中的【链接】图标 ，可以保持长宽比。

- "H（水平斜切）"和"V（垂直斜切）"数值框：在其中输入角度，可以根据所设数据进行精确斜切。
- 【在自由变换和变形模式之间切换】按钮 ：用于切换自由变换和变形模式。
- 【参考点定位符】 按钮：用于更改参考点。
- 【相关定位】按钮 ：用于相对于当前位置指定新位置。

设置参数完毕后，按【Enter】键可将设置应用到图像中，按【Esc】键则可取消本次变换操作。

5.5　内容识别缩放

可以在调整图像大小的同时保护图像的内容，从而在不更改图像中人物、建筑、动物等重要的可视内容的情况下调整图像大小。缩放图像时保留可视内容的方法如下：

（1）选择要缩放的图层。

　　如果要缩放背景图层，还需要选择【选择】|【全部】命令全选背景层。

（2）选择【编辑】|【内容识别比例】命令，在出现的工具控制面板中设置参考点位置、缩放比例、数量和保护参数，如图5-34所示。

图5-34　设置内容识别比例参数

（3）拖动外框上的手柄，开始缩放图像，如图5-35所示。拖动角手柄时按住【Shift】键可按比例缩放。当光标放置在手柄上方时，指针将变为双向箭头。

（4）缩放完成后，按下【Enter】即可确认变换，效果如图5-36所示。

图5-35 缩放图像

图5-36 内容识别缩放效果

本章要点小结

本章介绍了Photoshop CS4的图像编辑功能，下面对本章的重点内容进行小结：

（1）【编辑】菜单中集中了Photoshop CS4的大多数编辑命令，最基本的编辑命令有【还原状态更改】、【前进/后退一步】、【剪切】、【拷贝】、【粘贴】、【合并拷贝】、【贴入】、【清除】等，也可以根据需要定义画笔预设和图案。

（2）任何选区都可以使用【编辑】|【描边】命令在选区的周围加上一个边界或轮廓。

（3）如果要将图像中某些不需要保留的部分裁剪掉，可以使用工具面板中的【裁剪工具】 来实现。

（4）使用【编辑】菜单中的【自由变换】命令和【变换】命令，可以对图层或图层中选定的区域进行变换处理。

（5）要在调整图像大小的同时保护图像的内容，可以选择【编辑】|【内容识别比例】命令来实现。

习题

选择题

（1）在执行【还原状态更改】命令后，【还原状态更改】命令将变为（　　　　）命令。

A.【后退】　　　　B.【后退一步】　　　　C.【重做】　　　　D.【前进】

（2）【贴入】命令用于将剪贴板上的内容粘贴到一个（　　　）中。

A. 图层　　　　B. 选区　　　　C. 通道　　　　D. 蒙版

（3）【定义图案】命令用于将可见的图层或文本层定制为图案。定义为图案后，可以使用该图案来填充图层或（　　　）。

A. 图层　　　　B. 选区　　　　C. 通道　　　　D. 蒙版

（4）要旋转图像，可将光标置于（　　　），鼠标指针变为 状后，拖动鼠标即可旋转图像的角度。

A. 变换框之外　　　　B. 变换框之内　　　　C. 变换框上　　　　D. 变换框右侧

（5）【变换】子菜单中的（　　　　）命令用于对当前图层或选区内的图像进行倾斜操作。

　A.【透视】　　　　B.【扭曲】　　　　C.【倾斜】　　　　D.【斜切】

填空题

（1）执行【剪切】或【拷贝】命令后，再选择【编辑】|【粘贴】命令，可将剪贴板上的内容复制到当前工作文件中，并放到_____图层上。

（2）选择【编辑】|【合并拷贝】命令，可以将选区内所有_____的合并副本复制到剪贴板中，原图像不变。

（3）在图像中创建一个选区后，只需选择【编辑】|【清除】命令，即可将当前图层上的选区内容删除，并用_____来填充选区。

（4）除了使用预设的画笔外，还可以选择【编辑】|【定义画笔预设】命令，将可见的_____定制为特殊的画笔。

（5）在图像窗口中创建一个选区，然后选择【编辑】|【描边】命令，出现"描边"对话框。在该对话框中可以设置描边的_____等参数，还可以设定颜色混合模式及不透明度，并确认是否保持透明。

（6）如果要将图像中_____的部分裁剪掉，可以使用工具面板中的【裁剪工具】 来实现。

（7）选择【编辑】菜单中的【自由变换】命令，可以对选区或除_____以外的所有图层进行放大、缩小和旋转等自由变形处理。

（8）【透视】命令用于对_____的图像进行透视操作。

（9）可以在调整图像大小的同时保护图像的内容，从而在不更改图像中人物、建筑、动物等重要的可视内容的情况下调整图像大小，这种操作称为_____。

简答题

（1）基本的图像编辑命令有哪些？各有何功能？

（2）如何对选区进行描边？试举例说明。

（3）如何根据需要裁剪图像？

（4）如何变换图层或选区中的图像？

（5）什么是内容识别缩放？如何进行内容识别缩放？

第6章 应 用 图 层

图层是Photoshop提供的高效图像处理工具之一。使用图层功能，可以将多幅图像叠加放置后混合在一起，从而表现出各种设计创意。引入图层后，可以隐藏或显示各个图层，并能使文本、绘图和图像在不影响其他图层内容的情况下，在各个图层中独立进行添加、删除、移动和编辑操作。本章将全面介绍图层的基础知识和具体应用方法，重点介绍以下内容：

- 图层的基础知识。
- 图层的创建和编辑方法。
- 图层的管理方法。
- 调整图层和填充图层。
- 应用图层效果和样式。
- 设置图层属性。
- 智能对象的创建和编辑方法。

6.1 认识图层

使用Photoshop创建作品时，常常需要将多个图层合成为一幅幅神奇的画面。比如，将如图6-1（a）所示的3个图层叠加在一起，就能形成图6-1（b）所示的图像。

（a）　　　　　　　　　　　　　　　　（b）

图6-1　由图层组成图像

在图像处理过程中引入图层，就能很方便地将图像中各个元素分层处理和保存，从而使图像的编辑处理具有很大的弹性和操作空间。每个图层相当于一个独立的图像文件，几乎可以根据需要对所有图层进行独立的编辑操作。

Photoshop提供了一个"图层"面板，如图6-2所示，在"图层"面板中提供了多个用于操作图层的元素。如果图层面板未被激活，只需单击"图层"面板标签即可；如果"图层"标签未显示在窗口中，可选择【窗口】|【图层】命令将其显示出来。

1. 面板标签

面板标签用于在"图层"、"通道"和"路径"面板之间切换。

2. 图层面板菜单按钮

单击【图层面板菜单】按钮 ≡，将出现如图6-3所示的"图层"面板菜单。利用该菜单，可以快速执行创建图层、复制图层、删除图层等操作命令。

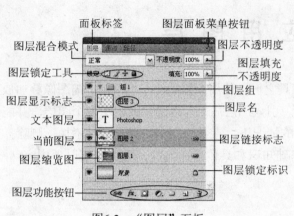

图6-2　"图层"面板

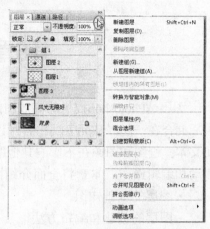

图6-3　"图层"面板菜单

3. 图层混合模式

图层混合模式下拉列表位于"图层"面板左上角，其中的选项决定了当前图层与其下面的图层进行颜色混合的算法。默认的模式是"正常"，选择不同的混合模式将得到不同的效果。

4. 图层不透明度

"不透明度"选项用于设置图层的透明程度。当不透明度参数为100%时，当前图层下方的内容将被完全遮盖；当不透明度为0%时，当前图层将变得完全透明；当不透明度为50%时，当前图层是半透明的。

5. 图层锁定工具

Photoshop CS4提供了以下4种图层锁定方式：

- 锁定透明像素▨：禁止在透明区内绘画。
- 锁定图像像素✐：禁止编辑该层。
- 锁定位置✛：禁止移动该层。
- 全部锁定🔒：禁止对该层进行一切操作。

6. 图层填充不透明度

"填充"选项用于为图层指定填充不透明度。填充不透明度的大小将影响图层中绘制的像素或图层上绘制的形状，但不影响已应用于图层的任何图层样式的不透明度。

7. 图层显示标志

要显示或关闭图像中的某个图层，只需在图层显示标志列中单击。若显示为👁标志，表示打开该图层的显示；反之则关闭该图层的显示。

8. 图层组

图层组用于管理相同属性图层的分组。

9. 当前图层

当前图层是指当前工作的图层，在"图层"面板中以浅蓝色为底色显示。图像处理过程中，只有一个当前层，用户所做的大多数编辑操作仅对当前层有效。要切换当前层，只需在"图层"面板中单击所选定的图层即可。

10. 图层链接标志

若在某个图层中显示有 标志，则表明该层与当前层链接在一起，可与当前层一起进行编辑，如移动、缩放，等等。

11. 图层缩览图

图层缩览图用于显示本层的缩图，主要用于区分不同的图层。

12. 图层名

"图层"面板中显示了各图层的名称。如果在创建图层时未指定名称，系统会自动按顺序将其命名为"图层1"、"图层2"等。

13. 文本图层

若某个图层的缩览图为 T 标志，表明该图层为文本。

14. 图层锁定标识

如果某个图层名后显示有 标志，表明该图层已经被锁定。锁定后的图层的内容可以完全或部分保护，使编辑命令对该图层无效。

15. 图层功能按钮

图层功能按钮位于"图层"面板的最下方，主要用于实现图层操作和管理功能。

- 【图层链接】按钮：同时选定多个图层后单击【图层链接】按钮 ，可以将选定的所有图层链接在一起。

- 【图层样式】按钮：单击【图层样式】按钮 *fx*，将出现如图6-4所示的菜单。通过其中的选项，可对当前图层快速应用特殊的效果。

- 【添加图层蒙版】按钮 ：图层蒙版用于屏蔽图层中的图像。单击该按钮，可以在当前图层上添加图层蒙版。

- 【创建填充或调整图层】按钮 ：单击 按钮，可以在出现的菜单中选择创建填充或调整图层的菜单命令，如图6-5所示。调整图层是一种用于控制色彩和色调的特殊图层。

图6-4　图层样式菜单

图6-5　创建填充或调整图层菜单

- 【创建图层组】按钮 ：单击 按钮可以创建一个图层组。创建图层组的好处在于可以方便地对图层组中的所有图层同时进行属性设置或移动操作。

- 【创建新图层】按钮 ：单击 按钮将得到一个"空的"、"透明的"新图层。Photoshop会为新的图层指定一个默认的名字（如图层1、图层2等）。

- 【删除图层】按钮：单击 👾 按钮，可以删除当前图层。也可以将要删除的图层拖至 👾 按钮上来删除图层。

6.2　创建和编辑图层

要在一幅图像的处理过程中引入图层，就必须根据需要创建图层，而对于已有的多个图层，还可以进行移动、复制和删除等编辑操作。

6.2.1　创建图层

默认情况下，新建的图像文件或打开的JPG等格式的图像都只有一个"背景"图层。Photoshop提供了很多创建图层的方法，能够灵活地在"背景"图层的基础上创建各种图层。

1. 创建空白图层

所谓空白图层，是指没有任何像素的"透明"图层，可以在上面绘制图像或添加其他内容，并能对相应的内容进行独立的编辑处理。创建空白图层的方法有以下几种：

- 使用"图层"面板工具：在"图层"面板上选择一个图层作为当前层，然后单击"图层"面板下方的【创建新图层】按钮 🔳，即可创建一个默认名称的图层。新建的图层将位于该图层的上方，如图6-6所示。

　默认的图层名称根据创建的顺序依次被自动命名为"图层1"、"图层2"、"图层3"……

- 使用菜单命令：在"图层"面板上选择一个图层作为当前层，再从菜单栏中选择【图层】|【新建】|【图层】命令，打开"建新图层"对话框，根据需要设置好"名称"、"颜色"、"模式"和"不透明度"等参数后，单击【确定】按钮，即可在当前层的上方创建一个新的空白图层，如图6-7所示。

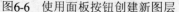

图6-6　使用面板按钮创建新图层　　　　　图6-7　使用菜单命令创建新图层

- 使用面板菜单：在"图层"面板上选择一个图层作为当前层，从"图层"面板菜单中选择【新建图层】命令，也将打开"建新图层"对话框，设置好参数后便可以创建一个新的空白图层。

用任何一种方法新建图层后，新建的图层都将作为当前图层。

2. 使用剪贴板新建图层

使用【拷贝】或【剪切】命令将选区中的图像复制到Windows剪贴板中后，再选择【编辑】|【粘贴】命令将其粘贴到某个图像窗口中，将会自动在原来当前层的上方形成一个新图层。

3. 通过拷贝/剪切创建图层

先在当前图层上创建一个选区，然后再从菜单栏中选择【图层】|【新建】|【通过拷贝的图层】命令，将创建一个新的图层，该图层将位于原来当前层的上方，如图6-8所示。所创建的图层中包含了原图层中选区的内容。

图6-8 通过复制的图层

在当前图层上创建一个选区，然后选择【图层】|【新建】|【通过剪切的图层】命令，也将创建一个新的图层，如图6-9所示。与【通过拷贝的图层】命令不同，使用【通过剪切的图层】命令后，原图层中选区的内容将被剪切掉，新图层的内容为原图层中选区的内容。

4. 将背景转换成普通图层

如果一幅图像中没有创建图层，该图像将被视为一个背景。此时，在"图层"面板上只显示一个"背景"层，如图6-10所示。对于"背景"层，不能进行很多编辑操作，如不能修改画面的透明度、不能添加图层效果、不能移动位置等。要对"背景"层进行全面的编辑操作，就必须先将其转换成为一个普通图层，具体方法如下：

（1）在"图层"面板上双击背景图层，出现如图6-11所示的"新建图层"对话框。默认情况下，将"背景"层转换为名为"图层0"的普通图层。

图6-9 通过剪切的图层　　　　　　　　图6-10 背景层

（2）设置好各参数后单击【确定】按钮，就能将"背景"层转换为普通图层，如图6-12所示。

5. 创建背景层

将"背景"层转换为普通层后，图像就没有"背景"层。如果需要，可以将已有的某个

图层直接创建为"背景"层。具体其方法是：选定要转换为"背景"层的图层后，从菜单栏中选择【图层】|【新建】|【背景】命令即可，所生成的"背景"层将自动放置于图像的最底层，如图6-13所示。

图6-11　"新建图层"对话框

图6-12　将"背景"层转换为普通图层的效果

图6-13　将"图层2"层创建为"背景"层

图6-14　新建文本层

6. 创建文本层

文本层是一种特殊图层，其中的内容为各种文本，且可以用【文字】工具进行编辑和修改。创建文本层的方法很简单，只要使用【横排文字工具】T或【竖排文字工具】IT在图像中输入文字，就会自动创建一个文本层，其名称默认为文本内容，如图6-14所示。

6.2.2　编辑图层

当图像中包含两个或两个以上的图层时，就可以对图层进行移动、复制和删除等编辑操作。

1. 移动图层

在"图层"面板中选定要移动的图层，或者右击图像中要移动的对象，从出现的快捷菜单中选择要移动的图层（本例选择"路灯"所在图层即"图层1"层），如图6-15所示。

再从工具箱中选择【移动】工具 ，在图像窗口中拖动鼠标，就能使当前层上的图像内容随之移动。如图6-16所示为移动"路灯"所在图层（"图层1"层）的过程。

图6-15 在快捷菜单中选择图层   图6-16 移动"路灯"

2. 移动多个图层

要让多个图层一起移动，只需按住【Shift】键的同时在"图层"面板中选定要一起进行移动的各个图层，然后再使用【移动】工具在图像窗口中拖动鼠标即可。

3. 复制图层

可以对已有的图层进行复制，复制后将生成一个或多个副本图层，副本图层的内容与原图层的内容完全相同。要复制图层，可以使用下面的方法：

（1）选定要复制的图层，使之成为当前层。

（2）从菜单栏中选择【图层】|【复制图层】命令，出现如图6-17所示的"复制图层"对话框。

（3）在"为"文本框中可以为新生成的层另起一个名称；从"文档"下拉列表框中可以选择将图层复制到哪个文档中。

（4）单击【确定】按钮，即可复制出一个图层的副本，如图6-18所示。

图6-17 "复制图层"对话框   图6-18 图层复制效果

（5）要继续复制图层，可以重复进行（1）～（4）步的操作。

在"图层"面板上用鼠标选中某个要复制的图层不放，然后拖动鼠标到面板下边的【创建新图层】 图标上，将按默认设置快捷地在当前层上面复制一个图层副本。此外，还可以使用"图层"面板菜单中的【复制图层】命令来复制新图层。

4. 删除图层

在"图层"面板中选中要删除的一个或多个图层，然后从菜单栏中选择【图层】|【删除】

|【图层】命令（或单击面板下边的【删除】图标　），即可删除当前层。

6.3　管理图层

　　一幅图像作品往往涉及到很多图层，而图层的排列顺序和关联性将直接影响图层的效果。为了对这些图层进行管理，Photoshop CS4提供了相应的图层管理手段。

6.3.1　更改图层排列顺序

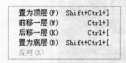

图6-19　图层排列的
相关命令

　　调整各个图层的排列顺序，可以改变图像中各个对象的重叠位置。在"图层"面板中选中要改变排列顺序的图层后，从菜单栏中选择【图层】|【排列】命令，将出现如图6-19所示的子菜单，子菜单中列出了图层可以移动的方法，只需根据需要进行选择即可。

- 【置为顶层】命令：用于将当前层放置在所有图层的最前面。
- 【前移一层】命令：用于将当前层往上移动一层。
- 【后移一层】命令：用于使当前层向下移动一层。
- 【置为底层】命令：用于将当前层放置在所有图层的最后面。
- 【反向】命令：反转选定图层的顺序。

　　比如，要将当前图层移动到最下方（如果有"背景"层则位于"背景"层的上方），只需选择【图层】|【排列】|【置为底层】命令即可，如图6-20所示。

图6-20　将当前图层移动到最下方

　　另外，在"图层"面板上直接用鼠标上下拖动某个图层到合适的位置，松开鼠标，也可以更改图层顺序，如图6-21所示。

图6-21　用"图层"面板更改图层排列顺序

6.3.2 链接图层

可以将两个或多个图层（或图层组）链接起来，链接后的图层将保持一种关联，可以对链接图层同时进行移动、变换、合并、排列、分布等操作。

- 链接图层：先选定一个图层，然后按下【Shift】键单击选中要与当前图层链接的图层，再单击"图层"面板下方的【链接】图标 ∞ 即可将它们链接起来，链接后选中的多个图层之后将出现一个链接标志，如图6-22所示为将"图层1"、"图层3"和"图层4"链接起来的过程。

图6-22 链接图层

- 取消链接：选中链接图层中的任何一个图层，然后单击"图层"面板下方的链接图标 ∞ 即可。

6.3.3 分组管理图层

如果图像中的图层非常多，还可以将相关的图层加入到一个指定的图层组中，从而方便操作和管理不同类型的图层。图层分组后，可以同时对多个相关的图层做相同的操作，也可以使对图层的管理更加有序。

1. 创建图层组

要创建图层组，只需单击"图层"面板下方的【创建新组】图标 ▢，即可在当前图层的上方建立一个新的图层组，如图6-23所示。新建的图层组被自动命名为"组1、组2、……"。

图6-23 新建图层组

 如果多个图层建立了链接关系，可以选择【图层】|【新建】|【从图层建立组】命令（也可以选择面板菜单中的【从图层新建组】命令），快速将它们创建为一个新的图层组。

2. 重命名图层组

要重新命名图层组，只需双击组名称，进入图层组名称编辑状态。此时，只需输入新的名称即可，如图6-24所示。

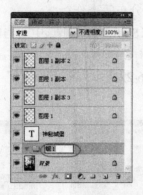

图6-24　重命名图层组

3. 将已有图层移入图层组中

创建图层组后，可用鼠标拖动已有图层到"图层组"中，拖入的图层都将作为图层组的子层置于图层组之中，如图6-25所示。

图6-25　拖动图层到图层组中

还可以同时选中多个图层，然后将其拖放到图层组中，如图6-26所示。

图6-26　同时将多个图层移动到图层组中

4. 删除图层组

要删除不需要的图层组，只需使用下面的方法之一：

- 选择删除内容：在"图层"面板中选中要删除的图
  层组，单击面板底部的【删除】图标 🗑（或从面板
  菜单中选择【删除图层组】命令），出现如图6-27
  所示警示框。单击【组和内容】按钮可将图层组

图6-27 警示框

  和其中包括的所有图层从图像中删除；单击【仅组】按钮可将图层组删除，但将其中
  包括的所有图层退出到组外。
- 直接删除图层组：要直接删除图层组和其中包括的所有图层，可以按下【Alt】键，然
  后单击"图层"面板底部的【删除】 🗑按钮。

6.3.4 合并图层

可以将已有的多个图层并为一个图层。根据图层的位置、所在图层组、所在剪贴蒙版、
链接图层以及是否可见等情况来具体合并图层。常用的合并方法有以下几种：

- 向下合并：选中某个图层后，从菜单栏中选择【图层】|【向下合并】命令（或从"图
  层"面板菜单中选择【向下合并】命令，或者使用快捷键【Ctrl】+【E】）可以将该
  图层合并到下一图层，如图6-28所示。合并之后，选定的图层名称将作为合并后图层
  的名称。

图6-28 向下合并图层

- 合并可见图层：选中可见图层中的某一个后，选择面板菜单中的【合并可见图层】命
  令可将所有当前可见的图层合并到选中的图层中。
- 拼合图像：当全部图层都编辑完毕后，可以将它们拼合为一个背景层。拼合后，将不
  再保存各个图层信息，图像文件大小将显著下降。要拼合图像，只需将待拼合的所有
  图层设置为可见，然后选择面板菜单或【图层】菜单中的【拼合图像】命令，出现一
  个确认消息框，只需单击【确定】按钮即可拼合当前图像。在拼合过程中将移去所有
  隐藏的图层，并用白色填充剩下的透明区域。
- 合并图层组：选中某个图层组后，选择面板菜单中的【合并组】命令可以将组中的所
  有层合并到一个以组名命名的新图层中。
- 合并剪贴蒙版：选中剪贴蒙版中的基底图层后，选择面板菜单中的【合并剪贴蒙版】
  命令可以将组中的所有图层合并到基底图层中。
- 合并链接图层：选中相互链接的图层中的某一个后，选择面板菜单中的【合并链接图
  层】命令可以将所有与选中图层链接的图层合并到选中图层。

6.4 调整图层和填充图层

调整图层和填充图层是Photoshop提供的两种特殊的图层。调整图层和填充图层具有与图像图层相同的不透明度和混合模式选项，可以根据需要重新排列、删除、隐藏和复制它们。

6.4.1 调整图层和填充图层的特点

调整图层和填充图层都是一种用于非破坏性编辑的图层。使用这两种图层对图像进行更改时，不会覆盖原始图像中的任何数据，不会因为编辑操作而降低图像品质。

- 调整图层：调整图层是一种用于调整图像的色彩和色调的特殊图层，其中只包含一些色彩和色调信息，而不保存任何图像。通过对调整图层的编辑，可以在不改变下一图层图像的前提下任意调整图像的色彩和色调。改变图像色彩时，只需改变调整图层，而无需逐层改变各个图层的色彩。可以创建色阶、曲线、色彩平衡、亮度/对比度、色相/饱和度、可选颜色、通道混合器、渐变映射、反相、阈值、色调分离等类型的调整图层。

- 填充图层：填充图层是一种由纯色、渐变效果或图案填充的特殊图层，它也不包含任何图像，通常与剪贴路径一起使用。填充图层与其他图层配合，可以实现某些特效。

比如，在图像的最上层加上一个渐变填充层可以使图像呈现一种由明到暗的过渡效果。

默认情况下，调整图层和填充图层有一个图层蒙版，使用图层缩览图左侧的蒙版图标表示，如图6-29所示。

图6-29 调整图层和填充图层

6.4.2 创建调整图层与填充图层

创建调整图层或填充图层的方法很简单，只需在"图层"面板中选中要创建调整图层或填充图层的下一图层，使调整图层或填充图层创建在该图层的上方。然后单击"图层"面板底部的【创建新的调整图层或填充图层】按钮，出现如图6-30所示的菜单，再根据所需选择创建的调整图层或填充图层的类型。

用于创建调整图层的选项包括亮度/对比度、色阶、曲线、曝光度、自然饱和度、色相/饱和度、色彩平衡、黑白、照片滤镜、通道混合器、反相、色调分离、阈值、渐变映射和可选颜色15种。用于创建填充图层的选项包括纯色、渐变和图案3种。

比如，要在当前图层上创建一个"色彩平衡"调整图层和一个"图案"填充图层，其方法如下：

图6-30 创建调整图层或填充图层的选项

（1）单击"图层"面板底部的 ⊘ 图标，从出现的菜单中选择【色彩平衡】选项，即可创建一个"色彩平衡"调整图层，如图6-31所示。

图6-31 创建"色彩平衡"调整图层

（2）要应用"色彩平衡"调整图层来调整图层的色彩，只需在"调整"面板中设置相关参数即可，如图6-32所示。

图6-32 利用"调整"面板调整图层的色彩

（3）再选定"图层0"层，单击"图层"面板底部的  图标，从出现的菜单中选择【图案】选项，打开"图案填充"对话框，如图6-33所示。

图6-33　打开"图案填充"对话框

（4）设置要填充的图案和相关参数，再单击【确定】按钮，即可创建好一个图案填充层，如图6-34所示。

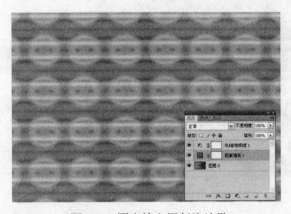

图6-34　图案填充层创建效果

（5）根据需要更改图案填充层的"不透明度"，即可显示出其下方的图层内容，如图6-35所示。

图6-35　更改图案填充层的"不透明度"

6.4.3 编辑调整图层和填充图层

对调整图层或填充图层的大多数操作与普通图层的操作相似，但可以设置调整图层或填充图层的选项。在"图层"面板中双击调整图层或填充图层的缩览图可以打开相应的填充选项对话框或调整选项对话框，然后可在对话框中修改填充或色彩调整设置。

例如，在"图层"面板中双击图案填充层的缩览图，可再次打开"图案填充"对话框，然后可在对话框中修改相应的选项，如图6-36所示。

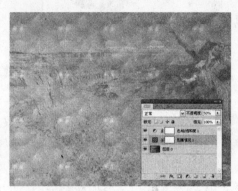

图6-36　更改图案填充选项

6.5 图层效果和样式

Photoshop提供了阴影、发光和斜面等效果来快速更改图层内容的外观，应用于一个图层或图层组中的图层效果称为图层样式。合理使用图层效果和样式，可以辅助设计人员更轻松地打造各种富有创意的作品。

6.5.1 认识图层样式

在"图层"面板中双击缩览图的外部，将打开如图6-37所示的"图层样式"对话框。利用该对话框，可以选择并设置需要的图层效果。

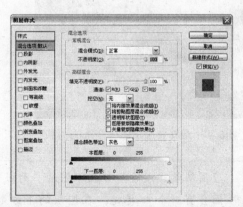

图6-37　"图层样式"对话框

单击"图层"面板底部的【图层样式】按钮 fx，然后在出现的图层效果列表中选择某种效果（或者选择【样式】|【图层样式】子菜单中的某种效果），也能打开"图层样式"对话框并切换到相应的效果设置界面，如图6-38所示。

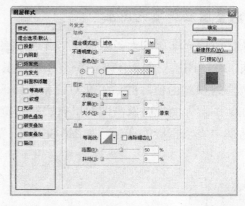

图6-38　用【图层样式】按钮打开"图层样式"

图层效果列表中提供了以下效果：

- 投影：用于为图层添加阴影特效。
- 内阴影：用于在图层内容的边缘内添加阴影，使图层产生凹陷特效。
- 外发光：用于添加从图层内容的外边缘发光的特效。
- 内发光：用于添加从图层内容的内边缘发光的特效。
- 斜面和浮雕：用于在图层中添加高光和阴影的特殊组合。
- 光泽：用于创建具有光滑光泽的内部阴影。
- 颜色叠加：用纯色填充图层内容。
- 渐变叠加：用渐变色填充图层内容。
- 图案叠加：用图案填充图层内容。
- 描边：使用颜色、渐变或图案在当前图层上描绘出对象的轮廓。

图6-39　选择要应用图层样式的图层

下面通过一个简单的示例说明应用图层效果的方法。

（1）在"图层"面板中选中需应用图层样式的图层（不能选择"背景"层、锁定的图层或图层组），如图6-39所示。

（2）单击"图层"面板底部的【添加图层样式】图标 *fx*，从出现的效果列表中选择【外发光】选项，出现如图6-40所示"图层样式"对话框并显示出"外发光"设置选项。

（3）设置好参数后，单击【确定】按钮，即可为图层应用图层样式，如图6-41所示。

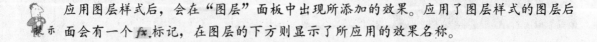

应用图层样式后，会在"图层"面板中出现所添加的效果。应用了图层样式的图层后面会有一个 *fx* 标记，在图层的下方则显示了所应用的效果名称。

6.5.2　设置图层样式

利用"图层样式"对话框，可以选择需要的图层效果，然后设置所选效果的参数。为图层添加了图层样式后，还可以通过再次打开"图层样式"对话框来对图层样式进行编辑修改。

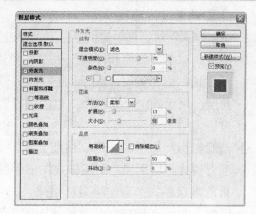

图6-40 "外发光"设置选项

1. 选择效果

双击"图层"面板中的某个图层，首先出现的是如图6-42所示的"混合选项"。

图6-41 应用图层样式后的效果

图6-42 "混合选项"

要添加某种图层效果，只需选中效果名称前的复选框即可，但用这种方法只能用默认的效果设置参数，而不显示效果的选项。比如选中"描边"效果前的复选框，可以按默认选项为当前图层添加图层效果，但设置选项并没有显示出来，如图6-43所示。用同样的方法可以添加更多的默认图层效果。

如果在"图层样式"对话框中单击效果的名称，则可以在选中效果的同时，显示出效果的设置选项。比如，单击"描边"效果名，将出现如图6-44所示的设置选项。

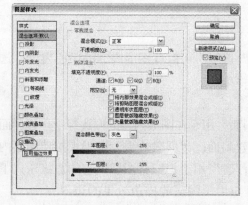

图6-43 选择"描边"复选框

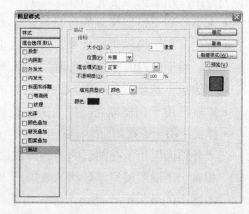

图6-44 单击效果的名称出现的设置选项

2. 主要效果设置选项

"图层样式"对话框中提供了以下主要设置选项，某个效果可能会用到其中的某些选项：

- 高度：对于"斜面和浮雕"效果，可设置光源的"高度"。当"高度"值为0时，表示底边；值为90时，表示图层的正上方。
- 角度：用于确定"投影"、"内阴影"或"光泽"效果应用于图层时所采用的光照角度。
- 消除锯齿：用于混合等高线或光泽等高线的边缘像素。
- 混合模式：用于确定图层样式与下一图层的颜色混合方式。在大多数情况下，每种效果的默认模式都会产生最佳结果。
- 阻塞：用于在模糊之前收缩"内阴影"或"内发光"效果的杂边边界。
- 颜色：用于指定阴影、发光或高光，可以用色块来选取颜色。
- 等高线：在使用纯色发光时，等高线选项用于创建透明光环；使用渐变填充发光时，等高线选项则可以用于创建渐变颜色和不透明度的重复变化；在"斜面和浮雕"效果中，可以使用等高线来勾绘在浮雕处理中被遮住的起伏、凹陷和凸起；使用"投影"效果时，可以使用等高线来设置渐隐效果。
- 距离：用于设置"投影"或"光泽"效果的偏移距离。
- 深度：用于设置斜面深度或图案深度。
- 使用全局光：用于设置"投影"、"内阴影"和"斜面和浮雕"效果的"主光源"的光照角度。
- 光泽等高线：用于创建具有光泽的金属外观。
- 渐变：用于设置图层效果的渐变方式，可以通过渐变编辑器或预设面板列表来选取渐变。
- 高光或阴影模式：用于设置斜面或浮雕高光或阴影的混合模式。
- 抖动：用于设置渐变的颜色和不透明度。
- 图层挖空投影：用于调节半透明图层中投影的可见性。
- 杂色：用于设置发光或阴影的不透明度中随机元素的数量。
- 不透明度：用于设置图层效果的不透明度。
- 图案：用于设置图层效果的图案。
- 位置：用于指定描边效果的位置，可选择"外部"、"内部"或"居中"。
- 范围：用于调节发光中作为等高线目标的部分或范围。
- 大小：用于设置模糊的数量或阴影大小。
- 软化：用于模糊阴影效果，以便减少人工痕迹。
- 源：用于设置内发光的光源。选择"居中"选项，可以从图层内容的中心发光；选择"边缘"选项，则可以从图层内容的内部边缘发光。
- 扩展：用于在模糊之前扩大杂边边界。
- 样式：用于设置斜面的样式。其中，"内斜面"用于在图层内容的内边缘上创建斜面；"外斜面"用于在图层内容的外边缘上创建斜面；"浮雕效果"用于模拟使图层内容相对于下层图层呈浮雕状的效果；"枕状浮雕"用于模拟将图层内容的边缘压入下层图层中的效果；"描边浮雕"用于将浮雕应用于图层的描边效果的边界。

- 方法："斜面和浮雕效果"可以选用"平滑"、"雕刻清晰"或"雕刻柔和"方式；"内发光"和"外发光"效果则可以选择"柔和"或"精确"方式。
- 平滑：用于适当模糊杂边的边缘。
- 雕刻清晰：用于消除锯齿形状的硬边杂边。
- 雕刻柔和：用于处理较大范围的杂边。
- 柔和：对所有杂边应用模糊。
- 精确：用于创造发光效果，主要用于消除锯齿形状的硬边杂边。
- 纹理：应用某种纹理效果，可以使用"缩放"来缩放纹理的大小。

6.5.3 管理图层样式

添加图层样式后，可以对图层样式及其中的效果进行缩放、复制、删除等操作，也可以显示/隐藏某个图层样式（或效果），还可以调整全局光。

1. 缩放图层样式

在图层中添加了图层样式后，还可以对图层样式进行整体缩放。下面通过示例说明缩放方法：

（1）在"图层"面板中选中包含被缩放样式的图层，如图6-45所示。

（2）选择【图层】|【图层样式】|【缩放效果】命令，出现"缩放图层样式"对话框，在对话框中输入缩放比例，如图6-46所示。

图6-45 选中包含被缩放样式的图层

图6-46 设置缩放参数

（3）单击【确定】按钮，即可按指定的比例缩放选中图层中的图层样式，如图6-47所示。

2. 复制图层样式

如果某个图层上应用了图层样式，可以快速将其复制到其他图层上。下面举例说明复制图层样式的方法：

（1）在"图层"面板中选中包含有要复制的图层样式的源图层，如图6-48所示。

（2）选择【图层】|【图层样式】|【拷贝图层样式】命令，或者右击"图层"菜单中要复制样式

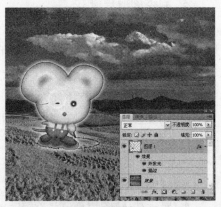

图6-47 缩放效果

的源图层，从出现的快捷菜单中选择【拷贝图层样式】如图6-49所示。

图6-48　选择源图层　　　　　　　　　图6-49　选择【拷贝图层样式】

（3）在"图层"面板中选中需应用效果的目标图层，然后选择【图层】|【图层样式】|【粘贴图层样式】命令。或者右击目标图层，从出现的快捷菜单中选择【粘贴图层样式】命令，即可将源图层中的所有图层效果复制到另一个图层中，如图6-50所示。

图6-50　粘贴图层样式

> 如果要同时将复制的图层样式粘贴到多个图层中，可以先链接这些图层，然后选择【图层】|【图层样式】|【将图层样式粘贴到链接的图层】命令。

3. 删除图层样式

对于不需要的图层样式，可以将其从图层中删除。既可以删除某种或几种效果，也可以删除整个图层样式，具体方法有以下几种：

- 删除图层中的某种效果：在"图层"面板中将该效果名称拖动到面板底部的【删除】按钮上，如图6-51所示。
- 删除全部效果：在"图层"面板中将"效果"栏拖动到面板底部的 按钮上，如图6-52所示。
- 删除图层中整个图层样式：在"图层"面板中选中需删除效果的图层后，选择【图层】|【图层样式】|【清除图层样式】命令，可将该图层上的全部效果删除。

4. 显示/隐藏图层样式或效果

添加图层样式后，可以任意显示或隐藏图层样式或其中的某些效果。具体方法如下：

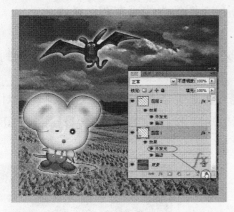

图6-51 删除一种效果

图6-52 删除全部效果

隐藏某个效果：要隐藏图层样式中的某个效果，只需展开全部效果，然后单击要隐藏效果的名称前的眼睛图标即可，如图6-53所示。要重新显示隐藏了的图层样式，只需再单击眼睛图标位置。

图6-53 隐藏某个效果

- 隐藏某些效果：要隐藏图层样式中的某些效果，只需依次单击该图层效果列表中需要隐藏的效果。
- 隐藏所有效果：如果图像中的图层样式为显示状态，只需选择【图层】|【图层样式】|【隐藏所有效果】命令，即可将图像中的所有图层样式隐藏。隐藏后，选择【图层】

丨【图层样式】丨【显示所有效果】可重新显示图像中的所有图层样式。

5. 调整全局光

添加图层样式后，可以通过调整全局光来改变图层样式。全局光的调整将影响到当前图像中所有使用了全局光的样式。

选择【图层】丨【图层样式】丨【全局光】命令，打开"全局光"对话框，在该对话框的"角度"和"高度"框中分别键入全局光源的照射角度和高度，然后单击【确定】按钮即可，如图6-54所示。

图6-54　调整图层样式的全局光

6.5.4　使用"样式"面板

选择【窗口】　|　【样式】命令，将出现如图6-55所示的"样式"面板。该面板主要用于操作和管理样式。

使用"样式"面板，可以快速为图层添加样式，其方法有以下几种：

· 单击面板中的某个样式，可以将其应用到当前图层上，如图6-56所示。

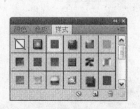

图6-55　"样式"面板　　　　　　　　　图6-56　直接应用于当前层

· 从"样式"面板中将某个样式拖动到"图层"面板中的某个图层上，可以将被拖动的样式应用到该图层上。

· 从"样式"面板中将某个样式拖动到图像窗口中的某个位置，该样式会被应用到在目标位置处有像素的最高图层（与当前图层无关）。

用"样式"面板添加样式后，样式中包含的图层样式便会被快速应用到目标图层上，并替换图层中原有的全部图层样式。如果要在添加新样式的同时保留原有样式，可以在操作过程中按住【Shift】键，如图6-57所示。

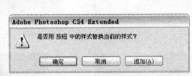

图6-57 添加新样式

6.6 设置图层属性

可以为图层设置混合模式、不透明度和填充部分的不透明度。设置后，能够产生一些特殊效果。

6.6.1 图层混合模式

图层混合模式是指当前图层中的像素与其下方的图层的像素的混合方式。Photoshop CS4提供了多种混合模式供选择。

1. 设置混合模式

混合模式的设置是利用"图层"面板来实现的。下面先通过一个简单的示例介绍混合模式的功能和应用。

（1）在图像中创建两个图层，如图6-58所示。

（2）在"图层"面板中单击"混合模式"右侧的下拉箭头，从出现的"混合模式"下拉菜单中选择【叠加】选项，即可产生如图6-59所示的混合效果。

（3）如果将混合模式修改为"滤色"，则混合效果完全不同，如图6-60所示。

（4）如果将混合模式修改为"明度"，则混合效果如图6-61所示。

2. 各种混合模式简介

Photoshop的图层混合模式很多，下面简要介绍其中部分模式的特点：

图6-58 正常混合模式的两个图层

图6-59　叠加混合效果

图6-60　滤色混合效果　　　　　　　　　图6-61　明度混合效果

- 正常模式：该模式是图层混合模式的默认方式，直接用当前图层像素的颜色叠加下层颜色。
- 溶解模式：用于将当前图层的像素以一种颗粒状的方式作用到下层，以获取溶入式效果。将"图层"面板中不透明度值调低，溶解效果则越加明显。利用溶解模式，可以轻松制作出溶入式的特效。
- 变暗模式：用于将上下两个图层像素的颜色的RGB值（即RGB通道中的颜色亮度值）进行比较，取二者中低的值再组合成为混合后的颜色。混合后，总的颜色灰度级会降低，造成变暗的效果。用白色去合成图像时不会产生效果。
- 正片叠底模式：用于将上下两层图层像素颜色的灰度级进行乘法计算，获得灰度级更低的颜色而成为合成后的颜色，图层合成后，低灰阶的像素显现而高灰阶不显现，产生类似正片叠加的效果。
- 颜色加深模式：用于加暗图层的颜色值，上一图层的颜色越亮，效果越细腻。
- 线性加深模式：用于根据每个通道中的颜色信息，通过减小亮度使基色变暗来产生混合色，与白色混合后不产生变化。
- 深色模式：先比较混合色和基色的所有通道值的总和，然后显示值较小的颜色。
- 变亮模式：用于将两像素的RGB值进行比较后，取高值成为混合后的颜色，使灰度级升高，造成变亮的效果。用黑色合成图像时无作用，用白色时则仍为白色。

- 滤色模式：根据每个通道的颜色信息将混合色的互补色与基色进行正片叠底。
- 颜色减淡模式：用于加亮图层的颜色值，上一图层的颜色越暗，效果越细腻。
- 浅色模式：比较混合色和基色的所有通道值的总和，显示出值较大的颜色。
- 叠加模式：显示两个图层中较高的灰阶，产生一种漂白的效果。
- 柔光模式：用于将上层图像以柔光的方式施加到下层。当底层图层的灰阶趋于高或低，则会调整图层合成结果的阶调趋于中间的灰阶调，而获得色彩较为柔和的合成效果。
- 强光模式：对颜色进行正片叠底或过滤。
- 亮光模式：通过增加或减小对比度来加深或减淡颜色。
- 线性光模式：通过减小或增加亮度来加深或减淡颜色。
- 点光模式：根据混合色来替换颜色。
- 实色混合模式：将混合颜色的红色、绿色和蓝色通道值添加到基色的RGB值。
- 差值模式：将要混合图层双方的RGB值中每个值分别进行比较，用高值减去低值作为合成后的颜色。比如，用白色图层合成一图像时，可以得到负片效果的反相图像。
- 排除模式：创建一种与"差值"模式相似但对比度更低的效果。
- 色相模式：用当前图层的色相值去替换下层图像的色相值，而饱和度与亮度不变。
- 饱和度模式：用当前图层的饱和度去替换下层图像的饱和度，而色相值与亮度不变。
- 颜色模式：用当前图层的色相值与饱和度替换下层图像的色相值和饱和度，而亮度保持不变。
- 明度模式：用当前图层的亮度值去替换下层图像的亮度值，而色相值与饱和度不变。

6.6.2 图层的不透明度和填充部分的不透明度

当两个图层的像素叠加在一起时，可以使用改变不透明度的方法来调整上层像素的透明程度。图层的不透明度对图层中的所有元素起作用，包括图层本身的像素以及用户设置的阴影、描边等各种图层样式。如果只调整图层本身像素的不透明度，则需要利用填充部分的不透明度来设置。

下面通过一个简单的示例来说明不透明度和填充部分的不透明度的区别。

（1）创建如图6-62所示的两个图层。

（2）为"图层1"层添加如图6-63所示的图层样式。

图6-62 原始图层

图6-63 添加图层样式

（3）在"图层"面板中将"不透明度"降低到50%，如图6-64所示。可以看到，降低不透明度后，"图层1"的所有内容及为该图层添加的图层效果都变为半透明状。

（4）将"不透明度"恢复到100%，再将"填充"参数设置为50%，如图6-65所示。可以看到，"图层1"内部变得透明了，但其图层效果并没有发生任何改变。

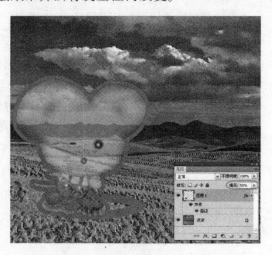

图6-64　修改不透明度　　　　　　　　图6-65　修改"填充"参数的效果

6.7　智能对象的创建和编辑

非破坏性编辑是指在对图像进行修改时不覆盖原始图像的数据。智能对象是一种包含栅格或矢量图像中的图像数据的图层，由于智能对象保留了图像的源内容及其所有原始特性，因此能够对图层执行非破坏性编辑。

6.7.1　创建智能对象

创建智能对象的方法有以下几种。

1. 使用【打开为智能对象】命令创建

选择【文件】|【打开为智能对象】命令，在出现的"打开为智能对象"对话框中选择要打开的图像文件，然后单击【打开】按钮，即可将指定图像打开为智能对象，如图6-66所示。

图6-66　打开为智能对象

将图像打开为智能对象后，可以看到图像窗口标题栏上有"智能对象"的字样，在"图层"面板的缩览图右下角，也有一个"智能对象"标志。

2. 置入智能对象

选择【文件】|【置入】命令，在出现的"置入"对话框中选择要作为智能对象导入到当前Photoshop图像窗口中的图像，然后单击【置入】按钮将其置入，如图6-67所示。

图6-67 置入图像

再按下【Enter】键，即可确认置入，效果如图6-68所示。可以看到，所置入的图像被自动转换为智能对象。

3. 将普通图层转换为智能对象

普通图层也能够转换为智能对象，选定要转换的图层后，选择【图层】|【智能对象】|【转换为智能对象】命令，或在"图层"面板中右击要转换的图层，从出现的快捷菜单中选择【转换为智能对象】命令，即可将选定图层转换为智能对象，如图6-69所示。

图6-68 置入后自动生成的智能对象

图6-69 将普通图层转换为智能对象

6.7.2　智能对象内容的编辑

在"图层"面板中选择某个智能对象图层后，选择【图层】｜【智能对象】｜【编辑内容】命令，或者右击智能对象图层，从出现的菜单中选择【编辑内容】命令，都可单独打开源内容编辑窗口，如图6-70所示。

图6-70　打开源内容编辑窗口

像编辑普通图像一样对源内容文件进行编辑，编辑完成后选择【文件】｜【存储】命令保存源内容，返回包含智能对象的图像窗口就能看到编辑效果，如图6-71所示。

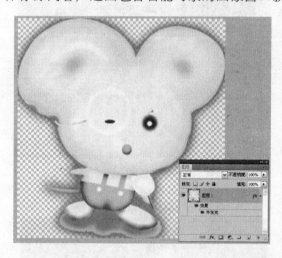

图6-71　对源内容编辑及其效果

6.7.3　替换智能对象的内容

智能对象的内容可以替换为其他新的图像数据。替换智能对象时，将保留对第一个智能对象应用的任何缩放、变形或效果。具体方法是：

（1）右击要替换的智能对象，从出现的快捷菜单中选择【替换内容】命令（或者选择【图层】｜【智能对象】｜【替换内容】命令）打开"置入"对话框，如图6-72所示。

（2）选择图像后单击【置入】按钮，再按下【Enter】键确认即可，效果如图6-73所示。可以看到，替换后，新的图像内容即会置入到智能对象中。

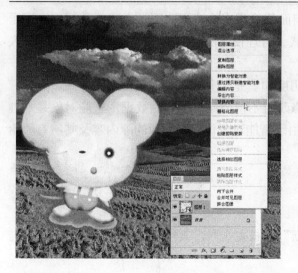 

图6-72 打开"置入"对话框

图6-73 智能对象替换效果

此外，利用【图层】|【智能对象】|【导出内容】命令可以导出智能对象的内容，利用【图层】|【栅格化】|【智能对象】命令可以将智能对象转换为普通图层。

本章要点小结

本章介绍了Photoshop CS4的图层功能及其应用方法，下面对本章的重点内容进行小结：

（1）使用图层功能，可以将多幅图像叠加放置后混合在一起，从而表现出各种设计创意。引入图层后，可以隐藏或显示各个图层，并能使文本、绘图和图像在不影响其他图层内容的情况下，在各个图层中独立进行添加、删除、移动和编辑操作。

（2）"图层"面板中提供了多个用于操作图层的元素，可以用于创建、编辑和管理图层。

（3）调整图层和填充图层都是一种用于非破坏性编辑的图层。使用这两种图层对图像进行更改时，不会覆盖原始图像中的任何数据，不会因为编辑操作而降低图像品质。

（4）**Photoshop** 提供了阴影、发光和斜面等效果来快速更改图层内容的外观，应用于一个图层或图层组中的图层效果称为图层样式。合理使用图层效果和样式，可以辅助设计人员更轻松地打造各种富有创意的作品。

（5）可以为图层设置混合模式、不透明度和填充部分的不透明度。

（6）非破坏性编辑是指在对图像进行修改时不覆盖原始图像的数据。智能对象是一种包含栅格或矢量图像中的图像数据的图层，由于智能对象保留了图像的源内容及其所有原始特性，因此能够对图层执行非破坏性编辑。

习题

（1）图层混合模式下拉列表位于"图层"面板左上角，其中的选项决定了当前图层与其下面的图层进行颜色混合的（　　）。

A. 样式　　　　　　　B. 结果　　　　　　　C. 算法　　　　　　　D. 方式

（2）调整图层和填充图层都是一种用于（　　）的图层。

A. 非破坏性编辑　　　　　B. 破坏性编辑

C. 创建图层特效　　　　　D. 修改图层特效

（3）应用于一个图层或图层组中的（　　）称为图层样式。

A. 特殊效果　　　　　B. 修饰效果　　　　　C. 修补效果　　　　　D. 图层效果

（4）当两个图层的像素叠加在一起时，可以使用改变不透明度的方法来调整（　　　）的像素的透明程度。

A. 各层　　　　　　　B. 背景层　　　　　　C. 上层　　　　　　　D. 下层

（5）进行（　　　）智能对象的操作时，将保留对第一个智能对象应用的任何缩放、变形或效果。

A. 替换　　　　　　　B. 修改　　　　　　　C. 编辑　　　　　　　D. 调整

填空题

（1）在图像处理过程中引入图层，能很方便地将图像中各个元素＿＿＿＿＿＿，从而使图像的编辑处理具有很大的弹性和操作空间。每个图层相当于＿＿＿＿＿＿，几乎可以对所有图层进行独立的编辑操作。

（2）当不透明度参数为＿＿＿＿＿＿%时，当前图层下方的内容将被完全遮盖；当不透明度为＿＿＿＿＿＿%时，当前图层将变得完全透明；当不透明度为＿＿＿＿＿＿%时，当前图层是半透明的。

（3）空白图层是指没有＿＿＿＿＿＿的"透明"图层，可以在上面绘制图像或添加其他内容，并能对相应的内容进行独立的编辑处理。

（4）先在当前图层上创建一个选区，然后再从菜单栏中选择【图层】|【新建】|【通过拷贝的图层】命令，将创建一个新的图层，该图层将位于原来当前层的上方，所创建的图层中包含了＿＿＿＿＿＿的内容。

（5）要对"背景"层进行全面的编辑操作，就必须先将其转换成为＿＿＿＿＿＿图层。

（6）链接后的图层将保持一种＿＿＿＿＿＿，可以对链接图层同时进行移动、变换、合并、排列、分布等操作。

（7）图层_____后，可以同时对多个相关的图层做相同的操作，也可以使对图层的管理更加有序。

（8）_____图层是一种由纯色、渐变效果或图案填充的特殊图层。

（9）添加图层样式后，可以对图层样式及其中的效果进行缩放、复制、删除等操作，也可以显示/隐藏某个图层样式（或效果），还可以调整_____。

（10）图层混合模式是指当前图层中的像素与其下方的图层的_____。

（11）如果只调整图层本身像素的不透明度，则需要利用_____部分的不透明度来设置。

（12）_____编辑是指在对图像进行修改时不覆盖原始图像的数据。

简答题

（1）什么是图层？引入图层有何好处？

（2）如何创建和编辑图层？试举例说明。

（3）如何更改多个图层的排列顺序？

（4）什么情况下需要链接图层？如何链接图层？

（5）什么是图层组？如何创建和应用图层组？

（6）合并图层的方式有哪些？

（7）什么是调整图层？什么是填充图层？如何创建和编辑这两类图层？

（8）什么是图层效果？什么是图层样式？

（9）如何创建和设置图层样式？

（10）如何设置图层混合模式？如何设置图层的不透明度和填充部分的不透明度？

（11）什么是智能对象？智能对象有哪些特点？

（12）如何编辑和替换智能对象的内容？

第7章 文字和矢量图形的编辑处理

文字是视觉媒体的重要构成要素之一。在平面作品中，文字对象主要用于增强视觉传达效果，提高作品的诉求力，文字应用的效果将直接关系到作品的视觉传达效果。Photoshop CS4提供了完善的文字创建、编辑和格式设置功能，可以满足平面图像处理的需求。另外，Photoshop尽管是以位图图像处理为主，但也提供了丰富的矢量图形的创建和编辑功能，可以使用形状工具或路径工具来绘制和编辑矢量图形。本章将介绍文字和矢量图形处理的具体方法，重点介绍以下内容：

- 在图像中添加文字的方法。
- 文字对象的编辑方法。
- 文本的格式设置方法。
- 文字特效的创建方法。
- 绘制形状的方法。
- 创建路径的方法。
- 编辑路径的方法。
- 应用路径的方法。

7.1 在图像中添加文字

Photoshop将文本对象（包括汉字、字母、数字和符号等）统一视为矢量图形，其字样是使用数学的方式来定义的，图像中添加的文字自动具备矢量图的特性。

7.1.1 Photoshop的文字工具

图7-1 工具面板中的文字工具

Photoshop CS4的工具面板中提供了【横排文字工具】 **T**、【直排文字工具】 **IT**、【横排文字蒙版工具】 和【直排文字蒙版工具】 等4个工具，如图7-1所示。

1. 文字工具的用途

不同类型的文字工具的用途有所不同。

- 横排文字工具 **T**：用于创建水平方向排列的文字，并自动创建一个新的文字图层，如图7-2所示。
- 直排文字工具 **IT**：用于创建垂直方向排列的文字，并自动创建一个新的文字图层，如图7-3所示。
- 横排文字蒙版工具 ：用于创建水平方向排列的文字选区，不会创建文字图层，如图7-4所示。
- 直排文字蒙版工具 ：用于创建垂直方向排列的文字选区，也不会创建文字图层，如图7-5所示。

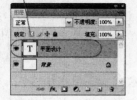

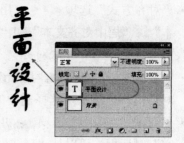

图7-2 横排文字　　　　　　　　　　图7-3 直排文字

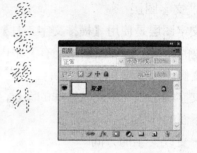

图7-4 横排文字蒙版　　　　　　　　图7-5 直排文字蒙版

2. 文字工具控制面板

选择一种文字工具（如横排文字工具）后，在图像编辑区域中需要添加文字的位置单击鼠标，将出现如图7-6所示的控制面板。

图7-6 文字工具控制面板

文字工具控制面板中主要选项的功能如下：

- "文字工具预设"选项 **T** ：用于创建、存储和重新使用对文字工具的设置。要选取工具预设，只需单击控制面板中的"工具预设"选取器，然后从弹出式面板中选择一个预设选项。

- "文字方向"选项：用于更改当前文字的方向，比如当前文字为横排文字，单击该按钮，文字将更改为直排文字。

- "字体"选项 方正舒体简体 ：用于设置文字的中、英文字体。单击"字体"选项右侧的下拉箭头，将出现一个字体列表，可以根据需要从中选择合适的字体。字体的种类取决于当前Windows系统中所安装的字体类型及数量。

- "字体样式"选项 · ：如果当前选取的字体系列包含有粗体或斜体样式，则可以从"字体样式"选项下拉列表中选择相应的样式。

- "字号"选项 55点 ：用于设置字体的大小。单击"字号"选项右侧的下拉箭头，将出现一个字号列表，其单位是"点"。也可以直接在"字号"框中输入指定的字号。

- "消除锯齿"选项 锐利 ：用于设置消除文字锯齿的方法，可以从出现的列表中选择一种合适的方法。其中，"无"表示不应用消除锯齿；"锐利"表示文字以最锐利的形式出现；"犀利"表示文字显示为较锐利；"浑厚"表示文字显示为较粗；"平滑"表示文字显示为较平滑。

- "对齐方式"选项 ▦▦▦：用于设置文本的对齐方式。横排文字的选项有"左对齐文本"、"居中对齐文本"和"右对齐文本"；直排文字的选项有"顶对齐文本"、"居中对齐文本"和"底对齐文本"。
- "字体颜色"选项 ▬：用于设置字体的颜色。单击该色块，将出现"选择文本颜色"对话框，可以从中选择需要的文本颜色。
- "创建文字变形"选项 ↨：用于创建变形的艺术文本。单击该按钮，将出现"变形文字"对话框，可以从"样式"列表中选择一种变形样式，并可对变形参数进行设置。
- "显示/隐藏字符和段落面板"选项 ▤：用于打开或关闭"字符/段落"面板。

3. 文字图层

文字图层是使用【横排文字工具】或【直排文字工具】输入文字后自动在"图层"面板中建立的图层。这种图层中含有文字内容和文字格式，它们以单独的方式存放在文件中，可以反复修改和编辑。

文字图层是一种比较特殊的图层，可以编辑文字并对其应用图层命令。可以对文字图层进行下面的操作：

- 更改文字的方向。
- 应用消除锯齿。
- 在点文字与段落文字之间转换。
- 基于文字创建工作路径。
- 应用【编辑】菜单中除【透视】和【扭曲】以外的变换命令。
- 应用图层样式。
- 使用填充快捷方式。
- 使文字变形以适应各种形状。

但是，在文字图层上不能使用许多着色和绘图工具，而且Photoshop中许多命令都不能在文字图层上使用，如果要使用这些命令必须先将文字图层转换成为普通图层。转化方式是：选择文字层后，再选择【图层】|【栅格化】|【文字】命令或在"图层"面板中右击文字层，从出现的快捷菜单选择【栅格化文字】命令，即可将其转换成为普通图层，文字图层符号"T"也随即消失，如图7-7所示。

图7-7　栅格化文字图层

4．文字的类型

创建文字的方法主要有3种，一是在点上创建文字，二是在段落中创建文字，三是沿路径创建文字。

- 点文字：点文字是一个水平或垂直的文本行，如图7-8（a）所示。选择文字工具后，可以从图像中单击的位置开始添加点文字，一般用于在图像中添加少量文字。
- 段落文字：使用水平或垂直方式控制字符流的边界，适用于创建一个或多个段落，如图7-8（b）所示。
- 路径文字：路径文字是指沿着开放或封闭的路径的边缘流动的文字，如图7-8（c）所示。

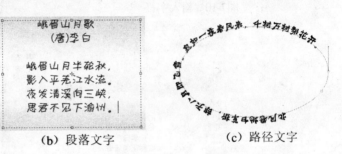

图7-8　3种创建文字的方法

7.1.2　创建点文字

对于每行文字都是独立对象的点文字，其创建方法如下：

（1）从工具面板中选择【横排文字工具】 T 或【直排文字工具】 IT，然后在图像中需要输入文字的位置单击鼠标，为文字设置插入点。

> I型光标中的小线条标记的是文字基线位置。对于直排文字，基线标记的是文字字符的中心轴。

（2）在文字工具的控制面板中设置字体、字号、消除锯齿方法、对齐方式、字体颜色等选项，如图7-9所示。

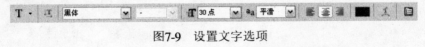

图7-9　设置文字选项

（3）选择一种输入法，输入需要的文字内容，如图7-10所示。

（4）要开始新的一行，只需按【Enter】键，然后继续输入文字，如图7-11所示。

（5）输入完文字后，使用按下数字键盘上的【Enter】键或按下【Ctrl】+【Enter】组合键，或选择工具面板中除文字工具外的任意工具等方法，都可以确认文字的输入。确认后的效果如图7-12所示。

7.1.3　创建段落文字

对于段落文字，其文字内容会基于外框的尺寸自动换行。可以在文字框中输入多个段落并选择段落调整选项，也可以调整外框的大小，使文字在调整后的矩形内重新排列，还可以使用外框来旋转、缩放和斜切文字。输入段落文字的具体方法如下：

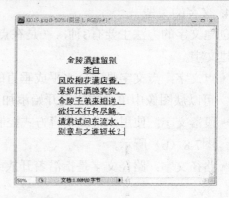

图7-10　输入字符　　　　　　　　　　　　图7-11　在新行输入文字

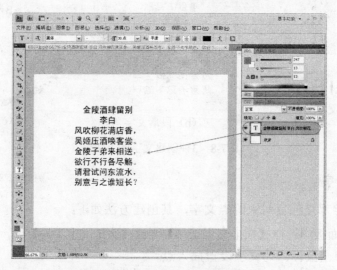

图7-12　确认文字输入的效果

（1）从工具面板中选择【横排文字工具】**T**或【直排文字工具】**IT**，然后在文字工具控制面板中设置好文字类型、字体、大小、消除锯齿等选项。

（2）在图像窗口中需要添加文本的位置用鼠标拖拉出一个外框。松开鼠标后，在矩形框内将出现一个小的"**I**"状图标，表明该点为输入文本的基线。如图7-13所示。

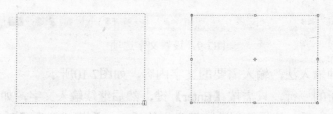

图7-13　拖出段落文字外框

（3）依次输入所需的文本，如图7-14所示。

（4）输入完成后，在工具面板中单击除文字工具外的任意工具，文字将生成一个新的文字图层，如图7-15所示。

在输入文字过程中或输入完成后，可以进行下面的操作：

· 拉伸段落文字的外框：要拉伸段落文字的外框，只需将光标放在外框的顶点上便会出现拉伸的标志，然后拖动鼠标即可。

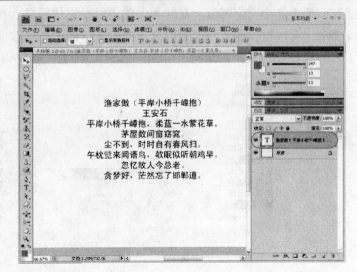

图7-14 输入文字 　　　　　图7-15 确认文字输入

- 旋转段落文字的外框：要旋转段落文字的外框，只需将光标放在外框外就会出现旋转标志，再拖动鼠标即可进行旋转。
- 斜切外框：要斜切外框，可按住【Ctrl】键并拖动一个中间手柄，当指针变为一个箭头时拖动即可。
- 调整外框大小时缩放文字：要在调整外框大小时缩放文字，可按住【Ctrl】键并拖动角手柄。
- 从中心点调整外框的大小：要从中心点调整外框的大小，只需按住【Alt】键并拖动角手柄即可。

7.1.4 点文字和段落文字的转换

点文字和段落文字可以进行相互转换。将点文字转换为段落文字后，可以在外框内调整字符的排列方式；将段落文字转换为点文字后，可以使各文本行彼此独立地排列。

- 将点文字转换为段落文字：选定文本图层后，选择【图层】|【文字】|【转换为段落文本】命令即可。转换后，从外观上并不能看到段落文字的变化，只需选择字体工具后单击文字区域，即可出现段落文字外观。
- 将段落文字转换为点文字：选定文本图层后，选择【图层】|【文字】|【转换为点文本】命令。转换后，每个文字行的末尾（最后一行除外）都会添加一个回车符。将段落文字转换为点文字时，所有溢出外框的字符都将被删除。

7.2 文字对象的编辑

Photoshop CS4提供了一些与普通字处理软件（如Word等）相似的编辑功能，可以对添加到图像中的文本对象进行内容修改、拼写检查、查找/替换等编辑处理。

7.2.1 修改文本

创建点文字或段落文字后，只需选择【横排文字工具】或【直排文字工具】，然后在"图层"面板中选中文字图层，在文本中单击鼠标定位好插入点，再拖动鼠标选择要编辑的一个或多个字符，根据需要对选定的文本内容进行修改。修改完成后，在工具面板中单击除文字工具外的任意工具，确认对文字图层的更改即可，如图7-16所示。

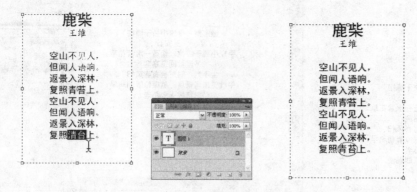

图7-16   修改文字内容

7.2.2   消除文字锯齿

图7-17   有明显锯齿的文字

所谓文字锯齿是指文字出现边缘生硬，有明显的阶梯状的现象，如图7-17所示。可以使用消除锯齿的方法来产生边缘平滑的文字。

在"图层"面板中选中文字图层后，选择一种文字工具，在文字工具控制面板的"消除锯齿方法"下拉菜单中选择"平滑"选项，即可使文字显示为较平滑，如图7-18所示。

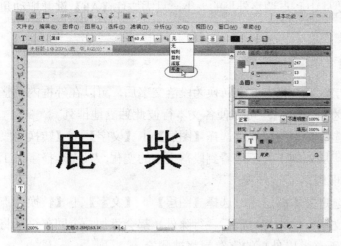

图7-18   消除文字锯齿

选择"无"选项，表示不应用消除锯齿功能；选择"锐利"选项，文字会以最锐利的形式出现；选择"犀利"选项，文字将显示为较锐利的形式；选择"浑厚"选项，则文字会显示为较粗的形式。

7.2.3   检查和更正拼写

可以对文本内容进行拼写检查，检查时若发现某个词汇可能存在拼写错误，便会提示用户进行相应的处理。

在"图层"面板中选定要进行拼写检查的文字图层，如果只检查段落文本中的部分内容，只需选中这些文本。选择【编辑】|【拼写检查】命令，出现如图7-19所示的"拼写检查"对话框。如果发现文本中可能存在拼写错误，可以用其中的按钮进行更改。

图7-19　"拼写检查"对话框

各个选择的含义如下：

· 忽略：不更改文本，继续拼写检查。

· 全部忽略：在后面的拼写检查过程中忽略有疑问的字。

· 更改：更正拼写错误。更正时，正确的字应出现在"更改为"文本框中。如果系统提供的建议也不正确，可以在"建议"文本框中选择另一个字，还可以在"更改为"文本框中输入正确的字。

· 更改全部：更正文档中出现的所有拼写错误。当然，也要先确认"更改为"文本框中的内容是正确的。

· 添加：将无法识别的字存储在词典中，使后面出现同样的词汇时不会被标记为拼写错误。

7.2.4　查找和替换文本

要查找文本图层中的特定内容，或者将文本图层中的某些文本替换为新的内容，可以用下面的方法：

（1）选定要查找或替换的文本的图层。如果要在多个文本图层中进行查找和替换，则应选中任意一个非文字图层。

（2）选择一种文本工具，将插入点置于文本的开头。

（3）选择【编辑】|【查找和替换文本】菜单命令，打开"查找和替换文本"对话框。

（4）在"查找内容"框中，输入要查找的文本内容。如果要替换文本，只需在"更改为"文本框中输入新的文本内容，如图7-20所示。

（5）设置好其他查找选项，然后单击【查找下一个】按钮，便开始进行查找，找到的内容将以反色方式显示，如图7-21所示的为查找到第1处文本时的效果。

图7-20　"查找和替换文本"对话框

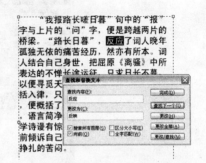

图7-21　查找结果

（6）查找到文本后，单击【更改】按钮，可以用修改后的文本替换找到的文本；单击【更改全部】按钮，将搜索并替换所找到文本的全部匹配项；单击【更改/查找】按钮，可以用修改后的文本替换找到的文本，然后搜索下一个匹配项。

"查找和替换文本"对话框提供的一些主要选项有：

- 搜索所有图层：用于设置是否搜索文档中的所有图层。
- 向前：选中该项，将从插入点位置向前搜索；取消该选项的选择，则可以搜索图层中的所有文本。
- 区分大小写：设置是否搜索和"查找内容"文本框的文本大小写完全匹配的内容。
- 全字匹配：设置是否忽略嵌入在更长字中的文本。

7.2.5 切换文字方向

文字方向分为左右排列（水平）和上下排列（垂直）两种方式。可以根据需要切换文字方向。要改变文字的方向，可以在"图层"面板中选中该文字图层。然后用下面3种方法之一来改变方向：

- 使用【文本方向】按钮：选择任意一种文字工具，再单击工具控制面板上的【文本方向】按钮即可，操作过程如图7-22所示。

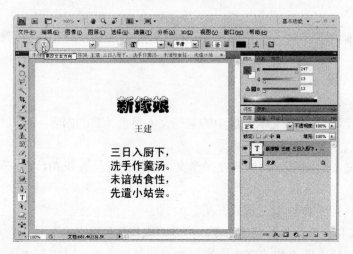

图7-22   使用【文本方向】按钮更改文字方向

- 使用"字符"面板菜单：选择【窗口】|【字符】命令，打开"字符"面板。在"字符"面板菜单中选择【更改文本方向】命令，如图7-23所示。

图7-23   使用"字符"面板菜单更改文本方向

- 使用菜单命令：从菜单栏中选择【图层】|【文字】|【垂直】/【水平】命令。

7.3 文本的格式设置

文字工具控制面板上提供了一些简单格式设置工具，可以对文本的字符和段落格式进行简单的设置。要详细设置文本的格式，可使用"段落/字符"面板来设置。其中，"字符"面板主要用于编辑字符，而"段落"面板主要是用于编辑段落。

7.3.1 设置字符格式

选择主菜单中的【窗口】|【字符】命令，或者选择一种文字工具后，单击控制面板中的【显示/隐藏字符和段落面板】按钮，都将出现如图7-24所示的"字符"调板，其中提供了多个用于设置字符格式的选项。"字符"调板的主要选项有：

图7-24 "字符"调板

- "字体"选项 Arial Black：用于设置文字的字体，可在其下拉菜单中选择合适的英文或中文字体。
- "字体样式"选项 Regular：用于设置文字的格式，有正常、粗体、斜体和粗斜4种选择。
- "字符大小"选项 72点：用于改变字符的大小。
- "行距"选项 (自动)：用于调整两行文字之间的距离。
- "垂直缩放"选项 110%：用于调整文字垂直方向的缩放比例。
- "水平缩放"选项 110%：用于调整文字水平方向的缩放比例。
- "比例间距"选项 0%：用于按指定的百分比值减少字符周围的空间。
- "字间距"选项 0：用于调整相邻的两个字符之间的距离。
- "字距微调"选项 度量标准：用于调整一个字所占的横向空间的大小，调整后文字本身的大小则不会发生改变。
- "基线偏移"选项 0点：用于调整相对于水平线的高低。如果输入一个正数，表示角标是一个上角标，它将出现在一般的文字的右上角；如果是负数，则代表下角标。
- "文本颜色"色块：单击该颜色块可以打开颜色选择窗口。
- "字符格式"按钮 T T TT Tʳ T, T F：用于快速更改字符样式。
- "语言选择"选项 美国英语：用于选择国家及语言。
- "消除锯齿的方法"选项 锐利：用于选择设置消除锯齿的方式。

7.3.2 设置段落格式

"段落"面板用于设置列和段落的格式。选择【窗口】|【段落】命令，或者选择一种文字工具后，单击控制面板中的【显示/隐藏字符和段落面板】按钮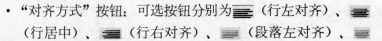，出现"字符"面板后再单击"段落"面板选项卡，都将出现如图7-25所示的"段落"调板。"段落"调板的主要选项有：

图7-25 "段落"调板

- "对齐方式"按钮：可选按钮分别为 ≡（行左对齐）、≡（行居中）、≡（行右对齐）、≡（段落左对齐）、≡

（段落的最后一行居中）、█（段落的最后一行右对齐）和█（段落中的最后一行两端对齐）。

- "左缩进"选项██：从段落的左边缩进。
- "右缩进"选项██：从段落的右边缩进。
- "首行缩进"选项██：缩进段落中的首行文字。
- "段前距"选项██：使段落前增加附加空间。
- "段后距"选项██：使段落后增加附加空间。
- "避头尾法则设置"选项：避头尾法则指定亚洲文本的换行方式。不能出现在一行的开头或结尾的字符称为避头尾字符。该选项用于设置相应的规则。
- "间距组合设置"选项：间距组合为日语字符、罗马字符、标点、特殊字符、行开头、行结尾和数字的间距指定日语文本编排。可从列表中选择预定义间距组合集。
- "连字"复选框：用于启用或停用自动连字符连接。

7.4　创建文字特效

在Photoshop CS4中，文字对象将作为一种图层来保存，可以使用"图层样式"功能来添加文字特效。也可以使用专门的【文字变形】命令来创建文字变形效果，还可以使用创建剪贴蒙版的方法来制作特效文字。

7.4.1　文本图层的样式设置

文本图层的样式设置方法和普通图层相似，下面举例说明具体的创建方法。

（1）在"图层"面板中选择要为其添加效果的文本所在的图层。

（2）单击"图层"面板的【图层样式】按钮，从出现的菜单中选择【渐变叠加】选项，打开"图层样式"对话框并选中"渐变叠加"项，如图7-26所示。

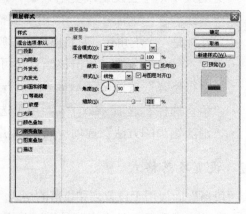

图7-26　应用"渐变叠加"效果

（3）在"图层样式"对话框中设置好"渐变叠加"参数后，单击【确定】按钮即可添加效果，如图7-27所示。

还可以使用"样式"面板来快速添加和应用文字样式，如图7-28所示。

图7-27　"渐变叠加"应用效果　　　　　图7-28　使用"样式"面板添加样式

7.4.2　文字变形处理

Photoshop CS4提供了一个【文字变形】命令，可以通过文字变形来创建扇形、波浪形、鱼形等特效文字。下面通过一个简单的示例介绍文字变形的基本方法：

（1）在"图层"面板中选中要变形的文字图层。

（2）选择【图层】|【文字】|【文字变形】命令（如果当前工具为文字工具，只需单击控制面板上的【变形】按钮，），出现如图7-29所示的"变形文字"对话框。

（3）从"样式"下拉列表中选择一种变形样式，如图7-30所示。

图7-29　"文字变形"对话框　　　　　　　图7-30　选择变形样式

（4）设置需要的变形选项，如图7-31所示。可以指定变形效果的方向，以及对图层应用变形的程度等。

（5）设置完成后，单击【确定】按钮即可，效果如图7-32所示。

图7-31　设置变形参数　　　　　　　图7-32　变形效果

7.4.3　用图像填充文字

将剪贴蒙版应用在"图层"面板中位于文本图层上方的图像图层上，就能用图像来填充文字，具体方法如下：

（1）在图像层的下方创建一个文字层（或将文字层复制到图像层的下方），如图7-33所示。

（2）选定图像图层，选择【图层】|【创建剪贴蒙版】命令，即可用图像填充文字，即图像将出现在文本内部，如图7-34所示。

图7-33　使文字层位于图像层的下方　　　　　图7-34　用图像填充文字的效果

（3）使用"移动"工具拖动图像后，图像文本内部的位置也将做相应的变化。

7.5　绘制形状

Photoshop CS4提供了一组形状工具，包括【矩形工具】▢、【圆角矩形工具】▢、【椭圆工具】◯、【多边形工具】⬡、【直线工具】╲和【自定义形状工具】⬙等，如图7-35所示。使用这些工具，可以很方便地绘制如图7-36所示的一系列标准形状和系统预置的自定义形状，也可以将自己绘制的图形定义为形状。

图7-35　形状工具　　　　　　　　　　图7-36　使用形状工具绘制的形状

7.5.1 形状基础

使用形状工具，可以创建"形状图层"、"工作路径"和"填充像素"3种类型的形状。

1. 形状图层

"形状图层"是指由形状工具或钢笔工具创建的矢量路径，其大小、尺寸都可以变化。在创建形状图层时，自动包含了纯色填充图层和定义了形状的矢量蒙版。因此，可以很方便地改变图层的填充颜色，也可以用渐变色或图案来填充形状。

要绘制形状图层，可选择一种形状工具，然后在工具控制面板中，将绘图方式设为"形状图层"。接下来，只需设置好用于填充形状图层的前景色，再在图像中拖动鼠标，即可绘制出一个矢量蒙版路径。松开鼠标后，路径立即被前景色所填充，如图7-37所示。

图7-37 填充形状图层

2. 工作路径

"工作路径"是一种出现在"路径"面板中的临时路径，它可以定义对象的轮廓。

要绘制"工作路径"，可选择一种形状工具，然后在工具控制面板中，将绘图方式设为"工作路径"。接下来，只需在图像中拖动鼠标，即可绘制出一个由所选形状组成的工作路径。绘制工作路径时，并没有创建新的图层。而切换到"路径"面板后可以看到，系统定义了一条工作路径，如图7-38所示

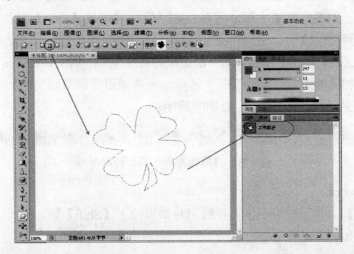

图7-38 绘制工作路径

3. 填充像素

"填充像素"是指直接在当前图层中绘制的像素形状。相当于用绘画工具绘制的图像，需要使用处理位图图像的方法来编辑绘制的形状。

要绘制"填充像素"，可选择一种形状工具，然后在工具控制面板中，将绘图方式设为"填充像素"□。接下来，只需在图像中拖动鼠标，即可在当前图层中绘制出一个由所选形状组成的位图图像，如图7-39所示。

图7-39　绘制填充像素

7.5.2　绘制形状

工具面板中的各个形状工具不但形状不同，其工具选项也有所区别。下面介绍主要形状工具的功能和用法。

1. 【矩形工具】

【矩形工具】□用于绘制矩形或正方形，其控制面板如图7-40所示。

图7-40　矩形工具控制面板

要绘制矩形，可从工具面板中选中矩形工具□，设置好参数后在画布上任意拖动鼠标，即可绘出所需矩形。要绘制正方形，可以在拖动鼠标时按住【Shift】键。

2. 【圆角矩形工具】

【圆角矩形工具】□用于绘制具有平滑边缘的特殊矩形，其工具控制面板如图7-41所示，与【矩形工具】相比增加了"半径"一个选项，该选项用于调节圆角矩形的平滑程度，半径值越大，矩形越平滑；半径为0时，绘制的是矩形。。

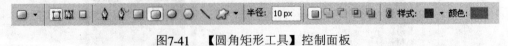

图7-41　【圆角矩形工具】控制面板

3. 【椭圆工具】

【椭圆工具】○用于绘制椭圆。在绘制时如果按下【Shift】键，则可以绘制出正圆形，其工具控制面板如图7-42所示。

图7-42 【椭圆工具】控制面板

4. 【多边形工具】

【多边形工具】 用于绘制出各种正多边形。绘制时，光标的起点为多边形的中心，终点是多边形的一个顶点。

【多边形工具】的控制面板如图7-43所示，其中的"边"选项用于设置所绘制的多边形的边数。比如，要绘制8边形，便可在其中输入数字8。

图7-43 【多边形工具】控制面板

5. 【直线工具】

【直线工具】 用于绘制直线线段或带箭头的线段。绘制时，光标拖拉的起始点是线段起点，拖拉的终点为线段的终点。【直线工具】的控制面板如图7-44所示，其中的"粗细"选项用于设置直线的宽度，其单位是像素。

图7-44 【直线工具】控制面板

绘制时，按住【Shift】键可以使直线的方向控制在0°、45°或90°。单击【直线工具】控制面板上的【自定义形状】按钮 右侧的下拉箭头，将出现如图7-45所示的"箭头"选项，可以设置是否使线段带箭头，以及箭头的大小和方向。其中，"起点"、"终点"、"宽度"、"长度"和"凹度"等选项用于设置箭头的方向、形状和大小。

6. 【自定义形状工具】

【自定义形状工具】 用于绘制各种不规则的标准图形或者自定义图形，其工具的控制面板如图7-46所示。

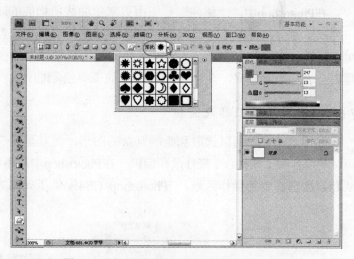

图7-45 "箭头"设置选项 　　　　图7-46 自定义形状工具控制面板

要绘制自定义形状，应先从"形状"列表中选择要绘制的形状，然后在图像区中拖动鼠标即可，如图7-47所示。

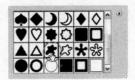

图7-47　绘制自定义形状

单击"形状"面板上部右侧的【面板菜单】按钮，将出现如图7-48所示的面板菜单，可以选择菜单下方的"形状类型"名称，将相应的预设形状载入形状列表中。比如，选择【动物】选项后，即可载入"动物"类形状，如图7-49所示。

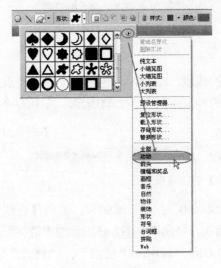

图7-48　面板菜单

图7-49　载入"动物"类形状

7.6　创建路径

在Photoshop中，"路径"是指由贝塞尔曲线所构成的闭合或者开放的曲线段。贝赛尔是一种以"无穷相近"为基础的参数曲线，这类曲线由起始点、终止点以及两个相互分离的中间点组成，拖动两个中间点，贝塞尔曲线的形状便能发生变化。贝赛尔方法将函数无穷逼近同集合表示结合起来，非常便于利用电脑工具绘制曲线。

7.6.1　使用路径工具及面板

利用"路径"可以选取和绘制复杂的图形，尤其是具有各种方向和弧度的曲线图形，还可以利用各种工具和命令来修改和编辑。在Photoshop中，还可以在路径和选区之间进行转换，从而创造出需要的操作区域。　Photoshop CS4提供了如图7-50所示的两类路径工具。

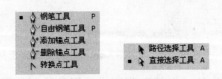

图7-50　路径工具

1. "路径编辑"工具

"路径编辑"工具包括【钢笔工具】、【自由钢笔工具】、【添加锚点工具】、【删除锚点工具】和【转换点工具】5种。

- 【钢笔工具】：用于绘制直线或曲线路径。绘制时，先单击图像区中某个位置，创建第一个开始的锚点，然后移动光标到下一位置，单击鼠标确定下一个锚点，即可使开始锚点和终止锚点用直线连接起来。【钢笔工具】的控制面板如图7-51所示。

图7-51 【钢笔工具】控制面板

- 【自由钢笔工具】：用于自由绘制任意形状的路径。绘制时，只需按住鼠标进行拖动即可。【自由钢笔工具】控制面板如图7-52所示，选中其中的"磁性的"复选框，可以像使用"磁性套索"工具那样创建路径。

图7-52 【自由钢笔工具】控制面板

- 【添加锚点工具】：用于在当前路径上增加节点。使用该工具在路径上单击，即可增加一个节点，如图7-53所示。
- 【删除锚点工具】：用于在路径上删除锚点。使用该工具在路径上指向某个锚点后，单击鼠标，即可删除相应的锚点，如图7-54所示。

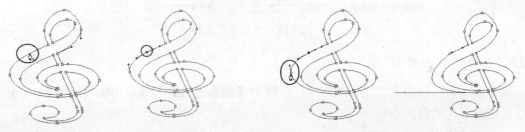

图7-53 添加锚点　　　　　　　　图7-54 删除锚点

- 【转换点工具】：用于在"直线段"和"曲线段"之间转换，也可以对曲线的弧度进行调节。选择【转换点工具】后，将光标移至路径上的某个锚点，拖动鼠标即可进行转换，如图7-55所示。

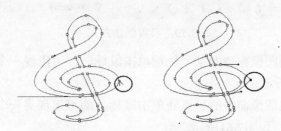

图7-55 将"曲线段"转换为"直线段"

2. 【路径选择工具】

路径选择工具包括【路径选择工具】和【直接选择工具】两种。

- 【路径选择工具】 ：用于选择和移动整个路径。选择该工具后，将光标移动到路径上的某个位置上，单击鼠标即可将整个路径选定，拖动鼠标则可移动路径的位置，如图7-56所示。
- 【直接选择工具】 ：用于选择并修改路径。选择该工具后，将光标移动到路径上的某个节点上，再拖动鼠标，即可对路径的形状进行修改，如图7-57所示。

图7-56　移动路径　　　　　　　　　　　　　　图7-57　改变路径形状

3. "路径" 面板

选择【窗口】|【路径】命令，将出现如图7-58所示的 "路径" 面板。"路径" 面板用于操作和管理路径。其功能与操作方法和 "图层" 面板相似，最常用的是其中的6个操作按钮。

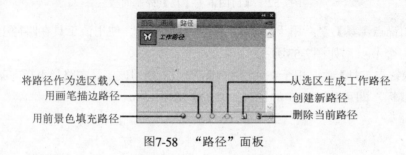

将路径作为选区载入　　　　　　　　　　　从选区生成工作路径
用画笔描边路径　　　　　　　　　　　　　创建新路径
用前景色填充路径　　　　　　　　　　　　删除当前路径

图7-58　"路径" 面板

7.6.2　创建自由路径

形状工具可以用来创建标准路径，而使用【钢笔工具】和【自由钢笔工具】，则可以创建出任意形状的自由路径。

1. 绘制折线

使用【钢笔工具】可以绘制任意折线，具体方法如下：

（1）从工具面板中选择【钢笔工具】 。

（2）在工具控制面板中单击【路径】按钮 ，如图7-59所示。

图7-59　设置创建方式

（3）将光标移动到图像窗口的某个位置单击鼠标，即可出现一个锚点，该锚点将作为折线的起点，如图7-60所示。

（4）移动鼠标，在图像窗口的另点处单击鼠标，即可出现另一个锚点，并在两个锚点之间画出一条直线线段，如图7-61所示。

 　起点的锚点变成空心点，作为终点的锚点为实心点，实心的锚点称为当前锚点。

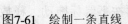

图7-60　定位折线起点　　　　　　　　　图7-61　绘制一条直线

（5）用同样的方法定位折线的其他点，即可绘制出如图7-62所示的折线段。

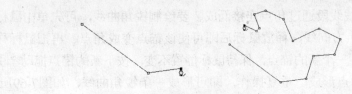

图7-62　绘制折线段

（6）要结束开放的路径，只需单击工具面板中的【钢笔工具】（或按下【Ctrl】键后单击路径以外的任何位置）即可，效果如图7-63所示。

（7）要闭合路径，只需将钢笔鼠标指针移到起始锚点上（鼠标指针右下角会出现一个小圆圈），然后单击鼠标，即形成一条闭合路径，如图7-64所示。

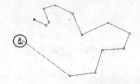

图7-63　结束开放路径　　　　　　　　　图7-64　闭合路径

2. 绘制曲线线段

曲线线段可以是单峰型或S型，这由线段两端点的方向线之间的夹角来决定。绘制曲线线段的方法如下：

（1）从工具面板中选择【钢笔工具】。

（2）将光标移动到图像窗口上，在要作为起点的位置按下鼠标，然后向要使平滑曲线隆起的方向拖动鼠标，图像窗口上便可出现一个起始锚点和它的方向线，如图7-65所示。

（3）将光标移到图像窗口上的另一个位置，按下鼠标。此时，如果向与起始端点方向线的反方向（夹角大于90°）拖动，释放鼠标按钮即可确定另一锚点，从而形成了一条单峰曲线线段，如图7-66所示。

（4）如果朝与起始端点方向线相同的方向（夹角小于90°）拖动鼠标，释放鼠标按钮确定锚点后，将形成了一条曲线线段，如图7-67所示。

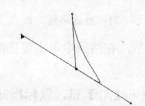

图7-65　起始锚点及其方向线　　　图7-66　绘制单峰曲线线段　　　图7-67　绘制曲线线段

3. 绘制平滑曲线

平滑曲线是由曲线线段通过平滑点连接而成的。要绘制平滑曲线，可在图像上确定起始点后，按下鼠标拖动，牵引出方向线，接着释放鼠标，就产生了一个平滑点。再将鼠标移到另一位置，再按下鼠标拖动、释放，就产生了第2个平滑点。重复操作，即可形成由多个曲线线段连接成的平滑曲线，如图7-68所示。

4. 绘制锐角曲线

锐角曲线是由曲线线段通过角点连接而成。要绘制锐角曲线，可先单击鼠标定位一个锚点，然后拖动锚点产生方向线，释放鼠标后即可使该锚点变成角点。再把鼠标移到另一个位置单击鼠标，又产生了一个新的锚点，保持鼠标位置不变，按下新的锚点拖动牵引出方向线，释放鼠标后，第2个角点形成。重复操作，即可形成一条锐角曲线，如图7-69所示。

5. 绘制任意形状路径

使用【自由钢笔工具】，直接在图像窗口中拖动，即可绘制任意形状的路径，如图7-70所示。

图7-68　平滑点与平滑曲线　　　图7-69　锐角曲线　　　图7-70　使用自由钢笔工具创建的路径

7.7　编辑路径

使用所有方法创建的路径都可以进行编辑修改，在编辑前应选中相应的路径及可调节的锚点。

7.7.1　选取路径

【直接选择工具】主要用于选择现有路径，其用法主要有：

- 框选锚点：按下鼠标拖动出一个选取框，即可选中框中包围的锚点，如图7-71所示。被选中的锚点以实心方点显示，未选中的锚点则以空心方点显示。

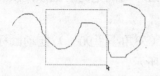 

图7-71　框选路径的锚点

- 添加锚点：按下【Shift】键后，在路径中单击要选的锚点，可以逐个选取锚点或附加选取锚点。
- 选取整个连续的子路径：按下【Alt】键，鼠标指针变成了后单击路径上的任何地方，可以选取整个连续的子路径。

7.7.2　移动路径

可以根据需要移动路径或路径上的锚点，以实现对路径的编辑处理。

1. 移动锚点以及整个路径

要移动锚点，可先用【直接选择工具】选取单个或多个锚点，然后用鼠标按下被选取的任一锚点或它所属的线段上的任一点（不包括未被选取的锚点）进行拖动，被选取的所有锚点就会同时移动，并且它们之间的相对位置不变，而未被选取的锚点则保持不动。释放鼠标后，即可将路径定位到新的位置，如图7-72所示。

图7-72　移动锚点

如果选取了整个路径或子路径的所有锚点，就可以将它们作为一个整体来移动。

2. 调整某条线段

未选定任何锚点时，可直接移动路径中的某条线段。具体方法如下：

- 调整直线线段：用【直接选择工具】拖动直线段，可以使直线线段的长度和斜率在保持不变的情况下，作为一个整体移动，如图7-73所示。
- 调整曲线线段：用【直接选择工具】拖动曲线段，可使线段的两个端点保持不动，改变其形状，如图7-74所示。

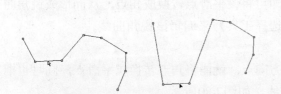 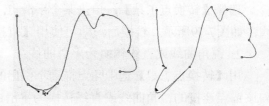

图7-73　移动线段　　　　　　　　　　　　图7-74　移动曲线段

3. 移动方向点

如果方向点所属的锚点是平滑点，用鼠标按下方向点拖动后，就能同时调整方向线两侧的曲线线段，如图7-75所示。

如果方向点所属的锚点是角点，则用鼠标按下方向点拖动，只调整与方向线同侧的曲线线段，如图7-76所示。

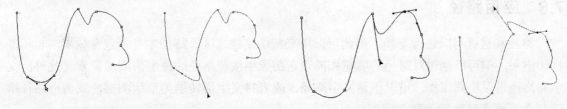

图7-75　调整平滑点的方向线　　　　　　图7-76　调整角点的方向线

7.7.3　添加和删除锚点

为了更好地编辑路径，需要在路径中根据实际情况添加或删除必要的锚点。

1. 添加锚点

选择【添加锚点工具】，可以在线段内部添加锚点。将光标移动到线段的非端点位置时，鼠标指针将变成状。此时，单击鼠标即可添加一个新的锚点，把一条线段一分为二，如图7-77所示。

2. 删除锚点

选择【删除锚点工具】，当光标移到某个锚点上时，鼠标指针就会变成状。此时，只需单击鼠标就可删除相应的锚点，如图7-78所示。如果被删除的锚点是中间锚点，原来与它相邻的两个锚点将连接成一条新的线段。

图7-77　添加锚点　　　　　　　　　　　图7-78　删除锚点

7.7.4　在平滑点和角点之间进行转换

使用【转换点工具】，可以将平滑曲线转换为锐角曲线，把锐角曲线或直线转换为平滑曲线。

1. 平滑曲线转换为锐角曲线

选择【转换点工具】，单击某个平滑点，即可将该平滑点转换成角点，从而形成锐角曲线，如图7-79所示。转换后，即可使用【直接选择工具】来编辑该锐角曲线。

2. 锐角曲线或直线转换为平滑曲线

用【转换点工具】选中角点拖动牵引出的方向点，就能将角点转换成平滑点，同时也把与该锚点连接的锐角曲线或直线转换为平滑曲线，如图7-80所示。

图7-79　将平滑点转换成角点　　　　　　图7-80　将角点转换成平滑点

7.8　应用路径

路径和选区可以进行互换，因此可以用来精确创建选区。路径本身不包含像素，也不能打印出来，但可以通过对路径的填充和描边在图像中按照路径的轮廓来添加像素。此外，文字和路径可以协同工作，可以创建文字路径，或者将文字层转换为形状图层，或者沿路径排列文字，或者以路径创建文字框。

7.8.1 路径和选区互换

使用路径，可以创建精确的选区。具体操作时，可先使用"路径"工具绘制出精确的路径轮廓线，然后再把路径转换为选区边框。也可以先创建一个大致的选区，再将选区边框转换为路径，使用直接选择工具对路径进行修整，最后再将路径转换为选区。

1. 将路径转换成选区

将路径转换成选区的方法有以下两种：

· 直接将当前路径转换为选区：在"路径"面板中选择要转换为选区的路径，然后单击"路径"面板底部的【将路径作为选区载入】按钮◎即可，操作过程如图7-81所示。

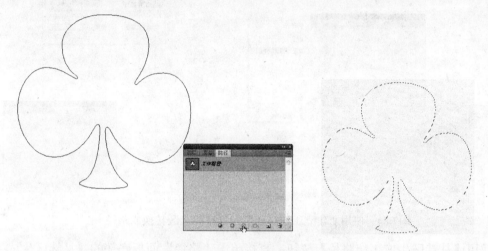

图7-81 直接将当前路径转换为选区

如果路径是开放的，在转换成选区时，会假定其两个端点之间有一条直线线段，然后再把封闭的区域转换成选区，如图7-82所示。

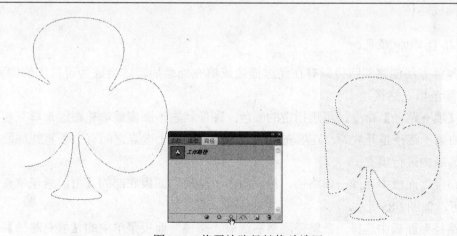

图7-82 将开放路径转换为选区

· 使用"建立选区"对话框将路径转换为选区：在"路径"面板中选择一条路径，然后选取"路径"面板菜单中的【建立选区】命令，打开"建立选区"对话框。设置好各选项后单击【确定】按钮，路径即转换成选区，如图7-83所示。

图7-83　使用"建立选区"对话框将路径转换为选区

2. 将选区转换成路径

可以将选区转换成路径，但只能转换成工作路径。在图像上有选区存在时，可以使用下面的方法之一来将其转换成路径：

- 使用面板菜单：选取"路径"面板菜单中的【建立工作路径】命令，出现"建立工作路径"对话框，设置好"容差"选项后单击【确定】按钮即可将选区转换成路径，如图7-84所示。

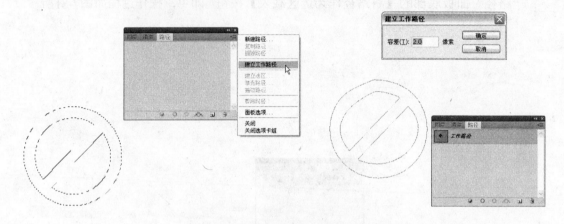

图7-84　使用"建立工作路径"对话框将选区转换成路径

- 使用【从选区生成工作路径】按钮：直接单击"路径"面板底部的【从选区生成工作路径】按钮，即可将选区转换成路径。
- 使用快捷菜单：选择任意一种选框工具，在选区虚线上单击鼠标右键，从出现的右键菜单中选择【建立工作路径】命令，也将打开"建立工作路径"对话框，从而将选区转换成路径。

7.8.2　为路径添加颜色

使用各种方法创建的路径只有在经过描边或填充处理后，才会成为可打印的像素。

1. 用颜色填充路径

使用【填充路径】命令，可用指定的颜色、图像状态、图案或填充图层来填充包含像素的路径。如果子路径是开放的，在填充时，会假定它的两个端点之间有一条直线线段，然后在封闭的区域内进行填充。

在"路径"面板中选择一条路径，然后单击"路径"面板底部的【用前景色填充路径】按钮即可，如图7-85所示。

在"路径"面板中选择一条路径，然后选取"路径"面板菜单中的【填充路径】命令，将出现"填充路径"对话框，设置好填充路径的各选项后，单击【确定】按钮，路径即按照设置的参数进行填充，如图7-86所示。

在"填充路径"对话框中提供了以下选项：

- "使用"选项：用于选取填充内容，单击"使用"选项右侧的下拉箭头，可在显示的列表中选择一种填充内容。

图7-85 直接用前景色填充路径

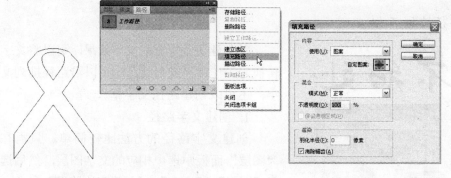

图7-86 用"填充路径"对话框填充路径

- "模式"选项:用于选取填充的混合模式,混合模式列表的内容与图层混合模式列表完全相同。
- "不透明度"选项:用于指定填充的不透明度。要使填充更透明,可降低不透明度的百分比,默认的100%的设置表明填充完全不透明。
- "保留透明区域"选项:选中"保留透明区域"复选框,只填充包含像素的图层区域。
- "羽化半径"选项:用于定义羽化边缘在选区边框内外的伸展距离,其单位为"像素"。
- "消除锯齿"选项:选中该复选框,将通过部分填充选区的边缘像素,在选区的像素和周围像素之间创建精细的过渡效果。

2. 用颜色对路径进行描边

使用【描边路径】命令,可以沿路径轨迹绘制一个边框,描边的方法有以下两种:

- 直接描边路径:在"路径"面板中选择一条路径,然后单击"路径"面板底部的【用画笔描边路径】按钮○即可,如图7-87所示。要更改描边效果,需要事先设置画笔参数,如颜色、笔尖直径、硬度等。

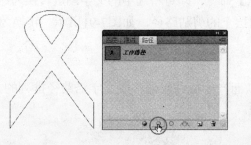

图7-87 直接描边路径

- 利用"描边路径"对话框描边路径：在"路径"面板中选择一条路径，然后选取"路径"面板弹出式菜单中的【描边路径】命令，将出现"描边路径"对话框。从"工具"列表中选择一种描边工具后单击【确定】按钮，路径即按照设置的参数进行描边，如图7-88所示。

图7-88　利用"描边路径"对话框描边路径

7.8.3　文字和路径协同工作

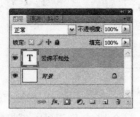

图7-89　创建文字路径

为创建更为丰富的文字效果，可以将文字转换为工作路径或形状，也可以沿路径排列文字，还可以创建路径文字框。

1. 创建文字路径

创建文字路径的方法比较简单，只需在"图层"面板中选中相应的文字图层，然后选择【图层】|【文字】|【创建工作路径】命令，即可根据选中图层中的文字的轮廓创建一个工作路径，如图7-89所示。

在"图层"面板中将文字图层删除后，可更清晰地看到路径效果，如图7-90所示。

图7-90　删除文字层的效果

2. 将文字层转换为形状图层

将文字图层转换为形状图层的方法也很简单。在"图层"面板中选中某个文字图层后，选择【图层】|【文字】|【转换为形状】命令，即可将选中的文字图层转换为一个形状图层，并将原图层中的文字的轮廓作为新图层上的剪贴路径，如图7-91所示。转换为形状图层后，原来的文字图层将被自动删除。

3. 沿路径排列文字

可以使文字沿某条路径排列，从而产生特殊效果。使文字沿路径排列的方法如下：

（1）先绘制一条路径。

图7-91 将文字图层转换为形状图层

（2）选择文字工具，将鼠标指针移动到路径上，当指针变为 时，单击鼠标左键，即可在路径上出现文字插入点，如图7-92所示。

（3）出现文字插入点后，只需直接输入所需的文字内容即可，如图7-93所示。

图7-92 文字插入点   图7-93 输入文字内容

沿路径移动文字：从工具面板中选择直接选择工具 或路径选择工具 ，将鼠标指针移动到文字上，当指针变为 时，拖动鼠标即可使文字沿着路径移动，如图7-94所示。

图7-94 沿路径移动文字

使文字沿路径排列后，既可以对文字本身进行编辑，也可以将文字沿着路径移动、镜像，文字还可以随路径形状的变化而改变位置。

- 沿路径镜像文字：要将文字沿路径镜像，只需在沿路径移动文字时，将鼠标指针移动到路径的另一边即可，如图7-95所示。
- 使文字随路径的变化而变化：用路径编辑工具调整路径的位置和形状，文字便会自动随着路径的变化而变化，如图7-96所示。

图7-95 沿路径镜像文字   图7-96 使文字随路径的变化而变化

4. 路径文字框

创建一个封闭的路径后，可以将文字排列其中，这种文字称为路径文字框。具体创建方法如下：

（1）使用路径绘制工具绘制一条闭合路径，如图7-97所示。

（2）从工具面板中选择横排文字工具或直排文字工具，将鼠标指针移动到路径上，当指针变为 ﬁ 状时，单击鼠标，使插入点出现在路径框内，如图7-98所示。

图7-97　创建闭合路径

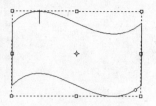

图7-98　在路径框中定位文字插入点

（3）输入文字内容，如图7-99所示。

（4）在文字框以外单击鼠标，即可确认输入的文本，效果如图7-100所示。

图7-99　输入文字内容

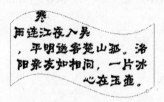

图7-100　确认输入的效果

（5）使用路径编辑工具调整路径的形状，路径框内的文字便会自动重新排列，如图7-101所示。

图7-101　调整路径的形状

本章要点小结

本章介绍了Photoshop CS4的文字处理功能和矢量图形绘制及编辑功能，下面对本章的重点内容进行小结：

（1）文本对象是一种矢量图形，Photoshop CS4的工具面板中提供了【横排文字工具】T、【直排文字工具】IT、【横排文字蒙版工具】和【直排文字蒙版工具】等4个工具。可以创建点文字、段落文字、路径文字和文字选框。

（2）创建文字后，可以对文本对象进行内容修改、拼写检查、查找/替换等编辑处理。

（3）除了可以使用文字工具控制面板中的格式工具外，还可以使用"段落/字符"面板来设置文字。其中，"字符"面板主要用于编辑字符，而"段落"面板主要是用于编辑段落。

（4）对于文本图层，可以使用"图层样式"功能来添加文字特效，也可以使用专门的【文字变形】命令来创建文字变形效果，还可以使用创建剪贴蒙版的方法来制作特效文字。

（5）使用【矩形工具】▢、【圆角矩形工具】▢、【椭圆工具】◯、【多边形工具】◯、【直线工具】＼和【自定义形状工具】⬚等形状工具，可以创建"形状图层"、"工作路径"和"填充像素"3种类型的形状。

（6）路径是一种由贝塞尔曲线所构成的闭合或者开放的曲线段。Photoshop CS4提供了两类路径工具，使用【钢笔工具】⬚、【自由钢笔工具】⬚、【添加锚点工具】⬚、【删除锚点工具】⬚和【转换点工具】＼5种路径编辑，可以创建和编辑路径；使用【路径选择工具】▶和【直接选择工具】▶两种路径选择工具，可以选择、修改和移动路径。

（7）要编辑路径，应先选中相应的路径及可调节的锚点，然后综合使用路径工具来移动路径，添加和删除锚点，或者在平滑点和角点之间进行转换。

（8）路径和选区可以进行互换，从而创建出精确的选区。路径本身不包含像素，也不能打印出来，但可以通过对路径的填充和描边在图像中按照路径的轮廓来添加像素。此外，文字和路径可以协同工作，可以创建文字路径，或者将文字层转换为形状图层，或者沿路径排列文字，或者以路径制作文字框。

习题

选择题

（1）Photoshop中，文本对象是一种（　　　）。

A. 位图图像　　　　B. 矢量图形　　　　C. 复合对象　　　　D. 路径对象

（2）将段落文字转换为点文字后，每个文字行的末尾（最后一行除外）都会添加一个（　　　）。

A. 回车符　　　　B. 空格　　　　C. 提示行　　　　D. 空行

（3）单击控制面板中的（　　　）按钮，将出现"字符"面板，其中提供多个用于设置字符格式的选项。

A. ▢　　　　B. ▢　　　　C. ▢　　　　D. ▢

（4）将（　　　）应用在"图层"面板中位于文本图层上方的图像图层上，就能用图像来填充文字。

A. 通道　　　　B. 填充层　　　　C. 剪贴蒙版　　　　D. 调整层

（5）（　　　）是指由形状工具或钢笔工具创建的矢量路径，其大小、尺寸都可以变化。

A. 工作路径　　　　B. 填充像素　　　　C. 形状图层　　　　D. 工作路径

（6）曲线线段可以是单峰型或S型，这由线段两端点的方向线之间的（　　　）来决定。

A. 方向　　　　B. 形状　　　　C. 位置　　　　D. 夹角

（7）在"图层"面板中选中某个文字图层后，选择【图层】|【文字】|【转换为形状】命令，可将选中的文字图层转换为一个形状图层，并将原图层中的文字的轮廓作为新图层上的（　　　）。转换为形状图层后，原来的文字图层将被自动删除。

A. 剪贴蒙版　　　　B. 剪贴路径　　　　C. 工作路径　　　　D. 工作贴蒙版

填空题

（1）文字图层是使用＿＿＿＿＿＿＿输入文字后自动在"图层"面板中建立的图层。这种图层中含有文字内容和＿＿＿＿＿＿＿，它们以单独的方式存放在文件中，可以反复修改和编辑。

（2）创建文字的方法主要有3种，一是在＿＿＿＿＿＿＿上创建文字，二是在＿＿＿＿＿＿＿中创建文字，三是＿＿＿＿＿＿＿创建文字。

（3）对于段落文字，其文字内容会基于＿＿＿＿＿＿＿自动换行。

（4）在"图层"面板中选中文字图层后，选择一种文字工具，在文字工具控制面板的＿＿＿＿＿＿＿下拉菜单中选择"平滑"选项，即可使文字显示为较平滑。

（5）文字方向分为＿＿＿＿＿＿＿两种方式。可以根据需要切换文字方向。

（6）利用Photoshop CS4提供的＿＿＿＿＿＿＿命令，可以创建扇形、波浪形、鱼形等特效文字。

（7）"工作路径"是一种出现在"路径"面板中的＿＿＿＿＿＿＿，它可以定义对象的轮廓。

（8）"路径"是指由＿＿＿＿＿＿＿所构成的闭合或者开放的曲线段。

（9）使用＿＿＿＿＿＿＿，可以将平滑曲线转换为锐角曲线，把锐角曲线或直线转换为平滑曲线。

（10）使用【填充路径】命令，可使用指定的颜色、图像状态、图案或填充图层来填充＿＿＿＿＿＿＿的路径。

简答题

（1）Photoshop的文字工具有哪些？各有何功能？

（2）如何创建点文字？如何创建段落文字？试举例说明。

（3）如何实现点文字和段落文字的相互转换？

（4）如何编辑文本对象？试举例说明。

（5）如何设置文本的字符格式和段落格式？

（6）如何创建文字特效？

（7）什么是形状？形状的类型有哪几种？如何绘制形状？

（8）什么是路径？路径的作用是什么？

（9）常用的路径工具有哪些？各有何功能？

（10）如何绘制自由路径？

（11）如何对路径进行编辑处理？

（12）如何实现路径和选区的互换？

（13）如何为路径添加颜色？

（14）如何利用路径创建特效文字？

第8章 调整图像色彩

色彩是图像表现的关键，它是人眼对可见光的感受。要利用计算机绘制出大自然千变万化的绮丽景色，就需要用到不同的色彩模式和色彩实现方式。本章将系统介绍Photoshop CS4的色彩调整功能及具体应用方法，重点介绍以下内容：

- 图像色彩的基本操作。
- 图像色彩的调整手法。

8.1 图像色彩的基本操作

Photoshop CS4中提供了丰富的色彩调整功能，可以使用"直方图"面板和"信息"面板来查看颜色信息，可以通过颜色取样器对特定颜色进行取样，还可以在不同颜色模式之间进行转换。

8.1.1 直方图及其应用

"直方图"面板中显示了关于当前图像的一个用于查看图像的品质和色彩参数的图形——直方图。选择【窗口】|【直方图】命令，将打开如图8-1所示的"直方图"面板。默认情况下，直方图显示整个图像的色调范围，要显示图像某一部分的直方图数据，可以先创建一个选区。

图8-1 "直方图"面板

1. 更改"直方图"面板的视图

"直方图"面板默认使用"紧凑视图"的方式，可以用下面的方法调整视图：

- 扩展视图：从"直方图"面板菜单中选择【扩展视图】命令，将切换到如图8-2所示的"扩展视图"模式。该模式下，将显示带有统计数据和控件的直方图，可以很方便地在其中选取由直方图表示的通道、查看"直方图"面板中的选项、刷新直方图以显示未高速缓存的数据，以及在多图层文档中选取特定图层。

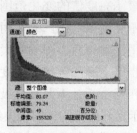

图8-2 切换到"扩展视图"模式

- 全部通道视图：从"直方图"面板菜单中选择【全部通道视图】命令，将切换到如图8-3所示的"全部通道视图"模式。该模式下，除了"扩展视图"的所有选项外，还显示了各个通道的单个直方图。单个直方图不包括 Alpha 通道、专色通道或蒙版。

2. 查看特定通道的颜色信息

从"通道"菜单中选取一个某通道，可以单独显示该通道的颜色信息。可选的通道取决于图像的颜色模式，如图8-4所示。

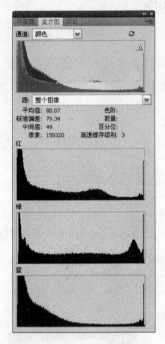

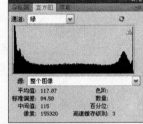

图8-3　"全部通道视图"模式　　　　　　　图8-4　查看特定通道的颜色信息

选择"明度"选项，可显示一个表示复合通道的亮度或强度值的直方图；选择"颜色"选项，可显示颜色中单个颜色通道的复合直方图。

3. 用原色查看通道直方图

切换到"全部通道视图"，在"面板"菜单中选择【用原色显示通道】命令，将使用原色显示直方图，如图8-5所示。

4. 直方图的统计数据

默认情况下，"直方图"面板将在"扩展视图"和"全部通道视图"模式下显示出统计数据，如图8-6所示。其中的统计信息有：

- 平均值：表示平均亮度值。
- 标准偏差：表示亮度值的变化范围。
- 中间值：显示亮度值范围内的中间值。
- 像素：表示用于计算直方图的像素总数。
- 色阶：显示指针下面的区域的亮度级别。
- 数量：表示相当于指针下面亮度级别的像素总数。
- 百分位：显示指针所指的级别或该级别以下的像素累计数。该值表示为图像中所有像素的百分数，从最左侧的 0% 到最右侧的100%。
- 高速缓存级别：显示当前用于创建直方图的图像高速缓存。当高速缓存级别大于 1 时，直方图将显示得更快。

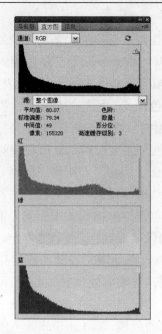

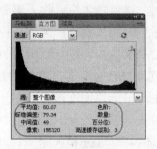

图8-5　用原色查看通道直方图　　　　　　　　　图8-6　统计数据

8.1.2　使用"信息"面板

选择【窗口】|【信息】命令，将出现如图8-7所示的"信息"面板。可以使用【吸管工具】来查看图像中单个位置的颜色，也可以使用颜色取样器来显示图像中一个或多个位置的颜色信息。

从工具面板中选择【吸管工具】或【颜色取样器工具】，在控制面板中设置好样本大小，将光标移动到图像的不同位置时，"信息"面板中将显示出当前位置的颜色值，如图8-8所示。

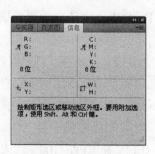

图8-7　"信息"面板　　　　　　　　　　　图8-8　显示取样点的颜色值

8.1.3　颜色模式及其转换

色彩模型是描述颜色的方法，具体表现为各种颜色模式。在进行数字图像处理时，需要用不同的颜色模式来定义色彩。

1. 常见颜色模式

不同的颜色模式所定义的颜色范围不同，使用方法也各有特点。大多数图像处理软件都支持RGB、CMYK、Lab、HSB、索引、灰度、位图、双色调、多通道等颜色模式。

- RGB模式：RGB是色光的颜色模式，其中R代表红色，G代表绿色，B代表蓝色，3种色彩叠加形成了其他的色彩，因此该模式也叫加色模式。所有的显示器、投影设备以及电视机等设备都依赖于这种加色模式来实现。由于3种颜色都有256个亮度水平级，所以3种色彩叠加就形成1670万种颜色，即真彩色，通过它们足以再现绚丽的世界。

- CMYK模式：CMYK模式是一种减色模式，它适合于印刷。当阳光照射到一个物体上时，这个物体将吸收一部分光线，并将剩下的光线进行反射，反射的光线就是人们所看见的物体颜色。这是一种减色颜色模式，同时也是与RGB模式本质上的不同之处。CMYK代表印刷上用的4种颜色，C代表青色，M代表洋红色，Y代表黄色，K代表黑色，CMYK模式是最佳的打印模式。用CMYK模式在编辑时虽然能够避免色彩的损失，但运算速度很慢。对于同样的图像，RGB模式只需要处理3个通道即可，CMYK模式则需要处理4个通道。

- Lab模式：Lab模式是一种基于人对颜色的感觉的颜色模式。Lab模式既不依赖光线，也不依赖于颜料，而是一个理论上包括了人眼可以看见的所有色彩的颜色模式。Lab模式弥补了RGB和CMYK两种颜色模式的不足，它由3个通道组成，即亮度L和两个色彩通道A、B。A通道包括的颜色是从深绿色（低亮度值）到灰色（中亮度值）再到亮粉红色（高亮度值）；B通道则是从亮蓝色（低亮度值）到灰色（中亮度值）再到黄色（高亮度值）。因此，这种色彩混合后可产生明亮的色彩。

- HSB模式：HSB颜色模式在色彩汲取窗口中才会出现。在HSB模式中，H表示色相，S表示饱和度，B表示亮度。色相是组成可见光谱的单色，红色在0度，绿色在120度，蓝色在240度；饱和度表示了色彩的纯度，为0时为灰色。白、黑和其他灰色色彩都没有饱和度，在最大饱和度时，每一色相具有最纯的色光；亮度是色彩的明亮度，为0时即为黑色，最大亮度是色彩最鲜明的状态。

- 索引颜色模式：索引颜色模式（Indexed）只能存储一个8 bit色彩深度的文件，即最多256种颜色，而且颜色都是预先定义好的。一幅图像所有的颜色都在它的图像文件里定义，即将所有色彩映射到一个色彩盘里，这就叫色彩对照表。因此，当打开图像文件时，色彩对照表也一同被读入了Photoshop中，Photoshop由色彩对照表找到最终的色彩值。

- 灰度模式：灰度模式（GrayScale）的图像共有256个等级，看起来类似传统的黑白照片。除黑、白二色之外，尚有254种深浅不同的灰色，计算机必须以8位二进制数来显示这256种色调。灰度模式中只存在灰度，当一个彩色文件被转换为灰度文件时，所有的颜色信息都将从文件中去掉。在灰度文件中，图像的色彩饱和度为0，亮度是唯一能够影响灰度图像的选项。亮度是光强的度量，0%代表黑色，100%代表白色。而在调色板中的K值是用于衡量黑色油墨用量的。

- 位图模式：位图模式使用两种颜色值（黑色或白色）之一表示图像中的像素。位图模式可控制灰度图像的打印输出，如激光打印机便是靠细小的点来渲染灰度图像，使用Bitmap模式可以更好地设定网点的大小形状和相互的角度。只有灰度图像或多通道图像才能被转化为**Bitmap**模式。位图模式下的图像被称为"位映射 1位图像"，因为其位深度为1。

- 双色调模式：双色调模式（Duotone）采用2～4种彩色油墨来创建由双色调（2种颜色）、三色调（3种颜色）和四色调（4种颜色）混合其层次组成的图像。
- 多通道模式：多通道模式图像在每个通道中包含256个灰阶，主要用于特殊打印。

2. 转换图像颜色模式

为了能够在不同的场合正确地输出图像，常常需要将图像从一种颜色模式转换为另一种颜色模式。比如，为了方便处理图像，可以将输入的图片转换为RGB模式，在打印输出时再转换为CMKY模式。如果要印刷输出，则必须采用CMKY模式。

Photoshop CS4提供了一个【模式】菜单，只需选择【图像】|【模式】子菜单中相应的命令，即可将图像从当前模式转换为需要的颜色模式，如图8-9所示。

图8-9 【模式】菜单

在进行颜色模式转换时，往往会永久性地改变图像中的颜色值。比如，将RGB模式图像转换为CMYK模式图像后，CMYK色域之外的RGB颜色值被调整到CMYK色域之外，从而缩小了颜色范围。由于有些颜色在转换后会损失部分颜色信息，因此在转换前最好为其保存一个备份文件，以便在必要时恢复图像。下面简要介绍一些常用模式转换的基本情况：

- 将彩色图像转换为灰度模式：将彩色图像转换为灰度模式时，Photoshop会扔掉原图中所有的颜色信息，而只保留像素的灰度级。灰度模式可作为位图模式和彩色模式间相互转换的中介模式。
- 将其他模式的图像转换为位图模式：将图像转换为位图模式后会使图像颜色减少到两种，从而简化图像的颜色信息，减小文件大小。要将图像转换为位图模式，必须首先将其转换为灰度模式，然后在灰度模式中编辑好图像，再将其转换为位图模式。
- 将其他模式转换为索引模式：在将色彩图像转换为索引颜色时，会删除图像的很多种颜色，仅保留其中的256种颜色。只有灰度模式和RGB模式的图像可以转换为索引颜色模式。将RGB模式的图像转换为索引颜色模式后，图像的尺寸将明显减少，同时图像的视觉品质也将受损。
- 将RGB模式的图像转换成CMYK模式：将RGB模式的图像转换成CMYK模式后，图像中的颜色就会产生分色，颜色的色域就会受到限制。一般情况下，对于RGB模式的图像，应先在RGB模式下进行编辑处理，然后再转换成CMYK图像。
- 利用Lab模式进行模式转换：Lab模式的色域最宽，它包括RGB和CMYK色域中的所有颜色。使用Lab模式进行转换时不会造成任何色彩上的损失，因此可以以Lab模式作为内部转换模式来完成不同颜色模式之间的转换。例如，在将RGB模式的图像转换为CMYK模式时，系统内部先会把RGB模式转换为Lab模式，然后再将Lab模式的图像转换为CMYK模式图像。
- 将其他模式转换成多通道模式：将CMYK图像转换为多通道模式可创建由青、洋红、黄和黑色专色构成的图像。将RGB图像转换成多通道模式可创建青、洋红和黄色专色构成的图像。

8.2　图像色彩调整

为了更好地表现设计创意或者校正图像的颜色，可以使用Photoshop CS4的图像色彩调整功能来调整整个图层或某个选区的颜色。

8.2.1　图像色彩的调整方法

Photoshop CS4提供了两种调整图像色彩的方法，一是使用"调整"面板来调整图像色彩，二是利用【图像】菜单下的【调整】子菜单的调整命令来调整图像色彩。

1. 使用"调整"面板调整图像色彩

使用"调整"面板调整色彩时，将在当前图层（即要调整色彩的图层）上方自动添加一个调整图层，通过对调整图层的色彩参数的设置来实现对其下方图层的颜色调整。用这种方法所进行的调整是一种非破坏性调整，不会对原有图层的任何像素进行修改。

下面通过一个简单的示例说明使用"调整"面板调整图像色彩的方法。

（1）打开要调整色彩的图像，选择【窗口】|【调整】命令激活"调整"面板，在调整面板中单击需要进行调整的功能图标，如【亮度/对比度】图标，如图8-10所示。

（2）选择了功能图标后，将出现相应的调整选项，比如单击【亮度/对比度】图标后，将出现亮度/对比度调整滑块，只需拖动滑块，即可改变图像的亮度/对比度，如图8-11所示。

图8-10　选择调整功能图标

图8-11　调整亮度/对比度

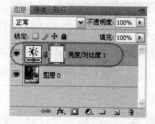

图8-12　"亮度/对比度"
　　　　调整图层

（3）从"图层"面板中可以看到，用"调整"面板调整亮度/对比度是通过一个"亮度/对比度"调整图层来实现的，如图8-12所示。

"调整"面板上还提供了一些调整预设选项，可用于色阶、曲线、曝光度、色相/饱和度、黑白、通道混合器以及可选颜色。单击"预设"列表中的某个选项，即可使调整图层快速应用于图像中，如图8-13所示。还可以利用参数面板进行设置。

图8-13 应用预设调整选项

2. 使用【调整】菜单调整图像色彩

在【图像】菜单的【调整】子菜单中提供了如图8-14所示的色彩调整命令。利用这些命令，可以对图像或图像的局部区域进行色相、色调、颜色调整和修饰，也可以对图像进行一些特殊效果调整。

使用色彩调整命令所做的调整是一种破坏性调整。调整后，原图层中的像素将发生变化。

图8-14 色彩调整命令

8.2.2 亮度/对比度调整

要快速调节图像的亮度和对比度，可以直接使用【亮度/对比度】命令，该命令只能对图像的色调范围进行简单调整。

比如，要调整一幅图像的亮度和对比度，可以在打开图像后选择【图像】|【调整】|【亮度/对比度】命令，打开"亮度/对比度"对话框，拖动滑块调节亮度和对比度后单击【确

图8-15　调整亮度和对比度

定】按钮即可，如图8-15所示。

8.2.3　色阶调整

色阶也称为色素，用于表示图像亮度强弱的指数（即色彩指数），图像的色彩丰满度和精细度都是由色阶决定的。

从主菜单中选择【图像】|【调整】|【色阶】命令，将出现如图8-16所示的"色阶"对话框。"色阶"对话框由"通道"、"色阶图"、"输入色阶"、"输出色阶"和其他工具按钮及选项组成。

- 通道：单击"通道"选项右侧的下拉箭头，将出现如图8-17所示的"通道"下拉菜单，其中的选项会因图像的颜色模式的不同而异，可根据需要对复合通道或某个单色通道的色阶进行调整。

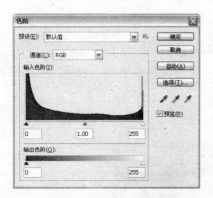

图8-16　"色阶"对话框

图8-17　"通道"下拉菜单

- 色阶图：图像的色阶图是表明图像中像素色调分布的一个图表，它根据图像中每个亮度值（0～255）处的像素点的多少进行区分。
- 输入色阶：色阶图下方右侧的白色滑块控制图像的深色部分，左侧的黑色滑块用于控制图像的浅色部分，中间的灰色滑块用于控制图像的中间色。移动滑块，可使当前通道最暗和最亮的像素分别转变为黑色和白色，以调整图像的色调范围，改变图像的对比度。左侧的黑色滑块向右移，图像颜色将变深，对比度变弱，如图8-18所示。

图8-18　调整黑色滑块

· 输出色阶：输出色阶图的左右两侧各有一个数值输入框。与输入色阶一样，既可以用数值控制，也可以用滑块控制。黑色滑块用于调节图像暗部的对比度；白色滑块调节图像亮部的对比度。比如，将黑色滑块右移，图像中其他像素就会变为相应较亮的像素，如图8-19所示。

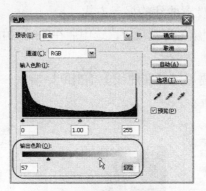

图8-19　调整输出色阶

· 【自动】按钮："色阶"对话框右侧的【自动】按钮的功能和选择【图像】|【调整】|【自动色阶】命令相同。单击【自动】按钮，将自动执行等量的色阶调整，将最亮的像素定义为白色，最暗的像素定义为黑色，按比例分配中间色的像素值。

· 【选项】按钮：要更改自动色阶的调整效果，可单击色阶对话框中的【选项】按钮，打开"自动颜色校正选项"对话框，设置好参数后单击【确定】按钮即可。

8.2.4　曲线调整

选择【图像】|【调整】|【曲线】命令，将出现"曲线"对话框，如图8-20所示。曲线是Photoshop最常用的调整工具，它用线段来直观表示图像的暗调、中间调和高光。曲线图中线段左下角的端点代表暗调，右上角的端点代表高光，中间的过渡代表中间调。

"曲线"对话框主要由以下部分组成：

· "预设"选项：提供系统预设的曲线调整方案（如图8-21所示），可以从其中选择适当方案来快速调整图像的色调范围。

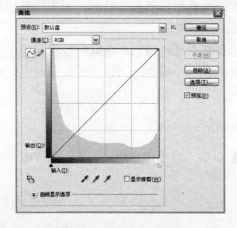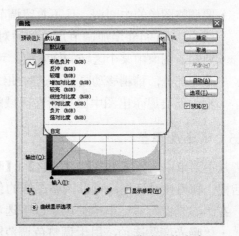

图8-20　"曲线"对话框　　　　　图8-21　系统预设的曲线调整方案

- "通道"项：与"色阶"对话框的"通道"选项相同，用于选择通道。
- 曲线图：打开"曲线"对话框后，曲线处于默认的"直线"状态。曲线图有水平轴和垂直轴，水平轴表示图像原来的亮度值；垂直轴表示新的亮度值。水平轴和垂直轴之间的关系可以通过调节对角线（曲线）来控制。
- 曲线显示选项：用于设置曲线的显示方式。

曲线图的左上角有一个"铅笔"选项 ✎，选中后在曲线图中拖动鼠标可以绘制一条曲线，如图8-22所示。

要对曲线进行调整，只需用鼠标在曲线上单击鼠标增加一个调节点。然后拖动调节点来调节图像的色彩，如图8-23所示。

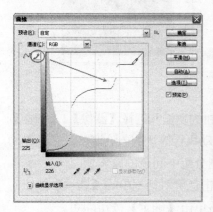

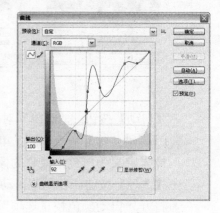

图8-22　绘制曲线　　　　　　　　　　　　图8-23　调整曲线

调整曲线时，应注意以下事项：

- 曲线右上角的端点向左移动，会增加图像亮部的对比度，并使图像变亮（端点向下移动，所得结果相反）。曲线左下角的端点向右移动，会增加图像暗部的对比度，使图像变暗（端点向上移动，所得结果相反）。
- 曲线斜度即表示灰度系数，如果在曲线的中点处添加一个调节点，并向上移动，会使图像变亮。向下移动这个调节点，就会使图像变暗。此外，也可以通过"输入"和"输出"的数值框控制。
- 要调整图像的中间调，且不希望调节时影响图像亮部和暗部的效果，可先用鼠标在曲线的1/4和3/4处增加调节点，然后对中间调进行调整。
- 要知道图像中某个区域的像素值，可以先选择某个颜色通道，将鼠标放在图像中要调节的部分，稍稍移动鼠标，这时曲线图上会出现一个圆圈，"输入"和"输出"数值框中就会显示出图中鼠标所在区域的像素值。

8.2.5　曝光度调整

从主菜单中选择【图像】|【调整】|【曝光度】命令，将出现如图8-24所示的"曝光度"对话框。利用该对话框，可以调整图像的色调。

在"曝光度"对话框中提供了以下选项：

- "曝光度"选项：用于调整色调范围的高光端。
- "位移"选项：用于使阴影和中间调变暗。

- "灰度系数校正"选项：使用简单的乘方函数来调整图像灰度系数。
- 吸管工具：用于调整图像的亮度值。"设置黑场"吸管工具将设置"偏移量"，同时将当前选取的像素改变为零；"设置白场"吸管工具用于设置"曝光度"，同时将当前选取的点改变为白色；"设置灰场"吸管工具也用于设置"曝光度"，但同时将当前选取的点变为中度灰色。

图8-24 "曝光度"对话框

如图8-25所示为一幅图像进行曝光度调整前后的对比。

图8-25 调整图像曝光度

8.2.6 自然饱和度调整

选择【图像】|【调整】|【自然饱和度】命令，出现如图8-26所示的"自然饱和度"对话框。该命令可以调整图像的饱和度，以便在颜色接近最大饱和度时最大限度地减少修剪。

图8-26 "自然饱和度"对话框

"自然饱和度"对话框的选项有：

- "自然饱和度"滑块：用于增加或减少颜色饱和度，在颜色过度饱和时不修剪。
- "饱和度"滑块：用于将相同的饱和度调整量用于所有的颜色。

如图8-27所示为一幅图像调整自然饱和度的过程。

图8-27 调整自然饱和度的过程

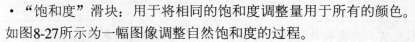

8.2.7　色相/饱和度调整

选择【图像】|【调整】|【色相/饱和度】命令，将出现如图8-28所示的"色相/饱和度"对话框。该对话框可以调整图像中单个颜色的色相、饱和度和亮度，也可以同时调整图像中的所有颜色。【色相/饱和度】命令特别适用于微调CMYK图像的颜色，使这些颜色满足输出设备的色域要求。

"色相/饱和度"对话框下部有两个颜色条，第1个颜色条显示的是调整前的颜色，第2个颜色条显示的是如何以全饱和的状态影响图像所有的色相。要调整色相和饱和度，应先从如图8-29所示的"预设"下拉菜单中选择要调整的颜色范围。如果选择"全图"选项，可调整所有颜色。

图8-28　"色相/饱和度"对话框

图8-29　"预设"下拉菜单

设置调整范围后，只需利用"色相"、"饱和度"和"明度"滑块，即可调整相应的颜色参数。

- "色相"栏中的数值反映颜色轮中从像素原来的颜色旋转的度数，正值表示顺时针旋转，负值表示逆时针旋转，其取值范围为−180～180。
- "饱和度"栏中的数值越大，表示饱和度越高，反映的颜色从颜色轮中心向外移动或从外向颜色轮中心移动后相对原有颜色的起始颜色值，其取值范围为−100～100。
- "明度"栏中的数值表明图像明度的高低，其取值为−100～100。

选中"着色"选项，图像将被转换为与当前"前景色"相同的色相，但不会改变图像中像素的明度值。再拖动滑块，便可以改变图像的色相、饱和度和明度。通过着色，能够为RGB图像丰富颜色。

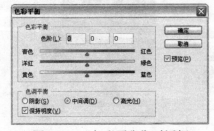

图8-30　"色彩平衡"对话框

8.2.8　色彩平衡调整

选择【图像】|【调整】|【色彩平衡】命令，将出现如图8-30所示的"色彩平衡"对话框。"色彩平衡"对话框用于进行一般性的色彩校正，改变图像颜色的构成，但不能精确控制单个颜色成分，只能作用在复合颜色通道上。

要进行色彩平衡调整，应先在"色彩平衡"对话框下部的"色调平衡"选项组中选中要调整的色调范围，可选择"阴影"、"中间调"和"高光"来进行调整。使用"保持亮度"复选项，可设置是否保持图像中的色调平衡。接下来，在"色彩平衡"栏的数值框输入数值或移动滑块来进行色彩校正。将滑块移向需要增加的颜色，或是拖离要减少的颜色，就能改变图像中的颜色组成。如图8-31所示为调整一幅图像中间调的过程。

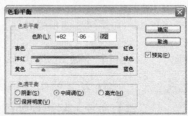

图8-31　色彩平衡调整的过程

8.2.9　黑白调整

【黑白】命令用于将图像转换为灰度图像或单色图像，转换时可以使用颜色滑块进行一些手动调整，如图8-32所示。

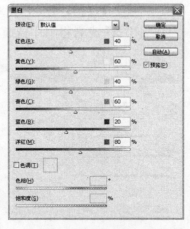

图8-32　应用【黑白】命令

8.2.10　照片滤镜调整

从主菜单中选择【图像】|【调整)】|【照片滤镜】命令，将出现如图8-33所示的"照片滤镜"对话框。该对话框用于模仿传统相机的滤镜处理方法，能调整通过镜头传输的光的色彩平衡和色温，还能产生胶片曝光效果。

如图8-34所示为一幅图像应用照片滤镜的过程。

图8-33　"照片滤镜"对话框

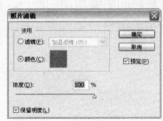

图8-34　应用照片滤镜的过程

图8-35　"通道混合器"
对话框

8.2.11　通道混合器调整

从主菜单中选择【图像】|【调整】|【通道混合器】命令，将出现如图8-35所示的"通道混合器"对话框。该对话框用于将当前颜色通道中的像素与其他颜色通道中的像素按一定程度混合，从而制作出创造性的作品。

如图8-36所示为一幅图像应用通道混合器的过程。

8.2.12　反相调整

【反相】命令用于对图像进行反转，将图像转化为阴片，或者将阴片转换为图像，如图8-37所示。

图8-36　应用通道混合器的过程

8.2.13　色调分离调整

使用【色调分离】命令，可指定图像每个通道的亮度值的数目，并将指定亮度的像素映射为最接近的匹配色调，如图8-38所示。

8.2.14　阈值调整

使用【阈值】命令，可以把彩色或灰阶图像转换为高对比度的黑白图像，如图8-39所示。

图8-37　反相调整图像

图8-38　应用【色调分离】命令

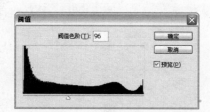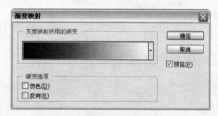

图8-39　应用【阈值】命令

8.2.15　渐变映射调整

从主菜单中选择【图像】|【调整】|【渐变映射】命令，将出现如图8-40所示的"渐变映射"对话框，可从对话框中选择一种渐变方式对图像进行渐变处理，从而将图像的灰度范围映射到指定的渐变填充色。

如图8-41所示为进行渐变处理的过程。

图8-40　"渐变映射"对话框

图8-41　渐变处理过程

图8-42　"可选颜色"对话框

8.2.16　可选颜色调整

从主菜单中选择【图像】|【调整】|【可选颜色】命令，将出现如图8-42所示的"可选颜色"对话框。利用该对话框，可以校正和调整图像的颜色，特别是各种印刷色。

如图8-43所示为调整可选颜色的过程。

8.2.17　阴影/高光调整

从主菜单中选择【图像】|【调整】|【阴影/高光】命令，将打开如图8-44所示的"阴影/高光"对话框。利用该对话框，可以快速改善图像曝光过度或曝光不足区域的对比度，同时保持照片的整体平衡。

图8-43　调整可选颜色

图8-44　"阴影/高光"对话框

【阴影/高光】命令主要用于校正逆光拍摄的照片，也能校正由于太接近相机闪光灯而导致的发白焦点，还可使阴影区域变亮。在校正图像时，将基于阴影或高光中像素的周围像素增亮或变暗，如图8-45所示。

图8-45　调整图像的阴影/高光

8.2.18　变化调整

【变化】命令用于全面调整图像的色彩平衡、对比度和饱和度。选择【图像】|【调整】|【变化】命令，将出现如图8-46所示的"变化"对话框。

"变化"对话框顶部的两个缩览图显示了原始选区（原稿）和包含当前选定的调整内容的选区（当前挑选）。　调整时，只需单击相应的缩览图（如"加深红色"缩略图），即可更改"当前挑选"中的预览图像，如图8-47所示。调整满意后，再单击【确定】按钮即可。

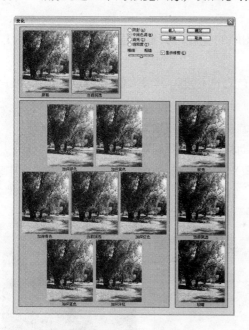

图8-46　"变化"对话框　　　　　图8-47　通过单击颜色缩览图来调整色彩

8.2.19　去色调整

【去色】命令用于直接把图像中所有颜色的饱和度降为0，将图像转换为灰阶，但颜色模式不变，如图8-48所示。

8.2.20　匹配颜色调整

选择【图像】|【调整】|【匹配颜色】命令，将出现如图8-49所示的"匹配颜色"对话框。在该对话框中通过设置，可以匹配不同图像之间、多个图层之间或者多个颜色选区之间的颜色。还能通过更改亮度和色彩范围以及中和色痕来调整图像中的颜色。

图8-48　将选区中的图像去色　　　　　　　　图8-49　"匹配颜色"对话框

"匹配颜色"对话框的主要选项有：

- "明亮度"选项：用于增加或减小目标图像的亮度，其最大值为200，最小值为1，默认值为100。
- "颜色强度"选项：用于调整目标图像的色彩饱和度，其最大值为200，最小值为1（灰度图像），默认值为100。
- "渐隐"选项：用于控制应用于图像的调整量，向右移动滑块可减小调整量。
- "中和"选项：选中该复选框，可以自动移去目标图像中的色痕。

【匹配颜色】命令可以将一个图像（源图像）的颜色与另一个图像（目标图像）中的颜色相匹配，从而使不同照片中的颜色保持一致，如图8-50所示。该功能只适用于RGB模式的图像。

图8-50　匹配两幅图像的颜色

8.2.21　替换颜色调整

选择【图像】|【调整】|【替换颜色】命令，将出现如图8-51所示的"替换颜色"对话框。可以使用该对话框来替换当前图像中某个区域的颜色。

如图8-52所示为替换一幅图像中绿色部分的颜色的过程。

8.2.22　色调均化调整

【色调均化】命令用于重新分配图像中各像素的亮度值。如果在图像中没有创建选区，将直接分配图像中各像素的亮度值。如在图像中创建了一个选区，然后选择【图像】|【调整】|【色调均化】命令，会打开"色调均化"对话框。该对话框提供了以下两个选项：

· 选择"仅色调均化所选区域"选项，将只作用于所选区域，如图8-53所示。

图8-51　"替换颜色"对话框

图8-52　替换颜色的过程

图8-53　均化所选区域

- 选择"基于所选区域色调均化整个图像"选项，则参照选区中的像素的情况均匀分布图像中的所有像素，如图8-54所示。

图8-54　均化整个图像

8.2.23　自动调整颜色

在【图像】菜单中还提供了3个用于自动调整颜色的命令，它们是：

- 【自动色调】命令：用于自动调整图像中的黑场和白场。执行该命令后，将剪切每个通道中的阴影和高光部分，然后将每个颜色通道中最亮和最暗的像素映射到纯白和纯黑中，中间像素值则按比例重新分布。
- 【自动对比度】命令：根据当前图像的色调进行简单的自动调节，可处理对比度明显偏低或偏高的图像。
- 【自动颜色】命令：用于快速校正图像中的色彩平衡。

比如，要应用自动色调，只需选择【图像】|【自动色调】命令即可，如图8-55所示。

图8-55　应用【自动色调】命令

本章要点小结

本章介绍了色彩的基本概念和使用Photoshop CS4进行色彩调整的方法与技巧。下面对本章的重点内容进行小结：

（1）使用"直方图"面板和"信息"面板可以查看图像的颜色信息，也可以通过颜色取样器对特定颜色进行取样，还可以在不同颜色模式之间进行转换。

（2）Photoshop CS4提供了两种调整图像色彩的方法，一是使用"调整"面板来调整图像色彩，二是利用【图像】菜单下的【调整】子菜单的调整命令来调整图像色彩。

（3）常用的色彩调整功能有亮度/对比度调整、色阶调整、曲线调整、曝光度调整、自然饱和度调整、色相/饱和度调整、色彩平衡调整、黑白调整、照片滤镜调整、通道混合器调整、反相调整、色调分离调整、阈值调整、渐变映射调整、可选颜色调整、阴影/高光调整、变化调整、去色调整、匹配颜色调整、替换颜色调整、色调均化调整等，还可以使用【自动色调】、【自动对比度】和【自动颜色】命令来自动调整颜色。

习题

选择题

（1）（　　　）是描述颜色的方法。

A. 色彩对象　　　B. 色彩模型　　　C. 色彩方式　　　D. 色彩方案

（2）（　　　）模式是一种基于人对颜色的感觉的颜色模式。

A. 灰度　　　　　B. HSB　　　　　C. CMYK　　　　　D. Lab

（3）亮度/对比度只能对图像的（　　　）范围进行简单调整。

A. 色相　　　　　B. 色阶　　　　　C. 色调　　　　　D. 色彩

（4）曝光度主要用于调整图像的（　　　）。

A. 色相　　　　　B. 色阶　　　　　C. 色调　　　　　D. 色彩

（5）"色彩平衡"对话框用于进行一般性的（　　　），改变图像颜色的构成，但不能精确控制单个颜色，只能作用在复合颜色通道上。

A. 色彩校正　　　B. 色阶调整　　　C. 色相调整　　　D. 色调调整

（6）使用【色调分离】命令，可指定图像（　　　）的亮度值的数目，并将指定亮度的像素映射为最接近的匹配色调。

A. 各个图层　　　B. 整体色调　　　C. 每个通道　　　D. 全部通道

（7）使用（　　　）命令，可以把彩色或灰阶图像转换为高对比度的黑白图像。

A. 对比度　　　　B. 阈值　　　　　C. 黑白　　　　　D. 灰度

（8）阴影/高光调整用于改善图像曝光过度或曝光不足区域的（　　　），同时保持照片的整体平衡。

A. 对比度　　　　B. 阈值　　　　　C. 黑白　　　　　D. 灰度

填空题

（1）直方图用于显示当前图像的_____。

（2）在"信息"面板中，可以使用_____来查看图像中单个位置的颜色，也可以使用_____来显示图像中一个或多个位置的颜色信息。

（3）在进行颜色模式转换时，一般都会永久性地改变图像的_____值。

（4）使用"调整"面板调整色彩时，将通过对调整图层的色彩参数设置来实现对_____的颜色调整。

（5）色阶也称为色素，用于表示_____，图像的色彩丰满度和精细度都是由色阶决定的。

（6）曲线是**Photoshop**最常用的调整工具，它用_____来直观表示图像的暗调、中间调和高光。

（7）【自然饱和度】命令可以调整图像的_____。

（8）【色相/饱和度】命令特别适用于微调_____图像的颜色，使这些颜色满足输出设备的色域要求。

（9）"可选颜色"对话框用于校正和调整图像的颜色，特别是各种_____。

（10）【变化】命令用于全面调整图像的_____。

（11）【去色】命令用于直接把图像中所有颜色的饱和度降为_____，但颜色模式不变。

（12）【色调均化】命令用于重新分配图像中各像素的_____。

简答题

（1）如何利用"直方图"面板和"信息"面板来查看颜色信息？

（2）什么是颜色模式？如何转换颜色模式？

（3）图像色彩的调整方法有哪两种？各有何特点？试举例说明。

（4）什么是色阶？如何调整色阶？

（5）如何使用曲线调整功能？

（6）什么是曝光度？如何调整曝光度？

（7）什么是自然饱和度？如何调整？

（8）如何调整色相/饱和度？

（9）如何进行照片滤镜调整？

（10）如何进行通道混合器调整？

（11）如何进行阴影/高光调整？

（12）如何自动调整图像颜色？

第9章 通道及其应用

Photoshop的通道是一种用于存储不同类型信息的灰度图像。引入通道后，既能精确地根据颜色从复杂图像中选取出非常复杂的对象，也可以对图像进行特殊效果处理。通道在Photoshop中非常独特，也是一个比较难于理解的概念。本章将从认识通道开始，逐步介绍通道的功能和具体应用方法，重点介绍以下内容：

- 通道的基础知识。
- 通道的基本操作方法。
- 图像的运算。

9.1 认识通道

通道的主要功能是存放图像的颜色和选区数据。打开图像后，Photoshop会自动创建相应的颜色通道。比如，打开RGB模式的图像，就有红色、绿色和蓝色3个颜色通道；打开CMYK模式的图像则有青色、洋红、黄色和黑色4个颜色通道。除了颜色信息通道外，通道还有专色通道和Alpha通道等类型。

9.1.1 "通道"面板

"通道"面板主要用于通道操作和管理，其中列出了图像中的所有通道。打开任意色彩模式的图像文件后，选择【窗口】|【通道】命令，将激活如图9-1所示的"通道"面板，其中的每一行代表一个通道。对于RGB模式的图像，在"通道"面板中将显示"RGB复合通道"、"红（R）通道"、"绿（G）通道"和"蓝（B）通道"。每一个通道项中都包括通道名称和通道缩览图。通过通道缩览图，可以了解通道中的大致内容。

如果图像的色彩模式为CMYK模式，则"通道"面板中显示的分别是CMYK复合通道、青色（C）通道、洋红（M）通道、黄色（Y）通道和黑色（K）通道，如图9-2所示。

要显示或隐藏某个通道，可以在"通道"面板中使用"眼睛图标" ● 来实现。单击眼睛图标，可以显示或隐藏相应的通道。如果要指定对某一个或多个通道进行操作，可以在"通道"面板中选中相应的通道。

- 选定单个通道：只需直接单击某个通道。
- 同时选中多个通道：可先按住【Shift】键，再依次单击需要选择的通道。

9.1.2 通道的分类

Photoshop将通道分为复合通道、颜色信息通道、专色通道和Alpha通道等类型，不同类型的通道适用于不同的场合。

1. 复合通道

复合通道是预览并编辑所有颜色通道的一个快捷方式，其中不包含任何颜色信息。对于不同颜色模式的图像，其通道的数量也不相同，RGB图像、CMYK图像和Lab图像的通道情况如图9-3所示。

图9-1　RGB图像的"通道"面板　　　　　图9-2　CMYK图像的"通道"面板

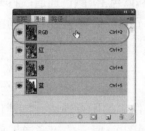  

图9-3　3种颜色模式的通道情况

2. 颜色信息通道

颜色信息通道是用于保存各个原色信息的通道。在打开图像文件时，将自动创建相应的颜色信息通道。在Photoshop中编辑图像，本质上就是对颜色通道进行编辑。默认情况下，"通道"面板中使用灰度模式来显示各个颜色信息通道，如图9-4所示为洋红色通道的显示效果。

3. 专色通道

"专色"是一种特殊的预混油墨，它可以使用除了青色、洋红、黄色、黑色以外的颜色来绘制图像，其用途是替代或补充印刷色（CMYK）的油墨。每种专色在付印时需要使用专用的印版，由于印刷时调墨油也要求单独的印版，因此也被认为是一种专色。要将专色用于图像的特定区域，就必须创建专色通道。如图9-5所示为一个名为"专色1"的通道。

4. Alpha通道

Alpha通道是计算机图形学中的专业术语，它是指一种特别的通道。有时，Alpha通道还特指透明信息，但通常的意思是"非彩色"通道。在Photoshop中，Alpha通道主要用于将选区存储为灰度图像但并不会影响图像的显示和印刷效果。添加Alpha通道后，可以创建和存储蒙版，以便处理或保护图像的某些部分。

图9-4 洋红色通道的显示效果

图9-5 专色通道

在Alpha通道中，选区将被作为8位的灰度图像来保存，其中白色部分表示完全选中的区域，黑色部分表示没有选中的区域，而灰色部分表示被不同程度选中的区域。下面通过一个示例说明Alpha通道的含义和用途。

（1）打开一幅图像，然后综合使用各种选择工具选取其中的人物部分，如图9-6所示。

（2）选择【选择】|【存储选区】命令，出现"存储选区"对话框，参数设置如图9-7所示。

图9-6 创建选区

图9-7 存储选区

（3）单击【确定】按钮，将选区保存为一个Alpha通道，如图9-8所示。

（4）在"通道"面板中单击Alpha通道将其选中，即可在图像窗口中看到该通道效果。显然，该通道是一个边缘渐变的图形区域，如图9-9所示。

图像中的纯白色部分表示该区域被完全选中，纯黑色部分则表示没有被选中的区域。

图9-8　将选区保存为Alpha通道　　　　　　　　图9-9　Alpha通道的效果

9.2　通道的操作

在编辑处理图像时，可以根据需要创建通道，也可以复制、删除、分离和合并通道。

9.2.1　创建通道

除了系统自动创建的各个通道外，可以根据需要创建各种通道。

1. 创建Alpha通道

创建Alpha通道的方法如下：

（1）在"通道"面板菜单中选择【新建通道】命令，打开如图9-10所示的"新建通道"对话框。

（2）在"新建通道"对话框中，可以设置通道的名称、颜色和不透明度等参数。通过选择色彩指示区中的"被蒙版区域"和"所选区域"，可以决定新建通道的颜色显示方式。

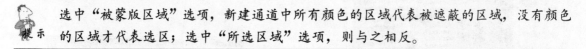

选中"被蒙版区域"选项，新建通道中所有颜色的区域代表被遮蔽的区域，没有颜色的区域才代表选区；选中"所选区域"选项，则与之相反。

（3）设置好参数后，单击【确定】按钮，即可在"通道"面板中看到刚才新建的通道（本例命名为Alpha 2），如图9-11所示。

图9-10　打开"新建通道"对话框　　　　　　　图9-11　新建Alpha 2通道

创建通道时所指定的颜色对图像本身没有任何影响，而只是用于辅助显示通道，以区别通道的蒙版区和非蒙版区。而设置不透明度的目的是为了更好地观察对象。

2. 创建专色通道

专色通道是特殊的预混油墨，用来替代或补充印刷色（CMYK）油墨。每一个专色通道都有一个属于自己的印版，在打印一个含有专色通道的图像时，该通道将被单独打印输出。创建专色通道的具体方法如下：

（1）单击"通道"面板右上角▼≡按钮，从出现面板菜单中选择【新建专色通道】命令，打开 "新建专色通道"对话框，如图9-12所示。

图9-12 打开"新建专色通道"对话框

（2）单击"颜色"色块，在出现的"选择专色"对话框中设置一种颜色作为专色颜色，如图9-13所示。

（3）单击【确定】按钮，即可为图像新建一个专色通道，如图9-14所示。

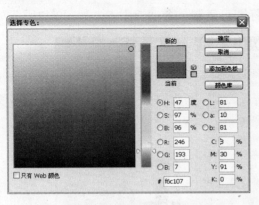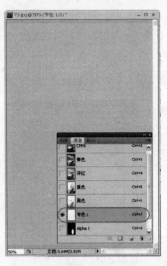

图9-13 "选择专色"对话框　　　　　　图9-14 新建的专色通道

3. 将Alpha通道转换为专色通道

如果创建了Alpha通道，可以将它们转换为专色通道，具体转换方法如下：

（1）双击要转换为专色通道的Alpha通道，出现如图9-15所示的"通道选项"对话框。

（2）选中"色彩指示"选项组中的"专色"单选钮，然后再单击"颜色"色块，从出现的"选择专色"对话框中选择一种颜色作为专色，在"不透明度"框中输入0%～100%之间的专色密度值。单击【确定】按钮，即可将Alpha通道转换成专色通道，如图9-16所示。

图9-15　打开"通道选项"对话框

图9-16　将Alpha通道转换成专色通道

9.2.2　复制通道

可以根据图像编辑的需要，在当前编辑的图像中复制通道，也可以将通道复制到另一个图像中。

1. 在当前图像中复制通道

要在当前图像中复制通道，可以在"通道"面板中，选中要复制的通道，然后将其拖动到面板下方的【新建通道】图标上，松开鼠标即可复制一个通道副本，如图9-17所示。

图9-17　复制通道

2. 将通道复制到另一个图像中

要将一个通道复制到另一个图像中，可以在"通道"面板中先选中要复制的通道，然后选择【选择】｜【全部】命令将其全部选择，再选择【编辑】｜【拷贝】命令将其复制到

Windows剪贴板中。接下来，打开目标图像，选择【编辑】|【粘贴】命令，即可将剪贴板中的通道粘贴出来，并覆盖现有的同名通道，如图9-18所示。

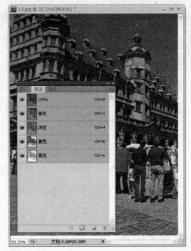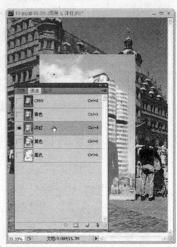

图9-18　将通道粘贴到另一幅图像中

3. 使用"复制通道"对话框复制通道

要在复制通道时设置通道的相关参数，可以使用"复制通道"对话框来实现。先在"通道"面板中选中需复制的通道，再从"通道"面板菜单中选择的【复制通道】命令，出现如图9-19所示的"复制通道"对话框。

图9-19　"复制通道"对话框

在对话框的"为"文本框中输入新通道的名称，在"文档"列表框中列出了所有打开的图像文件名，可以从中选择将选中通道复制到哪个图像中，如选择"新建"项，则可创建一个新的图像文件，并将选中通道复制到该文件中。如果要将原通道中的内容反相后复制到新通道中，可以在"复制通道"对话框中选中"反相"复选框。对Alpha通道进行反相操作相当于对选区进行反选操作。设置完成后，单击【确定】按钮，即可创建一个选中通道的副本。

9.2.3　删除通道

对于一些不必要的通道，可以将其删除，以便节省文件的存储空间和提高图像处理速度。删除通道的操作很简单，只需选中某个通道后，按下面的方法之一进行删除操作即可。

- 按住【Alt】键的同时单击面板下方的【删除】图标 。
- 将面板中的通道名称拖动到【删除】图标上。
- 从"通道"面板菜单中选择【删除通道】命令。
- 直接单击面板下方的【删除】图标，在出现的对话框中单击【是】按钮。

9.2.4　分离和合并通道

可以将一个图像的通道进行分离，分离后各个通道分别用独立的图像文件来存储。也可以将分离后的各个通道又重新合并为一个完整的图像。

1. 分离通道

要分离通道，可以按下面的方法操作：

图9-20　原始图像

（1）打开要分离通道的原始图像文件（本例为Lab模式的图像），如图9-20所示。

（2）从"通道"面板菜单选择【分离通道】命令，即可将图像分离成3个独立的图像文件，如图9-21所示。

2. 合并通道

要将多个灰度图像合并成一个图像，可以使用合并通道的方法。但所有被合并的图像都必须为"灰度"模式，且具有相同的像素尺寸。具体方法如下：

（1）打开所有需要合并的灰度图像。

（2）从"通道"面板菜单中选择【合并通道】命令，打开出现如图9-22所示的"合并通道"对话框。

（3）根据需要选择合并通道的模式，比如要合并为一个多通道图像，可以选择"多通道"模式，然后再指定要合并的通道数量。

图9-21　分离通道后生成的3个图像

图9-22 "合并通道"对话框

（4）单击【确定】按钮，在"指定通道1"的提示下，从"图像"下拉列表中选取作为第1个通道的图像文件名，单击【下一步】按钮，出现"指定通道2"的指示，指定第2个通道的图像文件后单击【下一步】按钮，出现"指定通道3"的指示，再选择作为第3个通道的图像文件名，如图9-23所示。

（5）设置完所有参数后，单击【确定】按钮，所选的3个图像便可以合并成为一个新的图像，如图9-24所示。

图9-23 选择要合并的图像文件

图9-24 通道合并的效果

9.3 通道计算

两个通道对应像素的灰度值可以按一定的数学公式进行计算，计算产生的结果将保存到目标通道或新通道中，具体计算的方法由指定的混合模式确定。Photoshop允许对来自不同图像文件的两个通道进行计算，但这两个文件必须具有完全相同的大小和分辨率。

9.3.1　使用【应用图像】命令

　　【应用图像】命令用于将一个图像的图层和通道（源）与现用图像（目标）的图层和通道混合。使用该命令时，必须保证源图像与目标图像有相同的像素大小。下面通过示例说明【应用图像】命令的具体用法。

　　（1）打开一幅原始图像，然后在"通道"面板中单击【新建】按钮新建一个空白的Alpha通道，如图9-25所示。

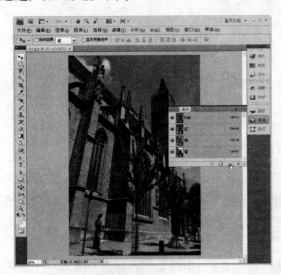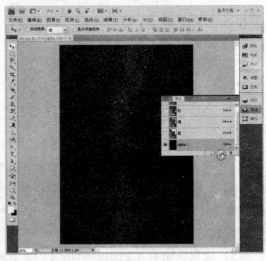

图9-25　打开图像并创建通道

图9-26　在通道中创建选区

　　（2）使用选择工具，在Alpha通道中创建如图9-26所示的选区。

　　（3）选择【编辑】｜【填充】命令，用白色填充选区，效果如图9-27所示。

　　（4）取消选择，在"通道"面板中单击RGB复合通道，确保其为当前工作通道，切换回RGB模式，如图9-28所示。

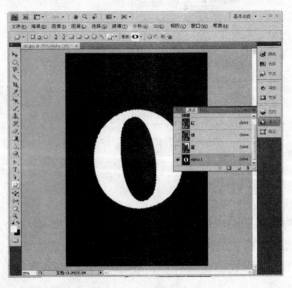

图9-27　用白色填充选区

图9-28 切换回RGB模式

（5）选择【图像】|【应用图像】命令，在出现的"应用图像"对话框中设置通道为Alpha 1，选择混合方式为"实色混合"，"不透明度"设置为50%，如图9-29所示。

（6）单击【确定】按钮即可得到混合通道后的效果，如图9-30所示。

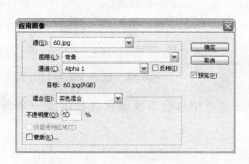

图9-29 "应用图像"参数设置

图9-30 混合后的效果

9.3.2 【计算】命令

【计算】命令用于混合两个来自一个或多个源图像的单个通道，然后将结果应用到新图像或新通道中。打开一幅或多幅像素尺寸相同的源图像后，选择【图像】|【计算】命令，将出现如图9-31所示的"计算"对话框。对话框中的主要选项有：

· 源1/源2：选择要参与混合的第1幅/第2幅源图像，系统默认的文件是当前工作文件。

· 图层：选择要参与混合的图层，若要选择所有图层，可以选择"合并"。

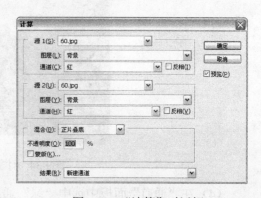

图9-31 "计算"对话框

- 通道：选择要参与混合的通道，只有单色通道和灰度通道可选。
- 反相：将所选通道先反相处理再参与最后的混合。
- 混合：选择混合模式。
- 不透明度：用于改变混合时图层的不透明度。
- 蒙版：选择蒙版选项，可以通过Alpha通道在图像的不同区域创作出不同的效果。
- 结果：选择如何应用混合结果。其中包括"新文档"、"新通道"、"选区"3个选项。

下面通过一个简单的示例介绍【计算】命令的用法。

（1）打开如图9-32所示的源图像。

（2）选择【图像】|【计算】命令，打开"计算"对话框，将"源1"和"源2"都设置为刚打开的图像文件；将"源1"的计算通道设置为"绿"，"源2"的计算通道设置为"蓝"；将通道的混合模式设置为"变暗"，不透明度设置为100%；将计算"结果"设置为"新建通道"，如图9-33所示。

图9-32　打开源图像

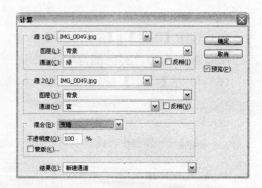

图9-33　通道计算参数设置

（3）单击【确定】按钮，即可根据所选通道和其他参数设置计算生成一个新的名为Alpha1的通道，如图9-34所示。

图9-34　计算生成的Alpha1通道

（4）在"通道"面板中选中"绿"通道，选择【编辑】|【填充】命令，打开"填充"对话框，选择使用"黑色"来填充通道，如图9-35所示。

图9-35 "绿"通道的填充参数设置

（5）单击【确定】按钮，将"绿"通道填充为黑色，效果如图9-36所示。

（6）保持对"绿"通道的选择，在按住【Ctrl】键的同时单击Alpha1通道，载入Alpha1保存的选择，如图9-37所示。

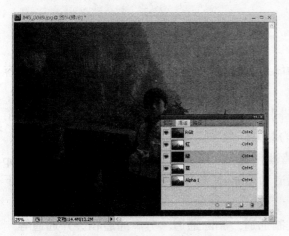

图9-36 绿通道填充为黑色的效果 图9-37 载入Alpha1保存的选择

（7）保持对"绿"通道的选择，选择【编辑】|【填充】命令，用"白色"填充选区，效果如图9-38所示。

图9-38 用白色填充选区

（8）保持选择，再选中"蓝"通道，选择【编辑】|【填充】命令，用"黑色"填充选区，最后的效果如图9-39所示。

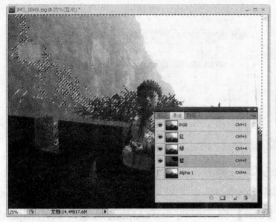

图9-39　填充"蓝"通道中的选区的效果

本章要点小结

本章介绍了Photoshop CS4的"通道"功能及其具体应用方法，下面对本章的重点内容进行小结：

（1）Photoshop的通道是一种用于存储不同类型信息的灰度图像。引入通道后，既能精确地根据颜色从复杂图像中选取出非常复杂的对象，也可以对图像进行特殊效果处理。

（2）"通道"面板主要用于通道操作和管理，其中列出了图像中的所有通道。Photoshop将通道分为复合通道、颜色信息通道、专色通道和Alpha通道等类型，不同类型的通道适用于不同的场合。

（3）通道的操作主要包括创建通道、复制通道、删除通道、分离通道和合并通道等。

（4）两个通道对应像素的灰度值可以按一定的数学公式进行计算，计算产生的结果将保存到目标通道或新通道中，具体计算的方法由指定的混合模式确定。主要的通道计算命令有【应用图像】命令和【计算】命令。

习题

选择题

（1）通道是一种用于存储不同类型信息的（　　）图像。

A. CMYK　　　　　　B. Lab　　　　　　　C. 灰度　　　　　　D. RGB

（2）要显示或隐藏某个通道，可以在"通道"面板中使用（　　）来实现。

A. 眼睛图标　　　B. 面板菜单　　　　C. 隐藏工具　　　D. 隐藏命令

（3）（　　）用于保存各个原色信息的通道。

A. 复合通道　　　B. 颜色信息通道　　C. 专色通道　　　D. Alpha通道

（4）（　　）命令用于混合两个来自一个或多个源图像的单个通道，然后将结果应用到新图像或新通道中。

A．混合　　　　　　B．运算　　　　　　C．计算　　　　　　D．应用图像

填空题

（1）打开CMYK模式的图像后，将自动建立青色、_____、黄色和_____4个颜色通道。

（2）通道分为_____通道、_____通道、_____通道和_____通道等类型。

（3）Alpha通道通常的意思是_____通道。在Photoshop中，Alpha通道主要用于将_____存储为灰度图像但并不会影响图像的显示和印刷效果。

（4）添加_____通道后，可以创建和存储蒙版，以便处理或保护图像的某些部分。

（5）创建通道时所指定的颜色对图像本身没有任何影响，而只是用于辅助显示通道，以区别通道的_____。

（6）专色通道是特殊的预混油墨，用来替代或补充_____油墨。每一个专色通道都有一个属于自己的印版，在打印一个含有专色通道的图像时，该通道将被单独打印输出。

（7）两个通道对应像素的灰度值可以按一定的数学公式进行计算，计算产生的结果将保存到_____中，具体计算的方法由指定的混合模式确定。

（8　　_____命令用于将一个图像的图层和通道（源）与现用图像（目标）的图层和通道混合。使用该命令时，必须保证_____。

简答题

（1）什么是Photoshop的"通道"？其用途是什么？

（2）"通道"面板中提供了哪些设置选项？

（3）Photoshop的"通道"分为哪些类型？各有何特点？

（4）如何创建、复制和删除通道？如何分离和合并通道？

（5）【应用图像】命令的功能是什么？如何使用？

（6）【计算】命令的功能是什么？如何使用？

第10章　蒙版及其应用

蒙版主要用于遮蔽被保护的区域，使受保护的区域能免受任何编辑操作的影响，而使编辑操作只对未被遮蔽的区域起作用。蒙版主要用于多图像拼接、创建选区、替换局部图像、调整局部图像等场合。本章将介绍蒙版的基础知识和具体应用方法，重点介绍以下内容：

- 蒙版的基础知识。
- 图层蒙版及其应用方法。
- 矢量蒙版及其应用方法。
- 快速蒙版及其应用方法。
- 通道蒙版及其应用方法。

10.1　蒙版基础

蒙版原本是印刷业中的一个术语，是一种用于保护部分图像，使之不被破坏，而未受保护的部分则可以任意修改。在Photoshop中，蒙版是一种特殊的选区，其目的不是对选区进行操作，而是要保护选区不被操作。同时，不处于蒙版范围的区域则可以进行编辑与处理。Photoshop中创建蒙版的方法主要有以下几种：

- 使用"图层"面板中的【添加图层蒙版】按钮 ▣ 为当前图层添加图层蒙版。
- 使用工具面板中的【快速蒙版】工具创建一个临时性的快速蒙版。
- 创建一个选区，然后使用【选择】菜单中的【存储选区】命令保存选区，在生成一个通道的同时生成一个蒙版。
- 在"通道"面板中创建一个Alpha通道，然后用绘图工具或其他编辑工具在该通道上编辑，以产生一个蒙版。

10.2　图层蒙版及其应用

图层蒙版是一种覆盖在某个特定图层或图层组上，用于控制图层上各个区域的显示程度的特殊工具。使用图层蒙版，可以在不改变图层本身内容的前提下改变图层的显示效果，如果对效果满意，可以将蒙版应用到图层以更改图层；如果对效果不满意，可以随时移去蒙版。

10.2.1　认识图层蒙版

下面通过一个简单的实例来介绍图层蒙版的使用方法。

（1）打开一幅具有两个图层的图像，如图10-1所示。

（2）选定"图层1"层，单击"图层"面板下方的【添加图层蒙版】按钮 ▣，为"图层1"层添加上图层蒙版，如图10-2所示。可以看到，添加上图层蒙版后，图像效果并没有任何变化。

图10-1 两个图层的图像

图10-2 添加图层蒙版

（3）从工具箱中选择渐变工具，在其控制面板中选择"黑白渐变"方式，其他参数设置如图10-3所示。

图10-3 设置渐变选项

（4）在图像中拖动鼠标，从图像下部往中部拖出一条渐变路径，如图10-4所示。

（5）松开鼠标按键，即可产生出如图10-5所示的效果。从图中可以看到，"图层1"中的人物的"脚"部被"融入"到花丛中了。同时，在"图层"面板中的"蒙版"缩略图的形式也发生了变化。

图10-4 渐变路径

图10-5 渐隐效果

在按住【Ctrl】键的同时，单击"图层"面板中的某个图层，会得到一个选区，图层非透明的部分将被选取，这种方法被称为选择"创建浮动选区"，如图10-6所示。

图10-6　创建浮动选区

10.2.2　根据选区添加图层蒙版

为指定图层添加图层蒙版的方法如下：

（1）打开一幅图像，在图像窗口中创建一个选区，如图10-7所示。

图10-7　创建选区

（2）在"图层"面板中选中需要添加蒙版的图层。

（3）单击"图层"面板底部的【添加图层蒙版】按钮，即可将选区外的图像遮盖住，只显示出选区内的图像，如图10-8所示。被遮盖的区域会变为透明，并显示出下一图层的内容。

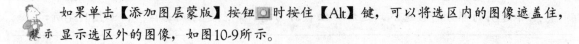

　　　　如果单击【添加图层蒙版】按钮时按住【Alt】键，可以将选区内的图像遮盖住，
　　　显示选区外的图像，如图10-9所示。

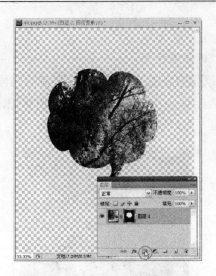

图10-8 添加图层蒙版

图10-9 将选区内的图像遮盖住

10.2.3 编辑和查看图层蒙版

为图层添加了图层蒙版后，"图层"面板中该图层缩览图的后面会出现添加的图层蒙版的缩览图，通过该缩览图可以选择用不同的方式查看图层蒙版，也可以编辑该蒙版。

- 单击图层蒙版缩览图可以使之成为编辑对象，蒙版缩览图的四周会出现一个方框，如图10-10所示，此时在图像窗口中的编辑操作将只作用于该图层蒙版。
- 按住【Alt】键单击图层蒙版缩览图可以在图像窗口中显示灰度蒙版，如图10-11所示。此时可以对蒙版进行编辑。

图10-10 编辑蒙版

图10-11 显示灰度蒙版

- 按住【Alt】+【Shift】键单击图层蒙版缩览图可以在图像窗口中同时显示图层和蒙版，如图10-12所示。蒙版默认显示为红色，此时也可以对蒙版进行编辑。

如果要从以上3种状态恢复到图层编辑状态，只需单击图层缩览图即可。恢复到图层编辑状态后，图层缩览图的四周会出现一个方框。

10.2.4　停用/启用图层蒙版

添加了图层蒙版后，可以根据需要停用蒙版。具体方法是：

- 按住【Shift】键单击"图层"面板中的图层蒙版缩览图，可以切换图层蒙版的停用/启用状态。图层蒙版被停用后，其缩览图上会出现一个红色的叉作为停用标记，如图10-13所示。

图10-12　同时显示图层和蒙版

图10-13　停用蒙版

要启用图层蒙版，只需再次按住【Shift】键单击"图层"面板中的图层蒙版缩览图。

10.2.5　应用/移去图层蒙版

要在图层上永久性地保留蒙版效果，可以右击蒙版层，从出现的快捷菜单中选择【应用图层蒙版】命令即可。应用图层蒙版后，蒙版层将转换为普通层并保留蒙版效果，如图10-14所示。

要删除所添加蒙版，可在"图层"面板中将图层蒙版缩览图拖动到面板底部的【删除】图标 （或者从快捷菜单中选择【删除图层蒙版】命令），出现如图10-15所示的警示框后，单击【应用】按钮可以将蒙版效果应用到图层中，然后再删除该蒙版，如图10-16所示。

图10-14　应用图层蒙版

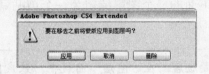

图10-15 删除图层蒙版

如果单击【删除】按钮，则可以直接删除该蒙版，如图10-17所示。

图10-16 应用蒙版效果再删除图层蒙版　　　　图10-17 直接删除蒙版

10.2.6 创建剪贴蒙版

剪贴蒙版也是一种图层的组合，但其目的是使用组中的最低层来剪切其上方的各层，生成一个新的图像。一个剪贴蒙版中可以包括多个连续的图层，组中的最低层称为基底图层，其中通常包括一些形状，上面各层的图像只能通过基底图层中有像素的区域显示出来，并采用基底图层的不透明度。下面举例说明创建剪贴蒙版的方法：

（1）在需要剪切的图层的下方新建一个图层，暂时隐藏要剪切的图层后在新建的图层上绘制一个作为剪切形状的图案，如图10-18所示。

图10-18 在被剪切图层的下方创建新图层并绘制图案

（2）取消对"图层0"的隐藏并将其选中，选择【图层】|【创建剪贴蒙版】命令，即可将当前图层与其下面的一个图层编辑为一个剪贴蒙版，其中下面的一层为基底图层，如图10-19所示。

　创建剪贴蒙版后，在"图层"面板中，基底图层的名称下面会加上下划线，而被剪切提示　的图层向内缩进，并在缩览图左边显示一个折线标记▼。

要取消整个剪贴蒙版组，只需在"图层"面板中选中剪贴蒙版中的基底图层或其上面的一个图层，然后选择【图层】|【释放剪贴蒙版】命令即可。取消编组后，基底图层对其他图层的剪切效果消失。

10.2.7　使用"蒙版"面板

如图10-20所示的"蒙版"面板中提供了一组用于调整蒙版的附加控件，可以像处理选区一样，更改蒙版的不透明度以增加或减少蒙版显示内容、反相蒙版或调整蒙版边界。

图10-19　剪贴蒙版创建效果　　　　　　　　　图10-20　"蒙版"面板

1. 添加图层蒙版

在"图层"面板中选中某个图层或组后，可以用下面的方法来添加图层蒙版。

· 要创建显示整个图层的蒙版，只需在"蒙版"面板中单击【像素蒙版】按钮即可，如图10-21所示。显示整个图层的蒙版以白色显示。

图10-21　创建显示整个图层的蒙版

- 要创建隐藏整个图层的蒙版，可在按住【Alt】键的同时，单击"蒙版"面板中的【像素蒙版】按钮，如图10-22所示。隐藏整个图层的蒙版以黑色显示。

图10-22 创建隐藏整个图层的蒙版

2. 更改蒙版不透明度

使用"蒙版"面板中的浓度滑块可控制蒙版的不透明度，可以调整选定的图层蒙版的不透明度，如图10-23所示。到达100%的浓度时，蒙版将完全不透明并遮挡图层下面的所有区域。随着浓度的降低，蒙版下的更多区域变得可见。

3. 调整边缘

在"蒙版"面板中使用"羽化"选项可柔化蒙版边缘，单击【蒙版边缘】按钮，将打开如图10-24所示的"调整蒙版"对话框，其中提供了多种修改蒙版边缘的控件，如平滑、收缩、扩展等。

图10-23 更改蒙版不透明度　　　　图10-24 "调整蒙版"对话框

4. 反转蒙住和未蒙住的区域

单击【反相】按钮，可反转蒙住和未蒙住的区域，如图10-25所示。

5. 停用或启用图层蒙版

"图层"面板中在选中要停用或启用的图层蒙版的图层后，单击"蒙版"面板中的【停用/启用蒙版】按钮，即可停用或启用图层蒙版。

当蒙版处于停用状态时，"图层"面板中的蒙版缩览图上会出现一个红色的×，并且会显示出不带蒙版效果的图层内容，如图10-26所示。

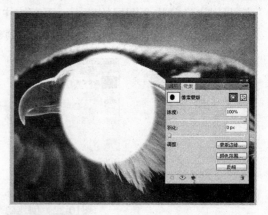

图10-25　反转蒙住和未蒙住的区域

图10-26　停用图层蒙版

10.3　矢量蒙版及其应用

图层蒙版是一种与分辨率相关的位图图像，这种蒙版可使用绘画或选择工具进行编辑。而矢量蒙版则与分辨率无关，只能使用钢笔或形状工具来创建。

1. 添加矢量蒙版

添加矢量蒙版的方法主要有以下几种：

- 要创建显示整个图层的矢量蒙版，只需在"图层"面板中选中要添加矢量蒙版的图层后，在"蒙版"面板中单击【矢量蒙版】按钮 即可，如图10-27所示。
- 要创建隐藏整个图层的矢量蒙版，只需在"图层"面板中选中要添加矢量蒙版的图层后，按住【Alt】键的同时，单击"蒙版"面板中的【矢量蒙版】按钮 即可，如图10-28所示。
- 要添加显示形状内容的矢量蒙版，可在"图层"面板中选中要添加矢量蒙版的图层后，选择一条路径或使用某一种形状或用钢笔工具绘制工作路径，然后单击"蒙版"面板中的【矢量蒙版】按钮 即可，如图10-29所示。

2. 编辑矢量蒙版

在"图层"面板中选中要编辑的矢量蒙版的图层后，单击"蒙版"面板中的【矢量蒙版】按钮（或单击"路径"面板中的缩览图），然后使用形状、钢笔或直接选择工具更改形状即可，如图10-30所示。

图10-27　创建显示整个图层的矢量蒙版

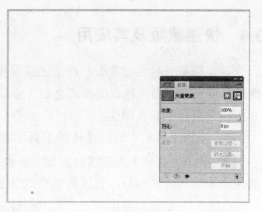
图10-28　创建隐藏整个图层的矢量蒙版

图10-29　添加显示形状内容的矢量蒙版

图10-30　编辑矢量蒙版

使用"蒙版"面板，也可以更改矢量蒙版的不透明度或羽化蒙版边缘。

3. 移去矢量蒙版

要移去矢量蒙版，只需在"图层"面板中选中要编辑的矢量蒙版的图层后，然后单击"蒙版"面板中的【矢量蒙版】按钮将矢量蒙版激活，再单击【删除蒙版】按钮即可。

4. 将矢量蒙版转换为图层蒙版

要将矢量蒙版转换为图层蒙版，只需在"图层"面板中选中要编辑的矢量蒙版的图层后，选择【图层】|【栅格化】|【矢量蒙版】命令即可。

10.4　快速蒙版及其应用

　　快速蒙版是一种临时蒙版。在快速蒙版模式下，可以将选区转换为临时蒙版，以方便对图像进行编辑。退出快速蒙版模式之后，蒙版将转换为图像上的一个选区。下面通过一个示例介绍快速蒙版的基本用法：

　　（1）使用工具箱中的快速选择工具创建一个选区，如图10-31所示。

　　（2）单击工具箱下方的【以快速蒙版模式编辑】按钮 ，将图像切换到如图10-32所示的快速蒙版模式。切换后，选区被转换为快速蒙版，蒙版用红色来表示未被选中的区域。

图10-31　创建选区

图10-32　切换到快速蒙版模式

　　（3）将前景色设置为黑色，从工具箱中选择"画笔"工具，设置好合适的画笔大小。然后放大图像，在不需选中的区域上拖动鼠标，将其描绘为红色，如图10-33所示。

图10-33　用"画笔"工具涂沫不需要选中的区域

　　（4）涂沫时，可能多描绘了一些区域。只需从工具箱中选择"橡皮擦"工具，在未选中的区域上将需要添加到选区的区域上的红色擦除掉（或用白色"画笔"涂沫），如图10-34所示。

　　（5）在工具箱中单击【以标准模式编辑】按钮 将图像切换回正常编辑模式，修改后的蒙版被转换为选区，快速蒙版通道也将自动消失，如图10-35所示。

图10-34　添加需要选中的区域

图10-35　将修改后的蒙版转换为选区

10.5　通道蒙版及其应用

可以在图像中添加Alpha通道来创建和存储蒙版，这些通道蒙版可以很灵活地处理或保护图像的某些部分。本节将系统介绍蒙版的相关知识，重点介绍通道蒙版的创建应用方法。

10.5.1　创建通道蒙版

蒙版在本质上是一个独立的灰度图，Photoshop的绘图工具、编辑工具、滤镜命令、彩色调整等工具都可以对其进行编辑。为精确编辑图像，可以创建各种通道蒙版。与快速蒙版不同，Alpha通道蒙版是永久性的，可以随图像文件保存下来。

1．保存选区到新通道中

除使用"快速蒙版"模式创建临时蒙版外，还可以利用在Alpha通道中存放和编辑选区来创建更多永久性的蒙版。将选区存储为Alpha通道的方法如下：

（1）在图像中创建一个选区，如图10-36所示。

（2）选择【选择】|【存储选区】命令，出现如图10-37所示的"存储选区"对话框，将"通道"设置为新建。

图10-36　创建选区

图10-37　"存储选区"对话框

（3）单击【确定】按钮，即生成了一个名为"Alpha 1"的新Alpha通道，如图10-38所示。

2．保存选区到现有的通道中

还可以将选区存储到现有的各个通道中，具体方法如下：

（1）选择要隔离的图像的一个或多个区域，如图10-39所示。

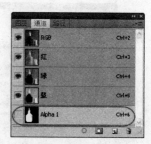

图10-38　保存选区的通道

图10-39　选择选区

（2）选择【选择】|【存储选区】命令，在出现的"存储选区"对话框中的"通道"下拉列表中为选区选取目标通道。在"操作"选项组中，选择"替换通道"选项，可以替换通道中的当前选区；选择"添加到通道"选项，可以将选区添加到当前通道的内容中；选择"从通道中减去"选项，可以将选区从通道中的内容中删除；选择"与通道交叉"选项，保留新选区与通道的内容交叉的区域。本例选择"添加到通道"选项，如图10-40所示。

（3）单击【确定】按钮，即完成操作，效果如图10-41所示。

图10-40　指定通道和操作选项

10.5.2　从通道中载入选区

可以将Alpha通道中的蒙版转换为选区来使用，快速蒙版和Alpha通道蒙版都需要转换为选区才有实用价值。在转换过程中，蒙版中的白色区域将被作为完全选中的区域；蒙版中的黑色区域将被作为没有选中的区域；蒙版中的灰色区域则被作为部分选中的区域，其中浓度大于50%的灰色区域将被划入选框以内，浓度小于50%的灰色区域将被划入选框以外。从通道中载入选区的方法有以下两种：

- 按住【Ctrl】键单击某个通道可以将该通道中的蒙版作为选区载入到图像中，如图10-42所示。

图10-41　添加效果　　　　　　　　　　图10-42　将通道蒙版转换为选区

- 选中通道后，单击"通道"面板底部的【将通道作为选区载入】按钮◎，也可以将选中通道中的蒙版作为选区载入到图像中，转换后，再切换到复合通道即可，如图10-43所示。

图10-43　使用【将通道作为选区载入】按钮转换选区

本章要点小结

本章介绍了Photoshop CS4的"蒙版"功能及其应用方法，下面对本章的重点内容进行小结：

（1）蒙版主要用于遮蔽被保护的区域，使受保护的区域能免受任何编辑操作的影响，而使编辑操作只对未被遮蔽的区域起作用。可以用于多图像拼接、创建选区、替换局部图像、调整局部图像等场合。

（2）单击"图层"面板下方的【添加图层蒙版】按钮◙，即可添加一个图层蒙版。使用这种蒙版，可以在不改变图层本身内容的前提下改变图层的显示效果，如果对效果满意，可以将蒙版应用到图层以更改图层；如果对效果不满意，可以随时移去蒙版。

（3）矢量蒙版则与分辨率无关，可以使用钢笔或形状工具来创建。也可以使用形状、钢笔或直接选择工具更改其形状。

（4）快速蒙版是一种临时蒙版。在快速蒙版模式下，可以将选区转换为临时蒙版，以方便对图像进行编辑。退出快速蒙版模式之后，蒙版将转换为图像上的一个选区。

（5）在图像中添加Alpha通道后，可以创建和存储通道蒙版，这种蒙版可以很灵活地处理或保护图像中的某些部分。

习题

选择题

（1）蒙版是一种特殊的（　　　），其目的不是对其进行操作，而是要保护其中的内容不被操作。

A. 图层　　　　　B. 路径　　　　　C. 选区　　　　　D. 通道

（2）应用图层蒙版后，蒙版层将被转换为（　　　）并保留蒙版效果。

A. 背景层　　　　B. 填充层　　　　C. 调整层　　　　D. 普通层

（3）在"蒙版"面板中使用（　　　）选项可柔化蒙版边缘。

A. 羽化　　　　　B. 像素　　　　　C. 反相　　　　　D. 浓度

（4）矢量蒙版与图像的（　　）无关，只能使用钢笔或形状工具来创建。

A. 大小　　　　　B. 通道　　　　　C. 模式　　　　　D. 分辨率

（5）蒙版在本质上是一个独立的（　　　）图。

A. 栅格　　　　　B. 矢量　　　　　C. 位　　　　　　D. 灰度

（6）将通道转换为选区后，蒙版中的（　　　）区域将被作为完全选中的区域。

A. 白色　　　　　B. 灰　　　　　　C. 黑色　　　　　D. 无色

填空题

（1）图层蒙版是一种覆盖在某个特定图层或图层组上，用于控制图层上各个区域的_____的特殊工具。

（2）为图层添加了图层蒙版后，"图层"面板中该图层缩览图的后面会出现添加的图层蒙版的_____。

（3）_____是一种图层的组合，但其目的是使用组中的最低层来剪切其上方的各层，生成一个新的图像。

（4）"蒙版"面板中提供了一组用于调整蒙版的_____，可以像处理选区一样，更改蒙版的不透明度以增加或减少蒙版显示内容、反相蒙版或调整_____。

（5）在"图层"面板中选中要编辑的矢量蒙版的图层后，单击"蒙版"面板中的_____按钮，就能使用形状、钢笔或直接选择工具来更改形状。

（6）在快速蒙版模式下，可以将选区转换为_____，以方便对图像进行编辑。退出快速蒙版模式之后，蒙版将转换为图像上的一个_____。

（7）可以在图像中添加_____通道来创建和存储蒙版，这些通道蒙版可以很灵活地处理或保护图像的某些部分。

简答题

（1）什么是蒙版？其用途是什么？

（2）如何添加和编辑图层蒙版？

（3）如何创建剪贴蒙版？

（4）"蒙版"面板提供了哪些功能控件？

（5）矢量蒙版和图层蒙版的区别是什么？如何创建和应用矢量蒙版？

（6）什么是快速蒙版？如何创建和使用快速蒙版？

（7）什么是通道蒙版？通道蒙版可以用于哪些场合？

第11章 滤镜及其应用

滤镜源于摄影技术中的滤光镜。摄影艺术工作者在摄影过程中为了制造一些特殊影像的效果，通常会在摄像机镜头上安置滤光镜，以获取丰富多彩、富于变化的艺术作品。在Photoshop中引入滤镜功能，可以通过对图像的像素数据的更改来快速实现抽象化、艺术化的丰富多彩、变幻莫测的视觉艺术效果。本章将介绍Photoshop CS4的滤镜功能和应用方法，重点介绍以下内容：

- 滤镜的应用方法。
- "液化"和"消失点"滤镜的应用方法。
- 常用内置滤镜及其应用方法。
- 智能滤镜及其应用。

11.1 滤镜使用基础

Photoshop CS4提供了3种应用滤镜的方法。部分滤镜没有提供参数设置选项，只需直接从【滤镜】菜单中选择该命令即可执行；另一部分滤镜需要在相应的滤镜对话框中配置好参数后方能实现预期的效果，还有一部分滤镜则是通过"滤镜库"来实现参数设置的。

11.1.1 直接使用滤镜

对于【滤镜】菜单中没有带省略号（…）的滤镜命令，不需要进行任何参数配置，只需直接选择滤镜命令，就能将滤镜效果应用到当前图层或选区中。比如，打开一幅图像后，选择【滤镜】|【渲染】|【云彩】命令，便可利用前景色与背景色之间的随机像素值来生成一幅柔和的云彩图案，如图11-1所示。

图11-1 直接应用【云彩】滤镜

11.1.2 通过滤镜对话框设置滤镜

选择【滤镜】菜单中带有省略号（…）的滤镜命令后，将打开以滤镜名命名的对话框，

可在其中设置滤镜选项和参数来实现不同的艺术效果。比如，打开图像后，选择【滤镜】|【风格化】|【浮雕效果】命令，将出现"浮雕效果"对话框。在"浮雕效果"对话框中可以设置浮雕角度、高度和选区中颜色数量的百分比。设置好参数后单击【确定】按钮，即可将图像的填充色转换为灰色，并用原填充色描画边缘，从而产生凸起或压低的浮雕效果，如图11-2所示。

原图像

"浮雕效果"对话框及参数设

滤镜应用效果

图11-2　使用【浮雕效果】滤镜的过程

11.1.3　使用滤镜库

"滤镜库"对话框用于管理和设置滤镜，可以在其中对打开的图像或选区应用单个滤镜，也可以同时应用多个滤镜，还可以灵活地设置和管理滤镜。

1. 应用单个滤镜

打开原始图像后，选择【滤镜】|【滤镜库】命令，将打开"滤镜库"对话框。比如，从滤镜分类列表中选择"扭曲"选项，再从"扭曲"滤镜组中选择【海洋波纹】选项，再在参数区中设置好相应的参数，最后单击【确定】按钮即可应用该滤镜，如图11-3所示。

图11-3　使用"滤镜库"应用【海洋波纹】滤镜

选择【滤镜】菜单中的"风格化"、"画笔描边"、"扭曲"、"素描"、"纹理"
和"艺术效果"滤镜组中的部分滤镜命令，也将自动打开"滤镜库"对话框。比如，
选择【滤镜】|【画笔描边】|【烟灰墨】命令，就将打开"滤镜库"对话框并选中"烟
灰墨"选项。

2. 同时应用多个滤镜

一个图像可以同时应用多个滤镜。比如，对于已经应用了"海洋波纹"滤镜的图像，还
可以为其继续应用"底纹效果"等滤镜，如图11-4所示。

图11-4 同时应用两个滤镜

3. 管理滤镜

在"滤镜库"中为一个图像或选区同时应用多个滤镜后，可以根据需要利用"滤镜库"
对话框的右下角出现的滤镜列表来对这些滤镜进行管理。主要的管理操作有以下几种：

- 显示或隐藏滤镜：单击滤镜名称前的眼睛图标 可以显示或隐藏对应的滤镜效果。
- 新建滤镜层：在列表中选中某个滤镜后，单击【新建效果图层】按钮 可以在该滤镜
  之上新建一个滤镜层。
- 删除滤镜：在列表中选中某个滤镜后，单击按钮 可以将该滤镜删除。
- 更改滤镜顺序：使用鼠标上下拖动某个滤镜，可以改变该滤镜在列表中的位置，从而
  改变滤镜的应用次序，滤镜的应用次序会显著地影响最终的效果。

11.1.4 滤镜的应用原则

滤镜是Photoshop的精华内容之一，在使用滤镜时，应注意把握以下应用原则：

- 如果当前图像上创建有选区，则只能针对选区进行滤镜处理；如果没有选区，才会对
  当前图层或通道进行处理。
- 在滤镜对话框或滤镜库对话框中拖动预览图，可以调整预览图的中心位置。
- 单击预览图下方的【加号】按钮 可以增大预览图的显示比例；单击【减号】按钮
  可以减小预览图的显示比例。

- 滤镜对图像的处理是以像素为单位的，对于不同分辨率的图像，同样的滤镜参数所产生的效果是不一样的。
- 应用滤镜后，在没有执行其他操作之前，选择【编辑】|【渐隐】命令，将出现"渐隐"对话框。可以利用该对话框来调整执行滤镜后的图像的"不透明度"及其与源图像的"（混合）模式"。
- 在对局部图像进行滤镜处理时，可通过先羽化选区的方法来使处理的区域能自然地与相邻部分融合。
- 在RGB的模式下，可以对图形对象使用全部的滤镜，但文字需要使用【栅格化】命令先转换为图像后才能用滤镜。
- 对于位图和索引模式的图像，不能应用滤镜。在CMYK和Lab模式下，"画笔描边"、"素描"、"纹理"和"艺术效果"等滤镜组不能使用。
- 可以对某一个图层单独使用滤镜，然后再用混合色彩的方法合成图像。也可以对某一颜色通道或Alpha通道应用滤镜，然后再合成图像。还可以将Alpha通道中的滤镜效果应用到复制通道图像中。
- 【滤镜】菜单中【上次滤镜操作】选项会记录上一条滤镜的使用情况，以方便重复执行。如果要撤销或恢复滤镜应用效果，可以使用【编辑】菜单中的【还原】/【重做】命令。上一次使用的滤镜会出现在"滤镜"菜单的顶部，用户可以单击该命令，或是按快捷键【Ctrl】+【F】快速地重复使用同一个滤镜。
- 在滤镜对话框中，按下【Alt】键，【取消】按钮会变成【复位】按钮，使用【复位】按钮，可以恢复初始状况。

11.2   "液化"和"消失点"滤镜

    【滤镜】菜单中提供了"液化"和"消失点"两个较为特殊的滤镜。下面先介绍这两个滤镜的基本功能。

11.2.1   "液化"滤镜

    "液化"滤镜用于对图像的任意部分进行推、拉、旋转、反射、折叠和膨胀等处理，从而生成特效图像。如图11-5所示为使用褶皱工具对小猫的一只眼睛液化处理前后的对比。

图11-5   对小猫的一只眼睛进行液化处理

液化处理是使用"液化"对话框来实现的。打开图像后，先选择要扭曲的图层或当前图层的某个区域，然后选择【滤镜】|【液化】命令，将出现如图11-6所示的"液化"对话框。

图11-6　"液化"对话框

1. 图像扭曲工具

"液化"对话框左侧提供了一个工具箱，可以使用其中的图像扭曲工具来对图像进行扭曲。主要的工具有：

- 向前变形工具🖐：用于向前推送像素。
- 顺时针旋转扭曲工具🌀：用于顺时针旋转像素。
- 褶皱工具❀：用于使像素靠近画笔区域的中心。
- 膨胀工具◇：用于使像素远离画笔区域的中心。
- 左推工具⋙：用于移动与描边方向垂直的像素。
- 镜像工具🖼：用于将像素拷贝到画笔区域。
- 湍流工具≈：用于平滑地拼凑像素。

2. 液化选项

在"液化"对话框的右侧设置了若干液化选项，主要选项有：

- "画笔大小"选项：用于设置用来扭曲图像的画笔的宽度。
- "画笔密度"选项：用于控制画笔在边缘羽化的程度。
- "画笔压力"选项：用于调节在预览图像中拖动工具时的扭曲速度，使用低画笔压力可减慢更改速度。
- "画笔速率"选项：用于设置使旋转扭曲等工具在预览图像中保持静止时扭曲所应用的速度。该设置的值越大，应用扭曲的速度就越快。
- "湍流抖动"选项：用于控制湍流工具对像素混杂的紧密程度。
- "光笔压力"复选框：选择"光笔压力"可以使用光笔绘图板中的压力读数。选中该项后，工具的画笔压力为光笔压力与"画笔压力"值的乘积。

- "重建模式"选项：用于选择重建工具的模式，如"恢复"、"置换"、"膨胀的"、"相关的"等。

11.2.2　"消失点"滤镜

"消失点"滤镜用于在图像中指定一个平面，然后再进行绘画、仿制、拷贝/粘贴、变换等编辑操作，所有编辑操作都将采用所处理平面透视。

该滤镜主要用来修饰、添加或移去图像中相关像素。比如，对于如图11-7（a）所示的图像，通过"消失点"滤镜处理后，可以在提包的表面上添加非常自然的纹理，如图11-7（b）所示。

(a)　　　　　　　　　　　　　(b)

图11-7　利用"消失点"滤镜处理前后的对比

11.3　常用滤镜的功能和应用

Photoshop CS4集成了大量的内置滤镜，它们被分为如图11-8所示的13个滤镜组。每组滤镜下又提供了多个滤镜，可以根据图像创意的需要选择这些滤镜来创作艺术特效。

11.3.1　"风格化"滤镜组

如图11-9所示的"风格化"滤镜组中提供了9种滤镜，它们主要用于创建印象派和其他画派作品的效果。各个滤镜的功能如下：

图11-8　Photoshop CS4的内置滤镜组　　　　　　图11-9　"风格化"滤镜组

- 查找边缘："查找边缘"滤镜可以查找出当前图层或选区中有明显颜色差异的边缘，然后对边缘部分进行特别的强调。

- 等高线：“等高线”滤镜用于自动查找当前图层或选区中颜色过渡的边缘，然后围绕边缘勾绘出一系列颜色较浅的细线条。
- 风：“风”滤镜用于在当前图层或选区中添加一系列模拟风效果的水平细线。
- 浮雕效果：“浮雕效果”滤镜用于将选区的填充色转换为灰色，然后用原来填充色描画边缘，使选区显得凸起或压低，从而模拟浮雕的效果。
- 扩散：“扩散”滤镜用于搅乱并扩散图像中的像素，使图像产生透过磨砂玻璃观察的效果。
- 拼贴：“拼贴”滤镜用于将图像分割为多方形的小贴块，每一个小方块都有所侧移。
- 曝光过度：“曝光过度”滤镜可以将图像转换为正片与负片相混合的特殊效果。
- 凸出：“凸出”滤镜将图像转化成一系列凸出的三维立方体或锥体，从而产生立体背景效果。
- 照亮边缘：“照亮边缘”滤镜用于查找图像中的颜色边缘，并用强化其过渡像素的方法使其产生发光的效果颜色反相。

下面通过一个简单的实例说明“风格化”滤镜组的“等高线”滤镜的用法。

（1）打开如图11-10所示的图像，可以看到该图像只有一个“背景”图层。

（2）将“背景”图层拖至“图层”面板下方的【创建新图层】按钮上，创建一个名为“背景 副本”的图层，如图11-11所示。

图11-10　打开图像

图11-11　复制图层

（3）确认当前层为“背景 副本”层。选择【滤镜】|【风格化】|【等高线】命令，打开“等高线”对话框，在其中设置好色阶值后单击【确定】按钮，即可对“背景 副本”层应用“等高线”滤镜，效果如图11-12所示。

（4）在“图层”面板中将“背景 副本”层的混合模式由“正常”更改为“正片叠底”，效果如图11-13所示。

11.3.2　“画笔描边”滤镜组

如图11-14所示的“画笔描边”滤镜组中提供了8种“画笔描边”滤镜。这些滤镜主要用于产生艺术绘画效果，可以在画面中增加颗粒、画斑、杂色、边缘细节或纹理。选择“画笔描边"滤镜组中的任何滤镜，都将出现"滤镜库"对话框，可以在其中设置相关选项，并预览滤镜应用效果。各个滤镜的功能如下：

图11-12　应用"等高线"滤镜

图11-13　更改图层混合模式　　　　　　　图11-14　"画笔描边"滤镜组

- 成角的线条："成角的线条"滤镜以对角线方向的线条来描绘图像。图像中的光亮区域和图像中的阴暗区域分别用方向相反的线条来描绘。
- 墨水轮廓："墨水轮廓"滤镜用于生成类似于钢笔绘画的图像效果。
- 喷溅："喷溅"滤镜用于产生喷枪绘图一样的墨水喷溅效果。
- 喷色描边："喷色描边"滤镜使用图像的主导颜色，用成角的、喷溅的颜色线条来重新描绘图像。
- 强化的边缘："强化的边缘"滤镜用于明显化图像的边缘。强化后，将减少图像的细节，突出图像的边缘区域。
- 深色线条："深色线条"滤镜使用细密的暗色线条来描绘图像的暗色区域；使用细密的白色线条描绘图像的亮色区域，从而产生一种黑色阴影效果。
- 烟灰墨："烟灰墨"滤镜用于按指定角度、以喷射的方式重绘图像，使原图像产生喷射效果，画面风格与日本画类似。

- 阴影线："阴影线"滤镜用于产生网状线条，使图像色彩边缘变得粗糙，以产生阴影效果。它能在保持图像细节和特点的前提下，将图像中颜色边界加以强化和纹理化，并且模拟铅笔交叉线的效果。

比如，要对一幅图像应用"墨水轮廓"滤镜，只需选择【滤镜】|【画笔描边】|【墨水轮廓】命令，打开"滤镜库"对话框并选中其中的"墨水轮廓"滤镜，在参数区中设置好参数后单击【确定】按钮，即可应用"墨水轮廓"滤镜，如图11-15所示。

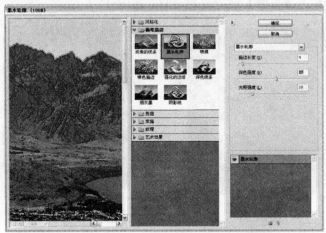

图11-15 对图像应用"墨水轮廓"滤镜

11.3.3 "模糊"滤镜组

如图11-16所示的"模糊"滤镜组中提供了11种滤镜。使用"模糊"滤镜组中的滤镜，可以柔化选区或图像。各个滤镜的功能如下：

- 表面模糊："表面模糊"滤镜可以在保留边缘的同时对图像进行模糊处理，因而可以方便地创建特殊效果并消除杂色或粒度。
- 动感模糊："动感模糊"滤镜用于拍摄模拟运动的物体。
- 方框模糊："方框模糊"滤镜用基于相邻像素的平均颜色值来模糊当前图像。
- 高斯模糊："高斯模糊"滤镜用于产生朦胧效果，可用于处理粗糙的图像。
- 进一步模糊："进一步模糊"滤镜用于直接产生模糊效果，可连续使用多次。该滤镜没有提供设置选项。
- 径向模糊："径向模糊"滤镜用于模仿旋转物体所形成的模糊虚化效果。
- 镜头模糊："镜头模糊"滤镜使用深度映射来确定像素在图像中的位置，主要用于产生水晶状的透明效果。
- 模糊："模糊"滤镜用于快速柔化图像，使图像产生轻微的模糊感。该滤镜产生的模糊效果是通过减少各像素间色彩差别来实现的。
- 平均："平均"滤镜用于将当前图像的颜色参数值进行平均后填充图像。显然，填充图像后，画面将变得面目全非。

> 表面模糊...
> 动感模糊...
> 方框模糊...
> 高斯模糊...
> 进一步模糊...
> 径向模糊...
> 镜头模糊...
> 模糊
> 平均
> 特殊模糊...
> 形状模糊...

图11-16 "模糊"滤镜组

- 特殊模糊："特殊模糊"滤镜用于手动控制画面的模糊程度。可以根据需要减少图像中的褶皱模糊或除去图像中多余的边缘。
- 形状模糊："形状模糊"滤镜使用指定的内核来创建模糊，可以从自定形状预设列表中选取一种内核。

下面通过一个实例说明"模糊"滤镜组中的滤镜的用法。

（1）打开一幅人物图像，使用【磁性套索工具】和其他选择工具将其中的人物部分选取，再选择【选择】|【反向】命令反选选区，如图11-17所示。

图11-17　选取对象

（2）选择【滤镜】|【模糊】|【动感模糊】命令，在出现的"动感模糊"对话框中设置"角度"和"距离"选项，单击【确定】按钮应用滤镜，再取消选择，效果如图11-18所示。

图11-18　对选区应用"动感模糊"滤镜

11.3.4　"扭曲"滤镜组

图11-19　"扭曲"
滤镜组

如图11-19所示的"扭曲"滤镜组中提供了13种扭曲滤镜。扭曲滤镜主要用于对图像进行扭曲和变形处理。各个滤镜的功能如下：

- 波浪："波浪"滤镜用于在画面上形成波浪效果。
- 波纹："波纹"滤镜用于使图像中的像素移位，从而生成波纹状的效果。
- 玻璃："玻璃"滤镜用于使图像产生一种像透过玻璃观看的效果。

- 海洋波纹："海洋波纹"滤镜用于生成一种特殊的波纹效果，使图像具有泛起涟漪的感觉。
- 极坐标："极坐标"滤镜用于将图像从直角坐标转换为极坐标，或者将极坐标转换为直角坐标。
- 挤压："挤压"滤镜用于使图像产生一种挤压效果，既可以向内外挤，也可以向外挤压。
- 镜头校正："镜头校正"滤镜用于修复桶形失真、枕形失真、晕影和色差等常见的镜头瑕疵。
- 扩散亮光："扩散亮光"滤镜用于在图像的高亮区域产生一种白色光芒。
- 切变："切变"滤镜用于使图像产生偏移效果，可沿设定的曲线形状扭曲图像。
- 球面化："球面化"滤镜用于使图像形成向内或外向变形的球体效果。
- 水波："水波"滤镜用于产生类似同心圆形状的波纹。
- 旋转扭曲："旋转扭曲"滤镜用于使图像产生旋转和扭曲的效果，从而形成一种旋涡状的效果。如果以图像的中心点顺时针方向或相反方向旋转图像，则图像会像风扇一样旋转。
- 置换："置换"滤镜用于读取另一psd格式图像的数值来置换当前图像的像素。置换后，图像的黑色和白色区域将明显变化。

比如，要对一幅图像进行旋转扭曲，只需选择【滤镜】|【扭曲】|【旋转扭曲】命令，在出现的"旋转扭曲"对话框中设置好旋转的角度后单击【确定】按钮即可，如图11-20所示。

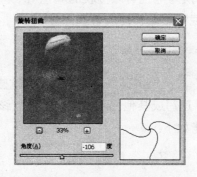

图11-20 旋转扭曲图像

11.3.5 "锐化"滤镜组

如图11-21所示的"锐化"滤镜组中提供了5种滤镜。这些滤镜通过增加相邻像素的对比度来使模糊的图像变得清晰起来。各个滤镜的功能如下：

图11-21 "锐化"滤镜组

- USM锐化："USM锐化"滤镜通过增加图像边缘的对比度来锐化图像，可以在每个边缘处制作出一条更亮或更暗的线条来强调边缘，从而产生更清晰的效果。
- 进一步锐化："进一步锐化"滤镜用于提供一种较强烈的锐化效果。
- 锐化："锐化"滤镜用于锐化图像的颜色边缘，使图像更加清晰。
- 锐化边缘："锐化边缘"滤镜用于查找颜色，改变边缘区域，并进行锐化处理使边界更为明显。

* 智能锐化："智能锐化"滤镜通过不同的锐化算法来进行锐化，也可以控制在阴影和高光区域中进行的锐化量。

比如，要对一幅图像进行USM锐化，只需选择【滤镜】│【锐化】│【USM锐化】命令，在出现的"USM锐化"对话框中设置好参数后单击【确定】按钮即可，如图11-22所示。

图11-22   USM锐化图像

11.3.6 "视频"滤镜组

如图11-23所示的"视频"滤镜组中提供了两种滤镜。这些滤镜主要用于处理视频图像，可将其转换成普通图像或者将普通图像转换成视频图像。各个滤镜的功能如下：

- NTSC颜色：将图像转换为电视可以接收的颜色。
- 逐行：将隔行抽条的视频图像转换成普通图像。

11.3.7 "素描"滤镜组

如图11-24所示的"素描"滤镜组中提供了14种滤镜。这些滤镜使用前景色和背景色来重新描绘图像，使图像产生徒手速写或其他艺术绘画的效果。该组滤镜都是通过"滤镜库"来设置参数的。各个滤镜的功能如下：

| 半调图案… |
| 便条纸… |
| 粉笔和炭笔… |
| 铬黄… |
| 绘图笔… |
| 基底凸现… |
| 水彩画纸… |
| 撕边… |
| 塑料效果… |
| 炭笔… |
| 炭精笔… |
| 图章… |
| 网状… |
| 影印… |

NTSC 颜色
逐行…

图11-23   视频子菜单   图11-24   "素描"滤镜组

- 半调图案："半调图案"滤镜用于模拟半调网屏的效果，并将图像转换成由前景色和背景色两种颜色组成的图像。
- 便条纸："便条纸"滤镜用于模仿由两种不同颜色的粗糙的手工制作的纸张相互粘贴的效果，这两种颜色由前景色和背景色确定。
- 粉笔和炭笔："粉笔和炭笔"滤镜用粗糙的炭笔前景色和粉笔背景色来重新描绘图像中的高亮和中间色调。

- 铬黄："铬黄"滤镜用于产生模拟磨光的金属表面的效果，其金属表面的明暗情况与原图的明暗分布基本对应，该滤镜不受前景色和背景色的控制。
- 绘图笔："绘图笔"滤镜使用精细的对角方向的油墨线条，用前景色在纸张背景上重新描绘图像。
- 基底凸现："基底凸现"滤镜用前景色填充图像较暗的区域，用背景色填充图像较亮的区域，从而生成一种凸凹起伏的雕刻效果。
- 水彩画纸："水彩画纸"滤镜用于模仿在潮湿的纤维纸上作画的效果。
- 撕边："撕边"滤镜用粗糙的颜色边缘来模拟碎纸片效果。应用滤镜后，效果图像中只包括前景色和背景色。
- 塑料效果："塑料效果"滤镜采用类似"立体石膏"的方式复制图像，然后使用前景色和背景色为图像上色，使图像较暗区域上升，较亮区域下沉。
- 炭笔："炭笔"滤镜用前景色按炭笔方式在纸张的背景色上重绘图像。绘制时，图像的主边缘用粗线绘制，中间色调用细线条描绘。
- 炭精笔："炭精笔"滤镜用于在图像上模拟浓黑和纯白的炭精笔纹理效果。该滤镜在暗区使用前景色，在亮区使用背景色。
- 图章："图章"滤镜用于模拟印章效果，其印章部分为前景色，其余部分为背景色。
- 网状："网状"滤镜用于产生一种透过网格在纸张背景色上播撒半固体的颜料前景色的效果。
- 影印："影印"滤镜用于模拟影印图像的效果。使用该滤镜后，较大的暗区将趋向于只拷贝边缘四周，而中间色调则变为纯黑色或纯白色。

比如，要将一幅图像转换为"炭笔"效果，只需打开图像后，选择【滤镜】|【素描】|【炭笔】命令，打开"滤镜库"对话框并选中其中的"炭笔"滤镜，在参数区中设置好参数后单击【确定】按钮，即可应用"炭笔"滤镜，如图11-25所示。

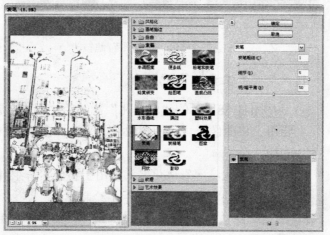

图11-25 应用"炭笔"滤镜

11.3.8 "纹理"滤镜组

如图11-26所示的"纹理"滤镜组中提供了6种滤镜。这些滤镜主要用于创建某种特殊的纹理或材质。各个滤镜的功能如下：

图11-26　"纹理"
滤镜组

- 龟裂缝："龟裂缝"滤镜用于模仿在粗糙石膏的表面上绘画的效果。应用滤镜后，图像上会形成许多纹理。
- 颗粒："颗粒滤镜"用于模仿颗粒效果，以便在图像上增加纹理。
- 马赛克拼贴："马赛克拼贴"滤镜用于将图像分割成若干小块形状，然后随机地在小块之间增加深色的缝隙。

- 拼缀图："拼缀图"滤镜用于将图像分为若干小方块，并将每个方块用该区域最亮的颜色填充，然后在方块之间增加深色的缝隙，从而模拟一种瓷砖的效果。
- 染色玻璃："染色玻璃"滤镜用于模拟染色玻璃的效果。应用滤镜后，图像的许多细节将会丢失，相邻单元格之间的空间会用前景色来填充。
- 纹理化："纹理化"滤镜用于在图像上应用某种纹理效果。

比如，要对一幅图像应用"拼缀图"效果，只需打开图像后，选择【滤镜】|【纹理】|【拼缀图】命令，打开"滤镜库"对话框并选中其中的"拼缀图"滤镜，在参数区中设置好参数后单击【确定】按钮，即可应用"拼缀图"滤镜，如图11-27所示。

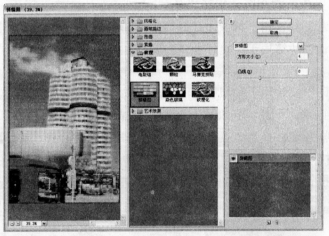

图11-27　应用"拼缀图"滤镜

11.3.9　"像素化"滤镜组

图11-28　"像素化"
滤镜组

如图11-28所示的"像素化"滤镜组中提供了7种滤镜。这些滤镜主要用于将图像分块，使图像看起来由许多单元格组成。各个滤镜的功能如下：

- 彩块化："彩块化"滤镜用于将色素分组并转换成颜色相近的像素块，使图像具有手工绘制感。

- 彩色半调："彩色半调"滤镜用于模拟在图像的每一个通道上使用扩大的半色调网屏的效果。该滤镜将每一个通道划分为矩形栅格，然后将像素添加进每一个栅格并用圆形替换矩形，从而模仿半色调色点。
- 点状化："点状化"滤镜用于将图像分解为随机的点，从而生成一种点画作品的效果。
- 晶格化："晶格化"滤镜用于将像素结块为单一颜色的多边形栅格。
- 马赛克："马赛克"滤镜用于将图像中的像素分组，然后转换成颜色单一的方块，从而产生马赛克效果。

- 碎片："碎片"滤镜用于将像素复制4次，再将它们平移，从而产生一种不聚焦的效果。
- 铜版雕刻："铜版雕刻"滤镜使用点线条或画笔来重新生成图像，并且使图像的颜色饱和。

比如，要将一幅图像转换为"铜版雕刻"的艺术效果，只需选择【滤镜】|【像素化】|【铜版雕刻】命令，在出现的"铜版雕刻"对话框中设置好参数后单击【确定】按钮即可，如图11-29所示。

图11-29　应用"铜版雕刻"滤镜

11.3.10　"渲染"滤镜组

如图11-30所示的"渲染"滤镜组中提供了5种滤镜。这些滤镜主要用于使图像产生照明、云彩以及特殊的纹理效果。各个滤镜的功能如下：

图11-30　"渲染"滤镜组

- 分层云彩："分层云彩"滤镜使用前景色和背景色之间变化的随机值来产生一种类似云彩的效果，然后将图像的颜色反相，使其与云彩混合。
- 光照效果："光照效果"滤镜用于在图像上制作各种光照效果。
- 镜头光晕："镜头光晕"滤镜用于在画面中模拟亮光照在相机镜头所产生的光晕效果。
- 纤维："纤维"滤镜用于根据前景色和背景色之间的随机像素值，生成一种纤维效果。
- 云彩："云彩"滤镜根据当前的前景色和背景色来随机产生像素值，从而将图像转换成柔和的云彩效果。

比如，要在一幅图像中"人造"出一种光晕效果，只需选择【滤镜】|【渲染】|【镜头光晕】命令，在出现的"镜头光晕"对话框中设置好参数后单击【确定】按钮即可，如图11-31所示。

11.3.11　"艺术效果"滤镜组

如图11-32所示的"艺术效果"滤镜组中提供了15种滤镜。使用这些滤镜可以产生传统绘画、自然媒体及其他不同风格的艺术效果和各门各派的绘画效果。该组滤镜是通过"滤镜库"对话框来设置参数和预览效果的。各个滤镜的功能如下：

- 壁画："壁画"滤镜通过调整整个图像的对比度来增强暗色区域边缘，从而产生具有斑点状的壁画效果。

图11-31　应用"镜头光晕"滤镜

图11-32　"艺术效果"滤镜组

- 彩色铅笔："彩色铅笔"滤镜用于产生类似于用彩色铅笔在不同光亮度的纸质上进行描绘的效果。
- 粗糙蜡笔："粗糙蜡笔"滤镜用于产生一种由彩色粗大蜡笔绘图的效果。
- 底纹效果："底纹效果"滤镜将当前图像作为背景，然后再在其上方生成绘画效果。
- 调色刀："调色刀"滤镜模拟油画绘画的方法，用调色刀把颜料涂抹在画上，从而产生相近颜色的结合效果。
- 干画笔："干画笔"滤镜模拟用快要干的画笔来进行涂画的效果，可以产生具有较厚颜料感、粗糙感的艺术风格。

- 海报边缘："海报边缘"滤镜用于强化图像边缘，产生类似海报的剪切边缘效果。
- 海绵："海绵滤镜"滤镜用于模拟使海绵蘸颜料涂画的效果。
- 绘画涂抹："绘画涂抹"滤镜中提供了6种涂抹效果，可以生成不同风格的绘图效果。
- 胶片颗粒："胶片颗粒"滤镜用于产生类似胶片颗粒状的效果，从而使原图像具有强烈的层次感。
- 木刻："木刻"滤镜用于显现图像中的颜色层次，使图像产生一种类似剪贴画的效果。
- 霓虹灯光："霓虹灯光"滤镜用于产生各种奇特的霓虹映照效果。
- 水彩："水彩"滤镜用于模拟水彩绘画的效果。
- 塑料包装："塑料包装"滤镜用于使图像产生像加上一层塑料包装的效果，产生塑料光亮感。
- 涂抹棒："涂抹棒"滤镜模拟用短小的画笔涂抹图像，使图像的暗色区域变得柔化，使亮色区域变得明亮，使精细部分变模糊。

　　比如，要对一幅图像应用"海报边缘"效果，只需打开图像后，选择【滤镜】|【艺术效果】|【海报边缘】命令，打开"滤镜库"对话框并选中其中的"海报边缘"滤镜，在参数区中设置好参数后单击【确定】按钮，即可应用"海报边缘"滤镜，如图11-33所示。

图11-33 应用"海报边缘"滤镜

11.3.12 "杂色"滤镜组

如图11-34所示的"杂色"滤镜组中提供了5种滤镜。这些滤镜可以为图像增加或减少噪点。增加噪点后，可以消除图像在混合时出现的色带，或将图像的某一部分更好地融合于其周围的背景中；而减少图像中不必要的杂色则可以提高图像的质量。各个滤镜的功能如下：

图11-34 "杂色"滤镜组

- 减少杂色："减少杂色"滤镜用于减少图像中的杂色。
- 蒙尘与划痕："蒙尘与划痕"滤镜用于搜索图像中的小缺陷，然后将其融入周围的图像中，从而使图像在清晰化和隐藏缺陷之间达到平衡。
- 去斑："去斑"滤镜用于查找图像中颜色变化最大的区域，然后模糊除过渡边缘以外的内容，从而过滤噪点并且保持图像的细节。
- 添加杂色："添加杂色"滤镜用于在图像上应用随机像素模仿高速胶片上捕捉动画的效果，可以用来消除渐变色带或使过度修饰的区域看起来更加真实。
- 中间值："中间值"滤镜通过在选区内混合图像的亮点来去除图像中的杂色点。

比如，要在一幅图像中添加一些杂色，只需选择【滤镜】|【杂色】|【添加杂色】命令，在出现的"添加杂色"对话框中设置好参数后单击【确定】按钮即可，如图11-35所示。

图11-35 应用"添加杂色"滤镜

11.3.13　"其他"滤镜组

图11-36　【其他】
子菜单

如图11-36所示的"其他"滤镜组中提供了5种滤镜。各个滤镜的功能如下：

- 高反差保留："高反差保留"滤镜用于抑止图像中亮度逐渐增加的区域，保留图像中颜色变化最快的部分。
- 位移："位移"滤镜主要根据设定的数值在水平方向和竖直方向平移图像。
- 自定："自定"滤镜用于创建自定义滤镜。使用该滤镜时，可根据预定义的数学运算来更改图像中每个像素的亮度值，也可根据周围的像素值为每个像素重新指定一个值。
- 最大值："最大值"滤镜用于扩大亮区，缩小暗区。在指定的半径内滤镜搜索像素中的亮度最大值，并用该像素替换其他像素。
- 最小值："最小值"滤镜用于缩小亮区，扩大暗区，在指定的半径内滤镜搜索像素中的亮度最小值，并用该像素替换其他像素。

比如，要扩大一幅图像的亮区，缩小暗区，只需选择【滤镜】|【其他】|【最大值】命令，在出现的"最大值"对话框中设置好参数后单击【确定】按钮即可，如图11-37所示。

图11-37　应用"最大值"滤镜

 此外，通过【滤镜】菜单下方的"Digimarc"滤镜组中的【嵌入水印】和【读取水印】命令，可以在图像中加入著作权信息。数字水印以杂纹形式添加到图像上，它不会影响图像的特征，却能屏蔽多种图像操作，如色彩校正、滤镜作用、打印等。通过【滤镜】菜单最下方的【联机浏览滤镜】命令，可以从Adobe公司的官方网站（www.adobe.com）上在线获取更多的滤镜。

11.4　智能滤镜应用基础

智能滤镜是指应用于智能对象的滤镜。应用智能滤镜后，在"图层"面板中可以看到，滤镜将位于智能对象图层的下方。智能滤镜具有非破坏性，可以根据需要对其单独调整、删除或隐藏。

除"液化"和"消失点"以外Photoshop的内置滤镜都可以作为智能滤镜。此外，还可以将【图像】|【调整】菜单下的【阴影/高光】和【变化】命令作为智能滤镜来使用。

11.4.1 应用智能滤镜

Photoshop提供了以下3种应用智能滤镜的方法：

- 对智能对象图层应用滤镜：要将智能滤镜应用于整个智能对象图层，应先在"图层"面板中选择需要应用滤镜的智能对象图层，然后选择要应用的滤镜命令，设置好参数后单击【确定】按钮即可，如图11-38所示。

图11-38 对智能对象图层应用滤镜

- 对智能对象图层的选区应用滤镜：可以将智能滤镜的效果限制在智能对象图层的选区内，可先创建一个选区，然后再选择需要的滤镜命令。
- 在普通图层上应用智能滤镜：要将智能滤镜应用在普通图层上，可先右击要应用智能滤镜的图层，从出现的快捷菜单中选择【转换为智能对象】命令，如图11-39所示（转换后图层缩略图的右下角有一个智能对象标记）。转换为智能对象后，再选择需要应用的滤镜即可。

11.4.2 编辑智能滤镜

应用智能滤镜后，如果滤镜提供了设置选项，可以随时对滤镜进行编辑，也可以设置智能滤镜的混合选项。

1. 更改智能滤镜的设置选项

要更改智能滤镜的设置选项，只需在"图层"面板中双击相应的智能滤镜，即可打开滤镜的参数设置对话框，如图11-40所示。出现滤镜对话框后，根据需要更改参数后单击【确定】按钮即可。

图11-39　将普通图层转换为智能对象

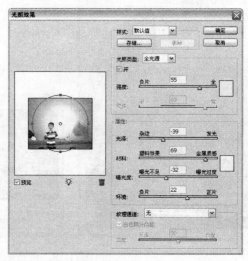

图11-40　更改智能滤镜的设置选项

2. 编辑智能滤镜混合选项

还可对智能滤镜的混合选项进行编辑，具体方法如下：

（1）在"图层"面板中双击滤镜名右侧的【编辑混合选项】图标，如图11-41所示。

（2）在出现的"混合选项"对话框中修改模式、不透明度等混合选项，如图11-42所示。

图11-41　双击图标　　　　　　　　　图11-42　设置"混合选项"

（3）设置完成后单击【确定】按钮，即可完成混合选项的编辑，效果如图11-43所示。

3. 隐藏智能滤镜

可以根据需要在"图层"面板中隐藏某些智能滤镜。隐藏后的智能滤镜不会对图像效果产生任何影响。

- 隐藏单个智能滤镜：在"图层"面板中单击某个或某些智能滤镜左侧的眼睛图标即可。要重新显示出智能滤镜，只需在同一位置再次单击鼠标。
- 隐藏所有智能滤镜：要隐藏应用于智能对象图层的全部智能滤镜，可在"图层"面板中单击智能滤镜行左侧的眼睛图标。要重新显示出智能滤镜，也只需在同一位置再次单击鼠标。

4. 更改智能滤镜的应用顺序

Photoshop CS4在应用多个智能滤镜时，将按照从下往上的顺序产生效果。要更改智能滤镜的应用顺序，只需在"图层"面板中拖动智能滤镜名称即可，如图11-44所示。

图11-43　更改智能滤镜混合选项的效果　　　　图11-44　更改智能滤镜的应用顺序

5. 复制智能滤镜

对于应用到某个智能对象的滤镜及参数设置，可以将其复制到另一个智能对象上。要复制智能滤镜，可按住【Alt】键，然后在"图层"面板中将某个智能滤镜从一个智能对象拖动到另一个智能对象上。

6. 删除智能滤镜

要删除某个智能滤镜，只需在"图层"面板将该滤镜拖动到面板下方的【删除】图标上即可。

要删除应用于智能对象图层的所有智能滤镜，可选中相应的智能对象图层，然后从主菜单中选择【图层】|【智能滤镜】|【清除智能滤镜】命令。

11.4.3　遮盖智能滤镜

在智能对象上应用智能滤镜时，系统会在"图层"面板中出现一个空白的蒙版缩览图，可以使用滤镜蒙版来遮盖或部分遮盖智能滤镜。可以根据需要通过蒙版来更改智能滤镜的效果。

1. 遮盖智能滤镜效果

在"图层"面板中单击滤镜蒙版缩览图将其选定，选定后蒙版缩览图的四周将出现一个边框，如图11-45所示。

图11-45　选定蒙版缩览图

要遮盖智能滤镜效果，可先在工具箱中选择一种绘画工具（如【画笔工具】），然后按下面的方法操作：

- 隐藏滤镜的局部：要隐藏滤镜的某些部分，可用将前景色设置为黑色，然后在图像上拖动鼠标。
- 显示滤镜局部：要显示出滤镜的某些部分，只需用白色来绘制蒙版即可。
- 使滤镜半透明：要使滤镜部分可见，只需用灰色绘制蒙版即可。

2. 显示滤镜蒙版

可以在图像窗口中显示出滤镜蒙版，其方法是：先按下【Alt】键，然后单击"图层"面板中的滤镜蒙版缩览图，如图11-46所示。再次单击滤镜蒙版缩览图，可恢复正常显示。

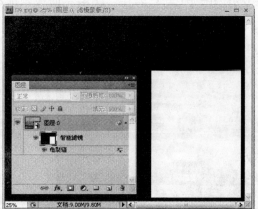

图11-46　显示滤镜蒙版

3. 停用滤镜蒙版

按住【Shift】键，然后单击"图层"面板中的滤镜蒙版缩览图，或选择【图层】|【智能滤镜】|【停用滤镜蒙版】命令，将停用滤镜蒙版。

4. 删除智能滤镜蒙版

要删除智能滤镜蒙版，可将"图层"面板中的滤镜蒙版缩览图拖动到面板下方的【删除】按钮 上。

本章要点小结

本章介绍了Photoshop CS4的滤镜功能和常用滤镜的用法。下面对本章的重点内容进行小结：

（1）Photoshop CS4中提供了3种类型的滤镜运行方式，一是直接从【滤镜】菜单中选择滤镜命令，二是通过滤镜对话框来配置滤镜参数，三是通过"滤镜库"来选择、设置、预览和管理滤镜。

（2）"液化"和"消失点"滤镜比较特殊，其中，"液化"滤镜用于对图像的任意部分进行推、拉、旋转、反射、折叠和膨胀等处理，从而生成特效图像；"消失点"滤镜用于在图像中指定一个平面，然后修饰、添加或移去图像中相关像素。

（3）Photoshop CS4的内置滤镜主要分为"风格化"、"画笔描边"、"模糊"、"扭曲"、"锐化"、"视频"、"素描"、"纹理"、"像素化"、"渲染"、"艺术效果"、"杂色"和"其他"滤镜组等13个滤镜组。

（4）智能滤镜是一种应用于智能对象的滤镜。应用智能滤镜后，滤镜将位于智能对象图层的下方。这种滤镜具有非破坏性，可以根据需要对其单独调整、删除或隐藏。

习题

选择题

（1）选择【滤镜】菜单中带有省略号（…）的滤镜命令后，将打开（   ）对话框，可在其中设置滤镜选项和参数来实现不同的艺术效果。

A. 滤镜库　　　　B. 滤镜选项　　　　C. 滤镜参数　　　　D. 以滤镜名命名的

（2）在（   ）模式下，可以对图形对象使用全部的滤镜，但文字需要使用【栅格化】命令先转换为图像后才能用滤镜。

A. CMYK　　　　B. Lab　　　　C. RGB　　　　D. 灰度

（3）（   ）滤镜用于对图像的任意部分进行推、拉、旋转、反射、折叠和膨胀等处理，从而生成特效图像。

A. 液化　　　　B. 消失点　　　　C. 推拉　　　　D. 膨胀

（4）（   ）滤镜用于将选区的填充色转换为灰色，然后用原来填充色描画边缘，使选区显得凸起或压低。

A. 浮雕效果　　　　B. 等高线　　　　C. 扩散　　　　D. 凸出

（5）"特殊模糊"滤镜用于（   ）。

A. 快速柔化图像　　　　　　　　B. 使用深度映射来确定像素在图像中的位置

C. 使用指定的内核来创建模糊　　D. 手动控制画面的模糊程度

（6）（   ）滤镜用于产生模拟磨光的金属表面的效果，其金属表面的明暗情况与原图的明暗分布基本对应，该滤镜不受前景色和背景色的控制。

A. 半调图案　　　　B. 便条纸　　　　C. 铬黄　　　　D. 绘图笔

（7）"点状化"滤镜用于将图像分解为随机的（   ），从而生成一种点画作品的效果。

A. 晶格　　　　B. 点　　　　C. 碎片　　　　D. 马赛克

（8）通过在选区内混合图像的亮点来去除图像中的杂色点的滤镜是（   ）。

A. 蒙尘与划痕　　　B. 去斑　　　　C. 减少杂色　　　　D. 中间值

填空题

（1）对于【滤镜】菜单中没有带_____的滤镜命令，不需要进行任何参数配置，只需直接选择滤镜命令，就能将滤镜效果应用到当前图层或选区中。

（2）"滤镜库"对话框用于_____。

（3）应用滤镜后，在没有执行其他操作之前，选择_____命令，可以调整执行滤镜后的图像的"不透明度"及其与源图像的"（混合）模式"。

（4）"消失点"滤镜用于在图像中指定一个＿＿＿＿＿＿＿，然后再进行绘画、仿制、拷贝/粘贴、变换等编辑操作。

（5）"画笔描边"滤镜组中的滤镜主要用于＿＿＿＿＿＿＿，可以在画面中增加颗粒、画斑、杂色、边缘细节或纹理。

（6）"模糊"滤镜组中的滤镜，可以＿＿＿＿＿＿＿选区或图像。

（7）"扭曲"滤镜组主要用于对图像进行＿＿＿＿＿＿＿。其中，＿＿＿＿＿＿＿滤镜用于修复桶形失真、枕形失真、晕影和色差等常见的镜头瑕疵。

（8）"锐化边缘"滤镜用于查找颜色，改变的边缘区域，并进行锐化处理使边界＿＿＿＿＿＿＿。

（9）"素描"滤镜组中的滤镜使用＿＿＿＿＿＿＿来重新描绘图像，使图像产生徒手速写或其他艺术绘画的效果。

（10）"纹理"滤镜组中的滤镜主要用于创建某种特殊的纹理或＿＿＿＿＿＿＿。

（11）"像素化"滤镜组中的滤镜主要用于将图像分块，使图像看起来由许多＿＿＿＿＿＿组成。

（12）"镜头光晕"滤镜用于在画面中模拟＿＿＿＿＿＿＿所产生的光晕效果。"云彩"滤镜根据当前的前景色和背景色来随机产生＿＿＿＿＿＿＿，从而将图像转换成柔和的云彩效果。

（13）＿＿＿＿＿＿＿滤镜组中提供的滤镜可以产生传统绘画、自然媒体及其他不同风格的艺术效果和各门各派的绘画效果。其中，"壁画"滤镜通过调整整个图像的＿＿＿＿＿＿＿来增强暗色区域边缘，从而产生具有斑点状的壁画效果。

（14）"杂色"滤镜组中的滤镜可以为图像增加或减少＿＿＿＿＿＿＿。

（15）"高反差保留"滤镜用于抑止图像中＿＿＿＿＿＿＿的区域，保留图像中颜色变化最快的部分。"最大值"滤镜用于＿＿＿＿＿＿＿。在指定的半径内滤镜搜索像素中的亮度最大值，并用该像素替换其他像素。

（16）除＿＿＿＿＿＿＿以外Photoshop中的内置滤镜都可以作为智能滤镜。

（17）在"图层"面板中双击相应的智能滤镜，可打开滤镜的参数设置对话框，可以在其中更改智能滤镜的＿＿＿＿＿＿＿。

简答题

（1）什么是滤镜？什么情况下需要使用滤镜？

（2）Photoshop CS4提供了哪些运行滤镜命令的方式？各有何特点？

（3）简述滤镜的应用原则。

（4）"液化"滤镜的功能是什么？举例说明其使用方法。

（5）"消失点"滤镜的功能是什么？举例说明其使用方法。

（6）Photoshop CS4的主要滤镜组有哪些？各个滤镜组中提供了哪些滤镜？其功能分别是什么？

（7）什么是智能滤镜？如何使用智能滤镜？如何编辑智能滤镜？如何遮盖智能滤镜？

第12章　Photoshop CS4的其他功能

Photoshop CS4提供了一系列用于进行图像高效自动化处理的功能。合理使用这些功能，可以由计算机系统自动完成一系列的图像处理操作，从而节省图像编辑处理的时间，保证处理效果一致。图像编辑处理完成后，可以使用Photoshop CS4的打印和导出功能输出图像。本章将简要介绍这些功能及其基本应用方法，重点介绍以下内容：

· 动作及其应用方法。
· 【自动】命令的主要功能。
· 图像打印和导出方法。

12.1　动作及其应用

动作是将Photoshop的一系列的命令组合为一个独立名称的快捷方式。播放动作时，即可快速执行相应的一组命令，从而使执行任务自动化。使用动作，可以将一系列命令组合为单个动作，从而使执行任务自动化。

12.1.1　"动作"面板

动作进行录制、编辑、应用和管理主要是使用如图12-25所示的"动作"面板来实现的。除了可以记录、播放、编辑和删除各个动作，"动作"面板还可存储和载入动作文件。

1. "动作"面板菜单

单击"动作"面板右上的【面板菜单】按钮，将出现如图12-2所示的"动作"面板菜单。通过其中的选项，可以设置动作的状态。

图12-1　"动作"面板

图12-2　"动作"面板菜单

2. 切换对话开/关

"切换对话开/关"如果为灰色空白框▣显示，表示在播放该动作过程中不会暂停显示提示信息；若显示为红色的标记▣，则表示该动作中会有部分动作设置了暂停。

3. 动作组

Photoshop提供了"默认动作"、"命令"、"画框"、"图像效果"、"纹理"等多个动作组，每一个动作组中又包含多个动作。每一个动作组被包含在一个小文件包标志▣中，单击该标志左边的倒三角标志▶使其变为立状▼，可展开折叠起来的每个命令。单击每个动作左边的倒三角标志使其变为立状，可以展开带有参数设置的动作，以便查看默认的参数设置。要折叠动作集或动作，只需再次单击相应的三角标志。

4. 动作名称

每一个动作组或动作都有一个名称，以便于用户识别。比如，"淡出效果"、"四分颜色"等便是动作的名称。

5. 动作命令

动作命令是指具体动作的某个操作步骤或命令，比如在"细雨"动作中就包含了"建立快照"、"转换模式"、"复制当前图层"等动作命令。

6. 切换项目开/关

切换项目开/关用于控制某个动作组、动作或动作命令是否可用。若该框显示为空白，则表示该动作不能被播放；若显示为红色的√标记，则表示该动作中有部分动作不能正常播放；若显示为黑色的√标记，则表示该动作中的所有动作都能正常播放。

7. 动作操作按钮

"动作"面板中提供了以下动作操作按钮：

- 【停止】按钮▣：单击该按钮，可以停止正在播放的动作，或在录制新动作时暂停动作的录制。
- 【开始录制】按钮●：单击该按钮，可以开始录制一个新的动作，在录制的过程中，该按钮将显示为红色。
- 【播放】按钮▶：单击该按钮，可以播放当前选定的动作。
- 【创建新序列】按钮▢：单击该按钮，可以新建一个动作组。
- 【创建新动作】按钮▣：单击该按钮，可以新建一个动作。
- 【删除动作】按钮▣：单击该按钮，可以删除当前选定的动作或动作组。

12.1.2 执行内置动作

Photoshop自带了许多内置动作，这些动作可以通过"动作"面板来直接执行。在执行动作之前，需要先做好一些必要的准备工作，如选中图层，建立选区等，以指明应用动作的对象。

1. 执行完整的动作

要执行整个动作，只需在"动作"面板中选中相应的动作名，然后单击面板下方的【播放选定的动作】按钮▶，或从面板菜单中选择【播放】命令即可。如图12-3所示。如果在录制或编辑动作时，为动作设置了快捷键，只需直接按下相应的快捷键就能更快捷地执行动作。

图12-3 执行完整的动作

2. 执行从某个步骤开始的所有命令

从"动作"面板中选中要开始执行的命令，然后单击面板下方的【播放】按钮▶，即可依次执行该命令及其后的所有命令，如图12-4所示。

图12-4 执行从某个步骤开始的所有命令

3. 只执行选中的命令

从"动作"面板中选中需执行的多个命令，然后单击面板下方的【播放】按钮▶，即可依次执行选中的所有命令，如图12-5所示。

4. 执行动作中的单个命令

如果只需执行动作中的某个命令，可选择要执行的动作中的单个命令，然后用下面的方法来执行：

选中要执行的命令，然后在按住【Ctrl】键的同时单击面板下方的【播放】按钮▶。也可以按住【Ctrl】键，在"动作"面板中双击要执行的命令。

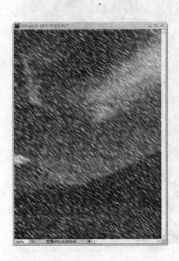

图12-5　　只执行选中的动作命令

5. 跳过部分动作命令

动作都是由一系列命令组成，如果在运行时需要跳过部分动作命令，可以在"动作"面板中单击不需执行的命令左端的 ☑ 方框，使其中的√标记消失，即可使执行动作时不执行那些没有√标记的命令。再次单击命令前的方框，√标记又会重新出现，取消该命令的禁止状态。

12.1.3　创建自定义动作

除了使用系统提供的内置动作外，也可以根据自己的需要将需重复执行的一系列操作创建为动作，以便以后重复调用。创建并记录一个新动作的方法如下：

（1）打开待处理的图像文件，单击"动作"面板下方的【创建新动作】按钮 ，或在动作面板右上角的侧拉菜单上选中【新建动作】命令。

图12-6　　"新建动作"对话框

（2）在出现的"新建动作"对话框（如图12-6所示）中为新动作命名，指定一个功能键或与【Shift】的组合快捷键，再指定一个显示的颜色。

（3）单击【记录】按钮，"动作"面板下方的【开始记录】按钮 变为红色，此时可开始执行要记录的命令。

（4）如果执行的命令打开了一个对话框，设置相关参数后，单击【确定】按钮，则Photoshop将会记录该命令；如果单击【取消】按钮则忽略该命令。

（5）记录完所有的命令后，单击"动作"面板下方的【停止播放/录制】按钮 停止记录，最后保存记录的动作以备将来使用。

12.1.4　编辑动作

为了使动作符合实际应用的需求，可以对任何动作进行编辑处理。既可以修改动作的内容，也可以复制、删除动作。

1. 修改动作的内容

可以根据需要在"动作"面板中添加或删除动作命令，也可以将某个动作命令移动到其他动作中。

- 插入动作命令：要在已有的动作中新插入某个或某些动作命令，可以先选定要插入新动作的动作命令，然后单击动作面板上的【开始记录】按钮◉，执行要添加的命令，单击【停止播放/记录】按钮◼停止记录。
- 设置动作命令的参数：要为某个动作命令重新设置参数，可从"动作"面板菜单中选择【重新记录】命令，以便为动作中带对话框的命令赋予新参数值。选择【重新记录】命令后，Photoshop会执行该动作，在执行到带对话框的命令时暂停下来，等待用户输入新的参数值。

2. 复制动作

可以复制任何已有的动作或动作命令。通过复制，可以快速创建相似的同一类动作，也可用来在修改动作前做备份。复制动作及其中命令的方法有以下几种：

- 按住【Alt】键，将要复制的命令或动作拖动至"动作"面板中的新位置。
- 选取要复制的动作或命令，选中面板侧拉菜单中的【复制动作】命令，随后复制得到的动作就出现在动作面板的底部，而复制得到的命令则出现在原命令的后面。
- 将动作或命令拖至"动作"面板下方的【创建新动作】按钮上，随后复制的动作同样出现在动作面板的底部，复制的命令出现在原命令的后面。

3. 删除动作

可以根据需要删除已有动作或其中的某条动作命令。删除的方法很简单，只需在"动作"面板中选中想删除的动作或命令，然后单击【删除】按钮即可。

使用面板菜单中的【清除动作】命令，将删除"动作"面板中的所有动作。

12.1.5　管理动作

"动作"面板提供了完善的动作管理功能，可以方便地对动作进行各项管理。

1. 选择动作

要对动作进行编辑或管理，需要在操作之前选中相应的动作或命令，以便指明相应的操作对象。选择方法有以下几种：

- 选择单个动作或命令：要选择单个动作或命令，只需在"动作"面板中单击该动作或命令即可。
- 选择连续的多个动作或命令：单击选中一个动作（或命令），然后按住【Shift】键并单击另一个动作（或命令），两个动作（或命令）之间的所有动作（或命令）都被选中。
- 选择不连续的多个动作或命令：按住【Ctrl】键并依次单击多个动作（或命令），可选择多个不连续的动作（或命令）。

2. 管理动作组

在Photoshop中，可以根据需要新建、保存或载入动作组。

- 创建动作组：单击"动作"面板底部的【创建新组】按钮▢，出现如图12-7所示的"新建组"对

图12-7　"新建组"对话框

话框，在该对话框中键入新动作组的名称后，单击【确定】按钮即可创建一个新的动作组。

· 存储动作：创建了新动作组或对现有动作组中的动作进行了修改后，可选择面板菜单中的【存储动作】命令对其进行保存。

· 载入动作：默认情况下，"动作"面板中只有一个默认的动作组，如果要将其他动作组载入面板，可从在面板菜单中选择要载入的动作组名称即可，如图12-8所示。

图12-8　载入动作

12.2　【自动】命令及其应用

图12-9　【自动】命令组

Photoshop CS4的【文件】菜单中提供了一个【自动】命令组，其中提供了7个用于自动化处理图像的命令，如图12-9所示。

12.2.1　批处理

利用"动作"面板中的动作快速处理同类效果的图像时，只能针对当前选定的图像。要将动作同时应用于一批图像文件，就可以使用"批处理"功能来实现。

"批处理"功能是"动作"功能的延伸。通过批处理功能，可以自动对指定文件夹中的所有图像进行同样的操作。选择【文件】|【自动】|【批处理】命令，出现如图12-10所示的"批处理"对话框。下面先介绍其中的主要选项。

1. "播放"选项组

"播放"选项组用于设置批处理命令所调用的动作。设置时，先在"组"列表框中选择需执行的动作所在的序列名，然后在"动作"列表框中选择需执行的动作。

2. "源"选项组

"源"选项组用于设置被处理图片的来源，在"源"列表框中提供了以下选项：

（1）文件夹：对指定文件夹中的文件执行动作，单击【选取】按钮可以选择文件夹。

（2）输入：将来自数码相机或扫描仪的图像导入并对其执行动作。

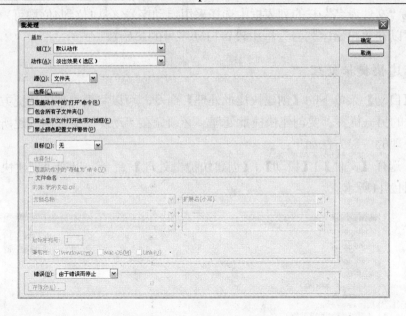

图12-10　"批处理"对话框

（3）打开的文件：对所有已打开的文件执行动作。

（4）文件浏览器：对在文件浏览器中选定的文件执行动作。

（5）覆盖动作"打开"命令：如果想让动作中的"打开"命令引用批处理中指定的源文件而不是动作中指定的文件名，则选中此复选框，前提是动作必须包含一个"打开"命令。如果记录的动作是在打开的文件上操作的，或者动作包含它所需的特定文件的"打开"命令，则不要选择该复选框。

（6）包含所有子文件夹：选择是否处理子文件夹中的文件。

（7）禁止显示文件打开选项对话框：选择在执行动作时，是否打开文件选项对话框。

（8）禁止颜色配置文件警告：选择在执行动作时，是否关闭颜色方案信息的显示。

3. "目标"选项组

"目标"选项组用于设置在执行动作后，如何处理图片文件。在"目标"列表框中可以选择以下几个选项：

（1）无：不保存执行动作后的文件（除非动作包括"存储"命令），并使文件保持打开状态。

（2）存储并关闭：将文件存储在当前位置，并覆盖原来的文件。

（3）文件夹：将处理的文件存储到另一位置，单击【选择】按钮可指定目标文件夹。

如果动作包含有"存储为"命令，可选中"覆盖动作中的'存储为'命令"复选框，指定将执行动作后的结果保存到批处理中指定的目的文件夹，而不是动作中指定的文件夹，如不选中该复选框，则系统会将结果保存到两处。

4. "文件命名"选项组

"文件命名"选项组用于设置系统在保存文件时采用的文件命名规范，该选项组中包括多个列表框，最终的文件名为这些列表框中的内容排列在一起的结果。用户可以在列表框中选择原文件的名称、日期等作为新文件名的一部分，也可以直接在列表框中键入需要的文本内容。每个文件必须至少有一个唯一的栏（例如，文件名、序列号或字母）以防文件相互覆盖。

如果在"文件命名"栏的列表框中选择采用自动序号（从1位到4位均可）作为文件名的一部分，可以在"起始序列号"框中设置自动序号的起始数。

12.2.2　创建快捷批处理

使用【自动】菜单下的【创建快捷批处理】命令，可以将批处理的快捷方式保存在桌面上或磁盘上的另一位置。要创建快捷批处理，必须先在"动作"面板中创建所需的动作。创建快捷批处理的一般方法如下：

（1）选择【文件】|【自动】|【创建快捷批处理】命令，出现"创建快捷批处理"对话框，如图12-11所示。

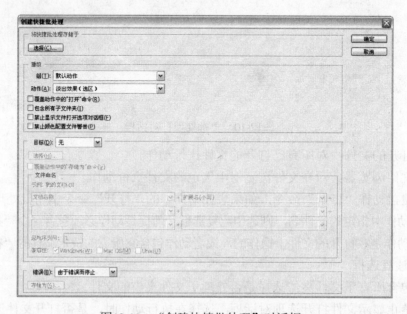

图12-11　"创建快捷批处理"对话框

（2）单击"将快捷批处理存储于"区域中的【选择】按钮，指定快捷批处理的存储位置。

（3）选择"动作组"，然后指定打算在"组"和"动作"菜单中使用的动作。

（4）设置快捷批处理的播放选项。

（5）从"目标"菜单中选取处理文件的目标。

（6）如果动作中包含"存储为"命令，应选取"覆盖动作中的'存储为'命令"选项，确保将文件存储在指定的文件夹中。

（7）如果选取"文件夹"作为目标，则指定文件命名约定并选择处理文件的文件。

（8）从"错误"下拉菜单中选择用于错误处理的选项。

（9）设置完成后单击【确定】按钮即可。

12.2.3　裁剪并修齐照片

使用【自动】菜单中的【裁剪并修齐照片】命令，可以将使用扫描仪一次扫描的多张图片自动分成多个单独的图像文件。

打开包含要分离的图像的扫描文件（如果图像包含了多个图层，应选中包含扫描图像所

在的图层；如果只需要分离某些照片，可创建一个选区），然后选择【文件】|【自动】|【裁剪并修齐照片】命令，便能自动对扫描后的图像进行处理，然后分为多个图像文件，并在不同窗口中打开相应的图像，如图12-12所示。

图12-12　裁剪并修齐照片

12.2.4　Photomerge

【自动】菜单中的【Photomerge】命令用于将多幅照片组合成一个连续的图像。该命令主要用于自动组合多张重叠拍摄的宽幅图片，生成全景图。

选择【文件】|【自动】|【Photomerge】命令，会打开"照片合并"对话框，单击"源文件"选项组中的【浏览】按钮，在出现的"打开"对话框中选择要合并的多幅图片（本例选择如图12-13所示的3张图片），将其添加到列表中，如图12-14所示。

图12-13　合并的多幅图片

根据需要设置其他选项。设置完成后，单击【确定】按钮，即可自动开始合并图片，效果如图12-15所示。从"图层"面板中可以看到，合成后的图片仍然包含3个图层，且每个图层都创建了图层蒙板。

12.2.5　合并到HDR

使用【自动】菜单中的【合并到HDR】命令，可以将拍摄同一人物或场景的多幅图像（曝光度不同）合并在一起，在一幅HDR图像中捕捉场景的动态范围。可以选择将合并后的图像存储为32位/通道的HDR图像。

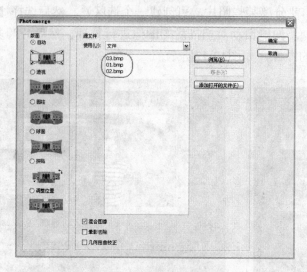

图12-14　选择要合并的多幅图片

图12-15　图层合并效果

选择【文件】｜【自动】｜【合并到HDR】命令，将打开如图12-16所示的"合并到HDR"对话框。

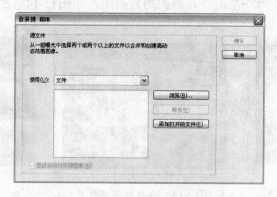

图12-16　"合并到HDR"对话框

单击【浏览】按钮，可以在出现的"打开"对话框中选择要处理的两幅以上的图片，选择图像后，单击"合并到HDR"对话框中的【确定】按钮，出现"手动设置曝光值"对话框，根据需要设置各幅图片的曝光值。设置完成后单击【确定】按钮，将出现如图12-17所示的合并效果预览窗口，可在其中设置"位深度"等参数并预览合并效果。设置好参数后单击【确定】按钮，即可将所有图片合并为一张新的图片，如图12-18所示。

12.2.6　条件模式更改

使用【文件】｜【自动】菜单下的【条件模式更改】命令，可以将一种或几种文件格式转换成另一种文件格式，其对话框如图12-19所示。其中，"源模式"选项用于选择源文件格式；"目标模式"用于选择需要转换的目标格式。

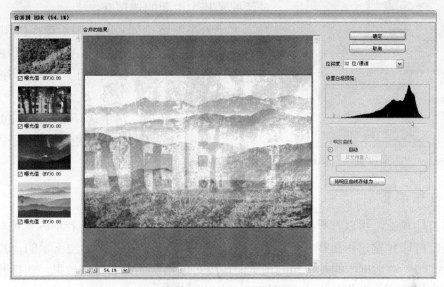

图12-17　合并效果预览

图12-18　合并效果

图12-19　"条件模式更改"对话框

12.2.7　限制图像

使用【文件】|【自动】菜单下的【限制图像】命令，可以自动调整文件尺寸大小。设定一个宽度或高度值后另一个值会根据图像自动调整，其对话框如图12-20所示。

图12-20　"限制图像"
对话框

12.3　打印和导出图像

Photoshop提供了完善的图像打印功能，可以根据需要将编辑处理完成的图像打印出来，也可以使用其他通用格式来保存图像。

12.3.1　打印纸张大小和方向设置

由于打印需求和打印环境不同，在打印前要检查图片的尺寸、图片分辨率、色彩模式和纸张的放置情况，并根据需要进行设置或调整。

图12-21　"页面设置"对话框

要设置打印纸张大小和方向,可以选择【文件】|【页面设置】命令,出现如图12-21所示的"页面设置"对话框。其中主要的选项有:

- "大小"下拉列表框:用于选择打印纸张的大小,常用的纸张大小有A4、16开和B5等。
- "来源"下拉列表框:用于选择打印纸张的进纸方式。
- "方向"选项:用于选择打印的方向,可选择"纵向"或"横向",主要根据图片的大小来选择。

12.3.2　打印预览

通过打印预览,可以查看该图像在所设置纸张上的大小和位置,若不满意可对其进行设置。要进行打印预览,可选择【文件】|【打印】命令,打开如图12-22所示的"打印"对话框。在"打印"对话框中的左上角的预览窗口中可以预览图像的打印效果,包括其图像大小和位置,如果需要对图像的大小进行调整,有以下几种方法:

- 任意缩放图像的大小:用鼠标拖动预览框中图像边缘的4个控制点,即可缩放图像的大小,注意不要超出页边界,如图12-23所示。

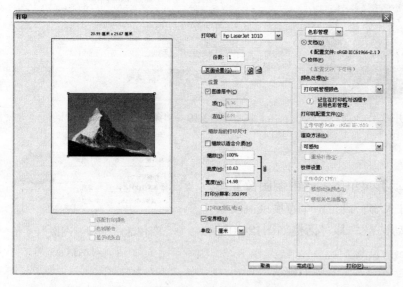

图12-22　"打印"对话框　　　　　　　图12-23　拖动预览框中
　　　　　　　　　　　　　　　　　　　　　　　　的控制点

- 按比例缩放图像的大小:在"打印"对话框中的"缩放后的打印尺寸"栏中可以根据原图像的大小,手动设置打印输出后在纸张上的缩放比例。选中"缩放以适合介质"复选框,可自动调整图像的缩放比例,以适合所设置的页面大小。
- 其他选项:取消"缩放以适合介质"复选框和"图像居中"复选框的选取状态,在"位置"栏的"顶"和"左"文本框中输入图像距页面顶和左边的距离。

"色彩管理"设置区中的选项主要用于印刷图像的打印校样。比如，设置打印背景色和出血距离等参数。

"输出"设置选项中的各个按钮及选项的功能如下：

- 【背景】按钮：单击该按钮，将打开"颜色选择器"对话框，用于选择打印页面上图像区域外的图像背景颜色。
- 【边界】按钮：用于设置是否需要在图像的边缘打印黑色的边框效果。若需要打印，可单击该按钮，在出现的"边界"对话框中的"宽度"框中输入所需宽度即可。
- 【出血】按钮：对于需要裁切或装订的图像作品，则可设置出血效果。方法是单击该按钮，出现"出血"对话框，可以在其中设置出血的宽度，打印时将把裁切标记打印在图像边缘内而不是图像外。
- 【网屏】按钮：单击该按钮，将打开"半调网屏"对话框，在其中可以设置打印机中间色调的处理方式。对于喷墨打印机和激光打印机不必设置。
- 【传递】按钮：单击该按钮，将出现"传递函数"对话框。调整其中的参数，可以补偿图像传递到胶片时可能发生的网点补正或网点损失，一般不做设置。
- "校准条"复选项：选中该复选项，将在页面的空白处打印出11级灰度校准条，即一种按10%的增量从0到100%的浓度转变，以方便操作时校准图像颜色。
- "套准标记"复选项：选中该复选项，将在图像四角打印出套准标记，包括靶心和星形靶标记，主要用于对齐分色。
- "角裁切标记"复选项：选中该复选项，将在要裁剪页面的位置打印裁切标记。
- "中心裁切标记"复选项：选中该复选项，同样是在要裁剪页面的位置打印裁切标记，但可在每个边的中心打印。
- "说明"复选项：选中该复选项，将打印在"文件简介"对话框中输入的注释文本。
- "标签"复选项：选中该复选项，将在图像上方打印出图像文件名称和通道名称。
- "药膜朝下"复选项：正常情况下，打印在纸上的图像是药膜朝上打印的，即感光层正对着用户。选中该复选项可使文字在药膜朝下，即胶片上的感光层背对用户时可读。如果是在胶片上打印图像，则应使药膜朝下。
- "负片"复选项：选中该复选项，将打印整个输出反相版本，即将打印颜色反转，可以得到类似于照片负片的效果。

12.3.3 打印图像

如果对打印预览的效果满意，可以使用打印机将图像打印出来。选择【文件】|【打印】命令，出现如图12-24所示的"打印"对话框，在该对话框中可以设置打印范围和份数。设置好打印参数后，单击【确定】按钮，即可打印出图像。如果需打印的图像超出了页面边界，执行打印操作后将提示用户图像超出边界，并将要进行裁剪。

图12-24 "打印"对话框

要对打印机的打印质量等进行设置，可以单击【属性】按钮，在出现的"打印机属性"对话框中进行设置后再打印图像。要按默认的设置快速打印出一份图像文件，可选择【文件】|【打印一份】命令。

12.3.4　用其他格式存储和导出文件

图像编辑完成后，除了可以使用默认的PSD格式保存图像外，还可以选择【文件】|【存储为】命令，打开"存储为"对话框，可以从"格式"列表中选择Photoshop CS4支持的其他图像文件格式来存储图像（如图12-25所示），根据需要选择一种保存格式后单击【保存】按钮即可。

此外，选择【文件】|【导出】命令，将出现如图12-26所示的"导出"子菜单，可以根据需要导出图像。

图12-25　"格式"列表

图12-26　"导出"子菜单

本章要点小结

本章介绍了Photoshop CS4的图像自动化处理功能和图像输出的方法，下面对本章的重点内容进行小结：

（1）Photoshop CS4的自动化处理功能主要包括"动作"功能，以及【自动】菜单中的自动化处理命令，它们将通过计算机系统自动完成一系列的图像处理操作。

（2）动作是将Photoshop的一系列命令组合为一个独立名称的快捷方式。播放动作时，即可快速执行相应的一组命令，从而使执行任务自动化。动作进行录制、编辑、应用和管理都是利用"动作"面板来实现的。

（3）【文件】|【自动】命令组中提供了7个用于自动化处理图像的命令，它们是【批处理】、【创建快捷批处理】、【裁剪并修齐照片】、【Photomerge】、【合并到 HDR】、【条件模式更改】和【限制图像】命令。

（4）图像编辑完成后，可以根据需要将编辑处理完成的图像打印出来，也可以使用其他通用格式来保存图像。要打印图像，可以选择【文件】|【页面设置】命令来设置页面参数，选择【文件】|【打印】命令来预览打印效果和设置打印参数。要用其他格式保存图像，可以选择【文件】|【存储为】命令，要导出图像可以选择【文件】|【导出】命令。

习题

选择题

（1）"动作"将Photoshop的一系列命令组合为一个独立名称的（　　　　）。

A. 工具按钮　　　　B. 菜单命令　　　　C. 快捷方式　　　D. 快捷图标

（2）动作都是由一系列命令组成，如果在运行时需要跳过部分动作命令，可以在"动作"面板中单击不需执行的命令左端的（　　　）方框。

A. ▽　　　　　B. ▢　　　　　C. ▣　　　　　D. ☑

（3）要为某个动作命令重新设置参数，可从"动作"面板菜单中选择（　　　）命令，以便为动作中带对话框的命令赋予新参数值。

A. 【重新记录】　　　　　　B. 【重新设置】

C. 【参数设置】　　　　　　D. 【参数修改】

（4）"批处理"功能是（　　　）功能的延伸。

A. 菜单命令　　　　B. 动作　　　　　C. 工具面板　　　D. 工具控制面板

（5）使用【文件】|【自动】菜单下的（　　　）命令，可以自动调整文件尺寸大小。

A. 【裁剪并修齐照片】　　　　B. 【Photomerge】

C. 【合并到 HDR】　　　　　　D. 【限制图像】

填空题

（1）使用动作功能，可以将一系列_____组合为单个动作，从而使执行任务自动化。

（2）动作的录制、编辑、应用和管理主要是使用_____来实现的。

（3）从"动作"面板中选中需执行的多个命令，然后单击面板下方的_____，即可依次执行选中的所有命令。

（4）可以根据自己的需要将_____创建为动作，以便以后重复调用。

（5）通过_____功能，可以自动对指定文件夹中的所有图像进行同样的操作。

（6）【创建快捷批处理】命令用于将_____保存在桌面上或磁盘上的另一位置。

（7）使用【裁剪并修齐照片】命令，可以将使用扫描仪一次扫描的多张图片_____。

（8）_____命令用于将拍摄同一人物或场景的多幅图像（曝光度不同）合并在一起，在一幅HDR图像中捕捉场景的动态范围。

（9）_____命令用于将一种或几种文件格式转换成另一种文件格式。

简答题

（1）什么是图像处理自动化？什么是动作？

（2）"动作"面板提供了哪些功能？

（3）如何执行内置的动作？如何创建和编辑自定义动作？

（4）如何管理动作？

（5）Photoshop CS4提供了哪些自动处理图像的命令？各有何功能？

（6）如何进行打印设置？如何打印图像？

（7）如何将图像保存为其他通用图像格式？

（8）如何导出图像？

第 2 篇

Photoshop CS4
应用范例

Photoshop CS4集图像扫描、图像设计、编辑以及高品质输出功能于一体，是电脑平面设计软件中的佼佼者，它被广泛地应用于平面印刷、摄影、媒体广告和网页设计等诸多领域，深受广大平面制作人员的青睐。

实践表明，要在较短的时间内熟练掌握Photoshop CS4的应用技能，创意设计出各种实用的图像作品，除了学会Photoshop CS4的主要功能外，更重要的是将这些功能与实用作品的制作联系起来。在这一训练过程中，通过各种设计范例来体会设计理念，巩固设计技巧，综合应用软件功能是一种事半功倍的方法。

为了使读者在掌握Photoshop CS4的基本功能和基本操作的基础上，创意设计出满足要求的作品，本篇将通过一系列范例，从不同的侧面详细讲解Photoshop CS4的具体应用。通过这些范例的学习，读者既能进一步掌握软件主要功能的应用技巧，又能熟悉这些功能在实际作品创作中的具体应用，促进读者理论联系实际。

本篇的范例既注重了实用作品的创意设计方法，又强调Photoshop CS4的综合应用，可以帮助读者循序渐进、全面地提升综合运用Photoshop CS4来完成作品创意设计的工作的能力。本篇安排了以下4章内容：

* 图像绘制范例。
* 商业设计范例。
* 数码相片处理范例。
* Web图像创作范例。

第13章 图像绘制范例

Photoshop具有强大的绘画功能，可以不借助任何素材图像"手工"绘制出各种创意作品。手绘图像是Photoshop的一项基本功能，即使是美术基础不足的操作者，也能在计算机上"手绘"出栩栩如生的作品。本章将通过以下3个范例来提高读者的手绘技艺：

- 文字特效设计。
- 篮球的绘制。
- 漫画设计。

范例1 文字特效设计

本例将使用Photoshop CS4制作如图13-1所示的文字特效。

图13-1 文字特效制作效果

设计制作思路

本例的基本设计和制作思路是：

（1）先将前景色设为白色，背景色设为黑色，创建一个黑色背景的图像文件。

（2）使用文字蒙版工具创建文字选区，然后对选区进行描边。

（3）使用"高斯模糊"滤镜模糊整个"背景"图层，再复制出"背景 副本"图层。

（4）对"背景 副本"图层应用"极坐标"滤镜后，顺时针90度旋转画布，反相后使用"风"滤镜产生吹风效果。

（5）反相图像后应用"风"滤镜，将画布还原为正常状态，然后再应用"极坐标"滤镜。

（6）更改"背景 副本"图层的混合模式和不透明度，再合并图层，调整色相和饱和度，以及亮度和对比度，最后即可在文字的四周生成光芒效果。

制作过程

本例的具体制作如下：

（1）启动Photoshop CS4，先将背景色设置为黑色，然后选择【文件】|【新建】命令新建一个以背景色（黑色）为背景的图像文件，参数设置如图13-2所示。

（2）选择【横排文字蒙版工具】，在图像窗口中输入"光芒四射"几个字，如图13-3所示。

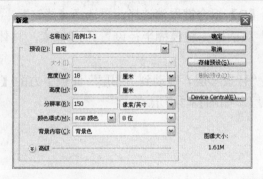

图13-2 创建图像文件

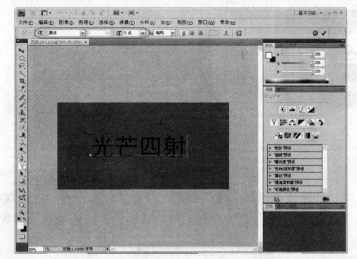

图13-3 输入文字

（3）按下数字键盘区中的【Enter】键，确认文字输入，得到如图13-4所示的文字选区。

（4）将前景色设置为白色，选择【编辑】｜【描边】命令，对选区进行描边。参数设置和效果如图13-5所示。

图13-4 文字选区创建效果

图13-5 描边参数设置和描边效果

（5）按下【Ctrl】+【D】组合键取消选择，再选择【滤镜】｜【模糊】｜【高斯模糊】命令，打开"高斯模糊"对话框。将模糊半径设置为1.2像素，具体参数设置和效果如图13-6所示。

（6）将当前图层（"背景"层）拖动到"图层"面板下方的【创建新图层】按钮 上，复制出"背景 副本"图层，如图13-7所示。

图13-6　模糊图层　　　　　　　　　　　　　　　图13-7　复制图层

（7）选择【滤镜】｜【扭曲】｜【极坐标】命令，在出现的"极坐标"对话框中选中"极坐标到平面坐标"选项，然后单击【确定】按钮确认。参数设置和效果如图13-8所示。

图13-8　应用"极坐标"滤镜

（8）选择【图像】｜【旋转画布】｜【90度（顺时针）】命令，将画布进行旋转，效果如图13-9所示。

（9）选择【图像】｜【调整】｜【反相】命令，将图像颜色反相，效果如图13-10所示。

图13-9　旋转画布效果　　　　　　　　　　图13-10　反相效果

（10）选择【滤镜】|【风格化】|【风】命令，参数设置和效果如图13-11所示。

（11）按下【Ctrl】+【F】组合键3次，再次执行"风"滤镜，产生风吹效果，如图13-12所示。

图13-11　应用"风"滤镜　　　　　　　　图13-12　再执行"风"滤镜3次的效果

（12）按下【Ctrl】+【I】组合键，使图像颜色反相，再按下【Ctrl】+【F】组合键执行"风"滤镜，效果如图13-13所示。

（13）选择【图像】|【旋转画布】|【90度（逆时针）】命令，将画布还原为正常状态，效果如图13-14所示。

图13-13　反相后应用"风"滤镜　　　　　　　　图13-14　旋转画布效果

（14）选择【滤镜】|【扭曲】|【极坐标】命令，在出现的"极坐标"对话框中选中"平面坐标到极坐标"选项，然后单击【确定】按钮确认，参数设置和应用效果如图13-15所示。

图13-15　应用"极坐标"滤镜

（15）将"背景 副本"图层的混合模式设置为"滤色"，并适当降低不透明度，效果如图13-16所示。

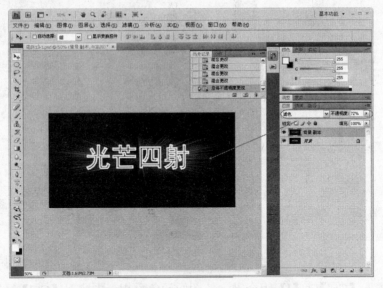

图13-16　更改混合模式和不透明度

（16）合并所有图层，然后选择【图像】｜【调整】｜【色相/饱和度】命令，调整图像的色相和饱和度，效果如图13-17所示。

图13-17　调整图像的色相和饱和度

（17）选择【图像】｜【调整】｜【亮度/对比度】命令，调整图像的亮度和对比度，参数设置和效果如图13-18所示。

图13-18　调整图像的亮度和对比度

（18）保存图像，完成制作。

范例2 绘制篮球

本例将"手工"绘制出如图13-19所示的"篮球"。

绘制思路

"篮球"的基本绘制思路是:

图13-19 篮球绘制效果

(1)新建一个白色背景的空白图像。

(2)新建一个图层并将其填充为深灰色,再使用"染色玻璃"滤镜和"浮雕效果"对其进行处理,产生篮球的纹理图案,再通过色彩平衡调整使其与篮球颜色相近。

(3)根据篮球的大小创建一个选区,删除选区外部的图像,再使用"球面化"滤镜制作球体效果。

(4)在"篮球"所在图层下方新建一个图层,并将其渐变填充为球体,再将"篮球"所在图层的混合模式设置为"叠加",制作出立体化的光照效果。

(5)新建图层,使用路径工具绘制出球纹,再对路径进行描边并删除球体外的球纹。

(6)使用"光照效果"滤镜为球体添加光泽,再适当调整球纹的亮度和对比度,即可完成一个篮球的绘制。

制作过程

本例的具体制作如下:

(1)启动Photoshop CS4,选择【文件】|【新建】命令,创建一个新建的图像文件,参数设置如图13-20所示。

(2)单击"图层"面板下方的【创建新图层】按钮 ,新建一个图层(默认名为"图层1"层)。

(3)确认当前层为"图层1"层,将前景色设置为深灰色,然后选择【编辑】|【填充】命令,用前景色填充"图层1"层,效果如图13-21所示。

图13-20 图像文件参数设置

图13-21 填充效果

(4)确认当前层为"图层1"层,选择【滤镜】|【纹理】|【染色玻璃】命令,打开"滤镜库"窗口并选中"染色玻璃"选项,参数设置和应用效果如图13-22所示。

(5)再选择【滤镜】|【风格化】|【浮雕效果】命令,打开"浮雕效果"对话框,参数设置和应用效果如图13-23所示。

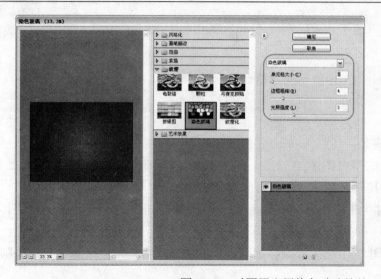

图13-22　对图层应用染色玻璃滤镜

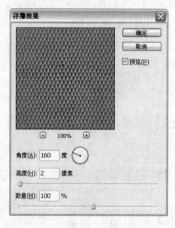

图13-23　应用"浮雕效果"滤镜

（6）选择【图像】|【调整】|【色彩平衡】命令，在出现的"色彩平衡"对话框中调节图层的色彩，参数设置和应用效果如图13-24所示。

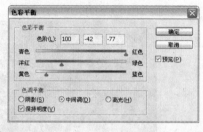

图13-24　调整图像的色彩平衡

（7）从工具面板中选择【椭圆选框工具】◎，在按住【Shift】键的同时拖动鼠标，创建一个圆形选区。再选择【选择】|【反选】命令将选区反向选择，最后按下【Delete】键清除选区内容，如图13-25所示。

（8）取消选择，然后选择【滤镜】|【扭曲】|【球面化】命令，对圆形进行球面化处理，参数设置如图13-26所示。

图13-25 创建选区并清除不需要的内容

图13-26 应用球面化滤镜

（9）将当前层设置为"背景"层，单击"图层"面板下方的【创建新图层】按钮，新建一个默认名称为"图层2"的图层，使"图层2"层位于"图层1"层（篮球图像所在的图层）的下方。

（10）隐藏"图层1"层，然后按住【Ctrl】键，单击"图层"面板中的"图层1"层，载入球体的选区。

（11）从工具面板中选择【渐变工具】，单击工具控制面板中的"渐变编辑器"色块，打开"渐变编辑器"对话框，在其中自定义渐变参数，如图13-27所示。

（12）设置渐变参数后单击【确定】按钮返回编辑状态，确认当前层为"图层2"层，在选区中拖出渐变路径，产生如图13-28所示的渐变效果。

图13-27 渐变参数设置

图13-28 在"图层2"层上渐变填充选区

（13）取消对"图层1"层的隐藏，并将其设置为当前层，再将其色彩混合模式设置为"叠加"，效果如图13-29所示。

（14）选择【图像】|【调整】|【亮度/对比度】命令，对"图层1"层的亮度和对比度进行调整，参数设置和效果如图13-30所示。

（15）单击"图层"面板下方的【创建新图层】按钮，在"图层1"层的上方创建一个默认名称为"图层3"的新图层。

图13-29 更改混合模式的效果

图13-30　调整"图层1"层的亮度和对比度

（16）从工具面板中选择【钢笔工具】 ，绘制出如图13-31所示的路径作为球纹。

（17）将前景色设置为黑色，再选择【铅笔工具】，将笔画大小设置为5px。

（18）激活"路径"面板，单击面板下面的【用前景色描边路径】图标，对路径进行描边，描边后删除工作路径，效果如图13-32所示。

（19）激活"图层"面板，按住【Ctrl】键，单击"图层"面板中的"图层1"层，载入球体的选区。

（20）选择【选择】|【反选】命令反向选择选区，再选中"图层3"层，按下【Delete】键清除球体外部的不需要的球纹，清除后取消选择，效果如图13-33所示。

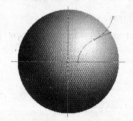
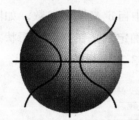

图13-31　绘制路径　　　　　图13-32　路径描边效果　　　　　图13-33　清除不需要的球纹

（21）选择【滤镜】|【渲染】|【光照效果】命令，打开"光照效果"对话框，参数设置和效果如图13-34所示。

（22）按住【Ctrl】键，用鼠标单击"图层"面板中的"图层3"层，载入球纹选区。

（23）选择【选择】|【修改】|【扩展】命令，将选区扩展3像素。

（24）选择【选择】|【修改】|【羽化】命令，将选区羽化4像素。

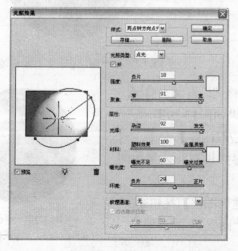

图13-34　应用"光照效果"滤镜

（25）选择【图像】|【调整】|【亮度/对比度】命令，参数设置如图13-35所示。

（26）单击【确定】按钮，再取消选择，效果如图13-36所示。

（27）合并所有图层，再选择【图像】|【调整】|【色相/饱和度】命令，根据需要适当调整图像的色相和饱和度，最终效果如图13-37所示。

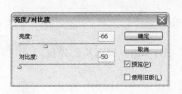
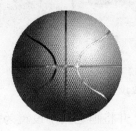

图13-35 亮度/对比度参数设置　　　图13-36 调整效果　　　图13-37 色相/饱和度调整效果

（28）保存图像，完成制作。

范例3 漫画设计

本例将使用Photoshop CS4"手绘"出如图13-38所示的"功夫小子"漫画。

设计制作思路

本例的基本设计和制作思路是：

（1）新建一个白色背景的图像文件，使用"钢笔"工具先绘制出人物的头部轮廓，在新图层上描边和填充头部。

（2）使用画笔工具绘制出人物面部的元素。

（3）用"钢笔"工具绘制衣服轮廓，然后在新图层上描边轮廓，再用画笔工具涂沫出层次感。

图13-38 "功夫小子"漫画设计效果

（4）用"钢笔"工具绘制另一支手，也在新图层上进行描边和填充处理。

（5）用同样的方法绘制其他对象。

（6）将背景层填充为蓝色，然后用画笔工具在其中绘制一些图案。

（7）对整个背景层应用"径向模糊"滤镜和"旋转扭曲"滤镜。

（8）最后添加上必要的文字即可。

制作过程

本例的具体制作如下：

（1）启动Photoshop CS4，新建一个白色背景的图像文件，参数设置如图13-39所示。

（2）单击"图层"面板下方的【创建新图层】按钮 ，新建"图层1"层。

（3）从工具面板中选择【钢笔工具】 ，在文档窗口中勾画出人物的头部轮廓，如图13-40所示。

（4）用【转换点工具】 调整线条，再用钢笔工具添加上其他需要的轮廓，如图13-41所示。

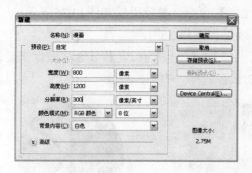

图13-39　新文件参数设置

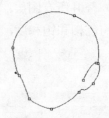

图13-40　勾画头部轮廓

（5）将前景色设置为黑色，并将画笔大小设置为1像素。

（6）激活"路径"面板，从面板菜单中选择【描边路径】命令，对路径进行描边。描边后，再删除工作路径，效果如图13-42所示。

（7）选择【魔棒工具】 ，在按住【Shift】键的同时选择头部区域。

（8）将前景色设置为C：8、M：18、Y：34、K：0，然后选择【编辑】｜【填充】命令，用前景色填充头部，效果如图13-43所示。

图13-41　调整线条并增加轮廓

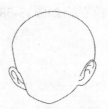

图13-42　描边效果

图13-43　头部填充效果

（9）选择【钢笔工具】 ，勾画出人物的脸部元素，并用【转换点工具】 调整线条，效果如图13-44所示。

（10）将前景色设置为黑色，并将画笔大小设置为1像素，激活"路径"面板，从面板菜单中选择【描边路径】命令，对路径进行描边。描边后，再删除工作路径，效果如图13-45所示。

图13-44　勾画脸部元素

图13-45　面部元素绘制效果

（11）再用类似的方法绘制出眼睛和嘴巴部分，绘制过程如图13-46所示。

（12）单击"图层"面板下方的【创建新图层】按钮 新建一个图层（"图层2"层），并将其移动到"图层1"层的下方。

（13）选择"图层2"层为当前层，使用【钢笔工具】绘制出身体和手的轮廓，如图13-47所示。

（14）对路径进行描边和填充，效果如图13-48所示。

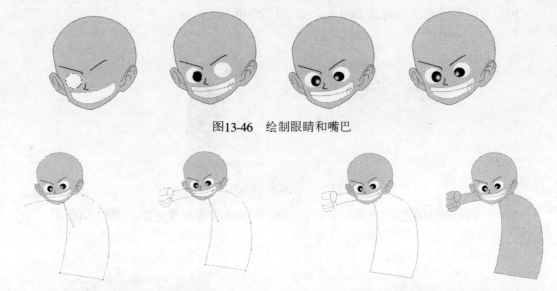

图13-46　绘制眼睛和嘴巴

图13-47　绘制身体和手

图13-48　路径描边和填充效果

（15）新建一个图层（默认为"图层3"层），在该图层上绘制出衣服部分的轮廓，再进行描边处理，如图13-49所示。

（16）将前景色设置为C：18、M：97、Y：95、K：9的红色，然后用其填充"功夫小子"的上衣，效果如图13-50所示。

图13-49　绘制衣服

图13-50　上衣填充效果

（17）将前景色设置为白色，选择【画笔】工具，在上衣上绘制一个白色的钮扣，如图13-51所示。

（18）新建一个图层，并将其移动到"衣服"所在图层的下方，先用【钢笔工具】绘制出裤子的轮廓，如图13-52所示。

图13-51　绘制钮扣

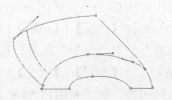

图13-52　绘制裤子的轮廓

（19）对裤子轮廓进行描边和填充，如图13-53所示。

图13-53　描边和填充裤子

（20）用同样的方法绘制出另一只手，也对其进行描边和填充，如图13-54所示。

图13-54　绘制另一只手

（21）将前景色设置为C：15、M：39、Y：61、K：0，选择【画笔】工具，将画笔大小设置为29像素，不透明度设置为35%，绘制出皮肤的阴影区域，如图13-55所示。

图13-55　绘制皮肤的阴影区域

（22）在"图层"面板中暂时关闭除"背景"层外的所有图层。

（23）选中"背景"层，将前景色设置为C：88、M：21、Y：4、K：0，用前景色填充背景层，效果如图13-56所示。

（24）将前景色设置为白色，选择【画笔工具】，将画笔大小设置为100像素，在背景层中绘制出如图13-57所示的图像。

（25）选择【滤镜】|【模糊】|【径向模糊】命令，将模糊数量设置为100，模糊方法设置为"缩放"，对"背景"层进行模糊处理，效果如图13-58所示。

（26）选择【滤镜】|【扭曲】|【旋转扭曲】命令，将"角度"设置为－236度，对背景层进行旋转扭曲，效果如图13-59所示。

（27）打开所有关闭的图层，再用【横排文本工具】输入"功夫小子"几个字，效果如图13-60所示。

图13-56 填充背景层

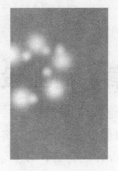

图13-57 绘制图案

图13-58 径向模糊效果

图13-59 旋转扭曲效果

图13-60 打开暂时关闭的图层并添加文字

（28）保存图像，完成制作。

举一反三训练

使用Photoshop CS4"手工"绘制如图13-61所示的几幅图像。

图13-61 训练参考图像

第14章　商业设计范例

商业作品设计是Photoshop CS4最主要，也是最实用的应用领域之一。本章将通过以下范例，驱动读者了解平面广告作品设计的特点，掌握必要的设计技巧：

- 企业标志设计。
- 灯箱广告设计。
- 海报设计。

范例1　企业标志设计

本节将使用Photoshop CS4设计制作如图14-1所示的企业标志。

设计制作思路

本例的基本设计和制作思路是：

（1）创建一个白色背景的图像文件，然后在图像窗口中显示出网格。

（2）使用多边形套索工具创建一个三角形选区，新建一个图层，将选区填充为青色。

（3）复制并水平翻转图层，然后将副本层移动到图像右侧。

（4）用洋红色填充一个矩形长条，将其放置到两个对称的三角形之间，再删除不需要的区域。

（5）输入文字并对字母"J"进行修饰。

（6）最后，隐藏网格即可完成标志的制作。

制作过程

本例的具体制作如下：

（1）启动Photoshop CS4，选择【文件】|【新建】命令新建一个白色背景的图像文件，参数设置如图14-2所示。

图14-1　企业标志设计效果

图14-2　图像文件参数设置

（2）选择【视图】|【显示】|【网格】命令，在图像窗口中显示出网格，如图14-3所示。

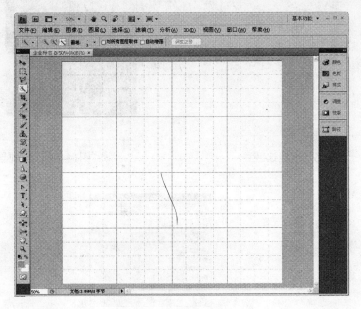

图14-3　网格显示效果

（3）选择【编辑】|【首选项】|【参考线、网格和切片】命令，打开"首选项"对话框并选中"参考线、网格和切片"选项，更改默认的网格参数，如图14-4所示。

（4）单击【确定】按钮，网格修改后的效果如图14-5所示。

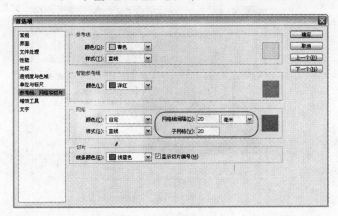

图14-4　更改网格参数

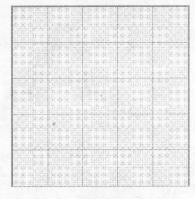

图14-5　网格参数修改后的效果

（5）选择【多边形套索工具】，参照网格创建如图14-6所示的选区。

（6）单击工具面板中的【前景色】按钮，将前景色设置为C：100%的青色，如图14-7所示。

（7）新建一个图层（默认名称为"图层1"层）用前景色填充选区，效果如图14-8所示。

（8）取消选择，在"图层"面板中复制"图层1"层，如图14-9所示。

（9）选择【编辑】|【变换】|【水平翻转】命令翻转"图层1副本"层，再用移动工具将其移动到如图14-10所示的位置。

图14-6　创建选区

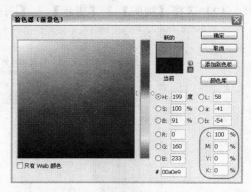

图14-7　设置前景色

图14-8　选区填充效果

图14-9　复制"图层1"层为"图层1副本"层

（10）单击工具面板中的【前景色】图标，将前景色设置为M为100%的洋红色，如图14-11所示。

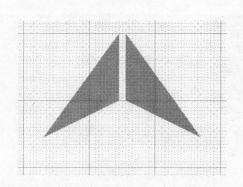

图14-10　翻转"图层1副本"层并移动位置

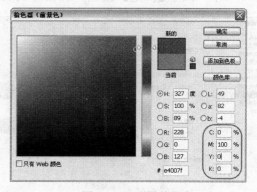

图14-11　设置前景色

（11）新建一个图层（默认为"图层2"层），在空白区域中创建一个竖向的矩形选区（宽度为2个子网格），再用前景色填充选区，如图14-12所示。

（12）取消选择，使用【移动工具】将"图层2"层移动到如图14-13所示的位置。

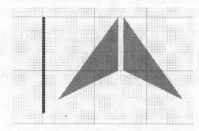

图14-12　创建并填充选区

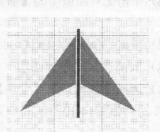

图14-13　移动"图层2"层

（13）使用【多边形套索】工具，创建如图14-14所示的三角形选区。

（14）选择【选择】｜【反向】命令反选选区，再按下【Delete】键，删除选区内容，效果如图14-15所示。

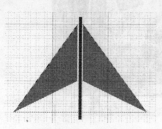

图14-14 创建选区

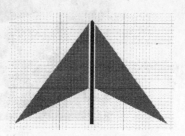

图14-15 删除多余内容

（15）选择【横排文字工具】，再选择【窗口】｜【字符】命令打开"字符"面板，在其中设置好如图14-16所示的文字参数。

（16）在标志图案的下方单击鼠标，出现文字插入点，然后输入字母"CYKJ"，如图14-17所示。

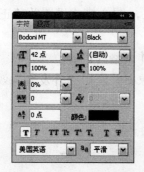

图14-16 设置文字参数

图14-17 输入文字

（17）放大图像显示比例，使用【椭圆选框工具】在字母"J"的左下角创建如图14-18所示的选区。

（18）新建一个图层（默认为"图层3"层），然后用前景色填充选区，填充后取消选择，效果如图14-19所示。

（19）选择【视图】｜【显示】｜【网格】命令隐藏网格，效果如图14-20所示。

图14-18 创建选区

图14-19 填充效果

图14-20 隐藏网格的效果

（20）保存图像，完成制作。

范例2 灯箱广告设计

本节将使用Photoshop CS4设计制作如图14-21所示的灯箱广告。

图14-21　灯箱广告制作效果

设计制作思路

本例的基本设计和制作思路是：

（1）创建一个新图像文件，将一幅作为背景的"梅花"图像复制到图像窗口中并应用
"水彩"和"拼缀图"滤镜。

（2）将"梅花"图层的"不透明度"降低到50%，混合模式设置为"正片叠底"。

（3）在"背景"层上进行"橙，黄，橙渐变"。

（4）将一幅"吉祥狮"图片添加到广告图像中并调整其色彩。

（5）将一幅"笔记本电脑"图像添加到广告图像中并应用"外发光"效果。

（6）添加并修饰广告文字。

（7）加入企业标志并进行调整。

制作过程

本例的具体制作如下：

（1）启动Photoshop CS4，选择【文件】|【新建】命令新建一个白色背景的图像文件，
参数设置如图14-22所示。

（2）打开如图14-23所示的图像，然后将其复制到新建的"灯箱广告"图像中（生成"图
层1"层），再使用【编辑】|【自由变换】命令调整好图像的大小。

图14-22　图像文件参数设置　　　　　　　图14-23　背景图层

（3）选择【滤镜】|【艺术效果】|【水彩】命令，参数设置如图14-24所示。

（4）暂不单击【确定】按钮，在"滤镜库"窗口中展开"纹理"滤镜组，选择其中的
"拼缀图"选项，参数设置如图14-25所示。

图14-24　水彩滤镜参数设置

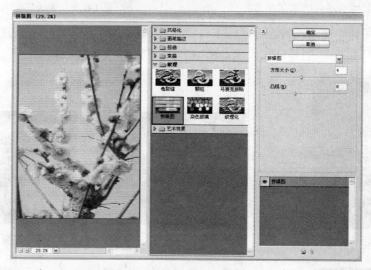

图14-25　拼缀图滤镜参数设置

（5）单击【确定】按钮，应用两个滤镜的效果如图14-26所示。

（6）将"图层1"层的"不透明度"降低到50%，如图14-27所示。

（7）将"图层1"层的混合模式设置为"正片叠底"，效果如图14-28所示。

（8）从工具面板中选择【渐变】工具，选择渐变色为"橙，黄，橙渐变"，其他参数设置如图14-29所示。

（9）在"图层"面板中选中"背景"层，从上往下拖动渐变路径，产生如图14-30所示的渐变效果。

（10）打开如图14-31所示的"吉祥狮"图片，并综合使用各种选择工具选取"狮子"部分。

图14-26　应用滤镜的效果

图14-27　降低"不透明度"

图14-28　更改图层混合模式

图14-29　设置渐变参数

图14-30　渐变效果

图14-31　打开素材图片并选取"狮子"部分

图14-32　复制图像

（11）将选区中的图像复制到"灯箱广告"图像中（生成"图层2"层），然后移动到图像左下侧，效果如图14-32所示。

（12）确认当前层为"图层2"层，激活"调整"面板，单击其中的【色阶】图标，出现"色阶"调整选项，在其中调整色阶参数，如图14-33所示。

（13）打开如图14-34所示的素材图像。

（14）选取笔记本电脑部分后将其复制到"灯箱广告"图像窗口中，然后调整好大小和位置，如图14-35所示。

（15）双击"图层"面板中"笔记本电脑"所在的图层，打开"图层样式"对话框，选择其中的"外发光"选项，参数设置如图14-36所示。

（16）设置样式参数后单击【确定】按钮，即可产生如图14-37所示的效果。

（17）选择文字工具，添加如图14-38所示的文字。

（18）激活"样式"面板，为文字添加如图14-39所示的样式。

图14-33 利用"调整"面板调整色阶

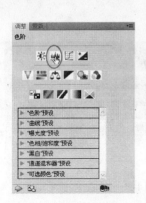

图14-34 打开素材图像

图14-35 添加"笔记本电脑"素材

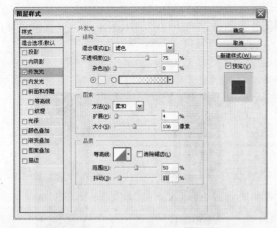

图14-36 设置"外发光"参数

图14-37 外发光效果

（19）选择【编辑】｜【自由变换】命令，对文字进行旋转，如图14-40所示。

（20）打开本章"范例1"制作的标志，隐藏其"背景"层，然后选择【选择】｜【全部】命令将图像全选，再选择【编辑】｜【合并拷贝】命令将可见层合并后的图像复制到剪贴板中，再切换到"灯箱广告"图像窗口，选择【编辑】｜【粘贴】命令将其粘贴出来。最后，调整好大小和位置，效果如图14-41所示。

图14-38　添加文字

图14-39　添加文字样式

图14-40　旋转文字

图14-41　添加标记的效果

（21）使用文字工具，在图像右下角输入"热线电话"的号码，如图14-42所示。

（22）保存图像，完成灯箱广告的制作。

（23）要预览灯箱效果，可打开一幅灯箱造型图像，然后在其中创建一个放置画面的选区，如图14-43所示。

图14-42　添加其他文字

图14-43　打开灯箱造型图像并创建选区

（24）激活"灯箱广告"图像，然后选择【选择】｜【全部】命令将图像全选，再选择【编辑】｜【合并拷贝】命令将可见层合并后的图像复制到剪贴板中，再切换到"灯箱造型"图像窗口，选择【编辑】｜【贴入】命令将其粘贴到选区中。最后，再使用【自由变换命令】调整好画面的大小和位置，最终效果如图14-44所示。

图14-44　　"灯箱广告"应用效果图

范例3　海报设计

本例将使用Photoshop CS4制作如图14-45所示的"航天科普展"海报。

设计制作思路

本例的基本设计和制作思路是：

（1）新建一个图像文件，然后在其中"手工"绘制"太空"图像，包括"飞船"、"地球"、"星星"等对象。

（2）"飞船"部分主要使用路径工具、渐变工具和画笔工具来绘制。

（3）"地球"部分主要通过"云彩"和"分层云彩"滤镜来制作雏形，再使用色彩平衡、色阶、球面化、画笔工具等进行绘制。

图14-45　　"航天科普展"海报制作效果

（4）"星星"主要是利用画笔工具来绘制的。

（5）新建一个海报图像，将"太空"图像合并拷贝到其中并对其进行修饰。

（6）添加上必要的文字内容并进行美化。

（7）最后，对背景层进行光照效果处理即可。

制作过程

下面介绍本例的具体制作过程。

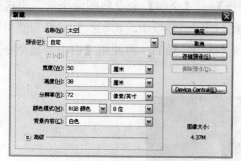

图14-46　图像文件参数设置

1. 绘制"太空"图像

首先，手工绘制一幅"太空"图像。

（1）启动Photoshop CS4，选择【文件】｜【新建】命令新建一个白色背景的图像文件，参数设置如图14-46所示。

（2）激活"图层"面板，单击面板下方的【创建新图层】按钮，新建一个默认名称为"图层1"的图层。

（3）从工具面板中选择【钢笔工具】，绘制出如图14-47所示的3个形状。

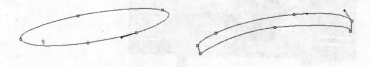

图14-47　绘制形状

（4）激活"路径"面板，单击其下方的【将路径作为选区载入】按钮，将路径分别载入选区，并存储选区。

（5）选择【渐变工具】，设置好渐变参数后，对第1个图形进行渐变，效果如图14-48所示。

（6）再使用【渐变工具】，重新设置渐变色，对第2个图形进行渐变，它和第1个图形组合后的效果如图14-49所示。

（7）再使用【渐变工具】，重新设置渐变色，对第3个图形进行渐变的效果如图14-50所示。

图14-48　渐变第1个图形　　　　图14-49　渐变效果　　　　图14-50　渐变填充第3个图形

（8）选择【钢笔工具】，绘制出"飞船"底部，并进行填充，效果如图14-51所示。

图14-51　绘制"飞船"底部

（9）选择【画笔工具】，灵活更换画笔大小和前景色，对"飞船"进行修饰，效果如图14-52所示。

（10）再使用【画笔工具】绘制"飞船"的灯具和其他部分，如图14-53所示。

图14-52 "飞船"修饰效果

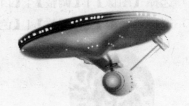

图14-53 绘制灯具和其他部分

（11）新建一个图层（默认为"图层2"层），选择【椭圆选框工具】，绘制一个将作为"地球"的圆形，如图14-54所示。

（12）选择【选择】|【存储选区】命令保存选区。

（13）选择【滤镜】|【渲染】|【云彩】命令，在选区中生成云彩效果，再选择【滤镜】|【渲染】|【分层云彩】命令，生成如图14-55所示的效果。

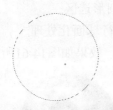

图14-54 创建圆形选区

图14-55 应用"云彩"滤镜和"分层云彩"滤镜的效果

（14）将"图层2"层拖动到"图层"面板下方的【创建新图层】按钮上，复制出"图层2 副本"层。

（15）选中"图层2"层，选择【图像】|【调整】|【自动对比度】命令适当调整图层的对比度。

（16）选择【图像】|【调整】|【自动色阶】命令自动调整图像的色阶。

（17）选择【图像】|【调整】|【色调均化】命令，重新分布图像中像素的亮度值，以便它们更均匀地呈现所有范围的亮度级。

（18）选择【图像】|【调整】|【反相】命令使图像反转。

（19）选择【图像】|【调整】|【色彩平衡】命令，参数设置如图14-56所示，将"地球"调整为天蓝色，如图14-57所示。

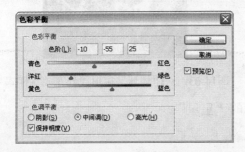

图14-56 色彩平衡参数

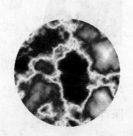

图14-57 调整效果

（20）暂时关闭"图层2"层，选择"图层2副本"层，使用【魔棒工具】选中其中的黑色区域，如图14-58所示。

（21）选择【图像】|【调整】|【自动对比度】命令自动调整图层的对比度。

（22）选择【图像】|【调整】|【色阶】命令调整图层的色阶，效果如图14-59所示。

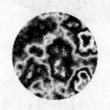

图14-58　创建选区

图14-59　色阶调整效果

（23）选择【选择】|【修改】|【收缩】命令，将选区收缩10像素左右，再选择【选择】|【羽化】命令将选区羽化10像素左右。

（24）选择【图像】|【调整】|【色彩平衡】命令，将其调整为黄绿色。

（25）开启隐藏的"图层2"层，创建如图14-60所示的圆形选区。

（26）【滤镜】|【扭曲】|【球面化】命令，对选区进行球面化处理。

（27）取消选择，使用【画笔工具】适当绘制一些阴影，效果如图14-61所示。

图14-60　创建选区

图14-61　绘制阴影

（28）在"图层"面板中将所有组成"飞船"的对象所在的图层链接起来，将组成"地球"的两个图层合并为一个图层。

（29）分别调整"地球"和链接层的位置，效果如图14-62所示。

（30）选中"背景"层，选择【渐变工具】，选择适当的颜色对背景层进行渐变填充。

（31）对合并后的"地球"所在的图层应用"外发光"样式，效果如图14-63所示。

图14-62　调整位置

图14-63　对"地球"应用"外发光"样式

（32）使用【画笔工具】绘制如图14-64所示的"星星"。

（33）保存图像。

2. 制作海报

接下来，制作出完整的海报画面。

（1）选择【文件】|【新建】命令新建一个白色背景的图像文件，参数设置如图14-65所示。

图14-64 绘制"星星"

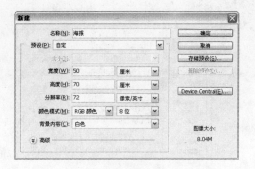

图14-65 新图像参数设置

（2）将已经制作好的"太空"图像合并拷贝到"海报"图像窗口中，并调整到如图14-66所示的位置。

（3）选择【钢笔工具】，绘制如图14-67所示的路径。

图14-66 添加"太空"图像

图14-67 绘制路径

（4）激活"路径"面板，单击面板下方的【将路径作为选区载入】按钮，将路径转换为选区，如图14-68所示。

（5）确认当前层为"图层1"层（"太空"所在图层），按下【Delete】键删除选区内容，效果如图14-69所示。

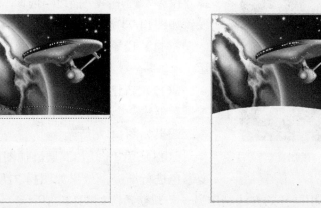

图14-68 将路径转换为选区

图14-69 删除选区内容

（6）双击"图层1"层，出现"图层样式"对话框后为"图层1"层添加投影效果，参数设置和应用效果如图14-70所示。

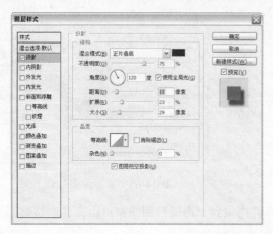

图14-70 添加投影

（7）使用【矩形选框工具】创建如图14-71所示的选区。

（8）设置前景色然后用其填充选区，参数设置和填充效果如图14-72所示。

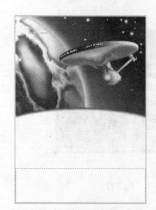

图14-71 创建选区   图14-72 填充选区

（9）选择文字工具，输入如图14-73所示的文字。

（10）双击文字图层，打开"图层样式"对话框，分别选择"投影"选项和"描边"选项，为文字图层设置效果，参数设置如图14-74所示。

（11）设置完成后单击【确定】按钮，效果如图14-75所示。

（12）新建一个图层（"图层3"层）。选择【矩形选框工具】创建一个矩形选区，并用从黄色到白色的渐变色进行填充，效果如图14-76所示。

图14-73 添加文字   （13）为"图层3"层添加图层蒙版，然后用"黑，白渐变"色进行渐变，效果如图14-77所示。

（14）用同样的方法制作另一条渐变条，如图14-78所示。

（15）选择文字工具，输入如图14-79所示的文字。

（16）再输入如图14-80所示的文字。

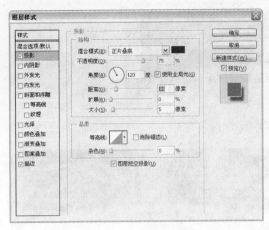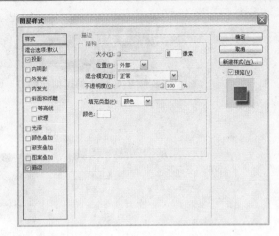

图14-74　图层样式参数设置

图14-75　文字层样式设置效果　　　　　　　　　图14-76　制作渐变条

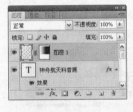

图14-77　使渐变条产生渐隐效果

图14-78　制作另一条渐变条　　　　　　　　　　图14-79　输入文字

（17）选择【图层】|【文字】|【变形文字】命令，打开"变形文字"对话框，对文字进行变形处理，参数设置和效果如图14-81所示。

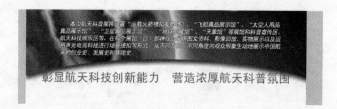

图14-80　输入文字

图14-81　文字变形效果

（18）再输入如图14-82所示的文字并使用"样式"面板中的预设样式修饰文字。

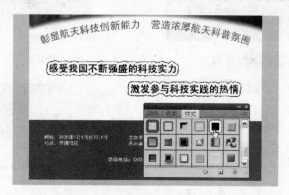

图14-82　添加文字并应用样式

（19）选择"背景"图层，选择【滤镜】|【渲染】|【光照效果】命令，在背景层上添加光照效果，参数设置和效果如图14-83所示。

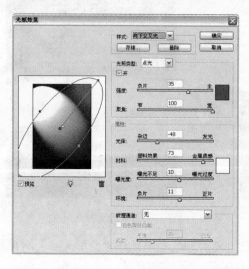

图14-83　为背景层添加光照效果

（20）保存图像，完成制作。

举一反三训练

训练1　设计POP广告

使用Photoshop CS4，为一个商场绘制一组POP广告。

训练2　设计路牌广告

使用Photoshop CS4，为一款汽车产品制作一个大型路牌广告。

训练3　网络广告

使用Photoshop CS4，为一款笔记本电脑制作一幅网络广告。

第15章 数码相片处理范例

随着数码相机的普及，数码相片后期处理已成为广大摄影爱好者和家庭用户最迫切需要掌握的技术，利用Photoshop CS4强大的画面修饰、变换和特效制作功能，可以打造出个性十足的数码相片。本章将通过以下范例初步介绍一些数码相片处理技巧：

- 制作特效照片。
- 色彩校正。
- 人造雨景。

范例1 制作特效照片

本例将使用Photoshop CS4将一幅普通照片加工为特效照片，如图15-1所示为处理前后的对比。

特效处理前

特效处理后

图15-1 相片特效处理

制作思路

本例的制作思路是：

（1）打开原图，选取面部区域，然后将其复制到一幅"砖墙"图像中。

（2）选取人像以外的区域并将其删除。

（3）关闭"背景"层后复制人像的"绿"通道，然后新建一个图层，将图层的混合模式设置为"强光"。

（4）载入"绿 副本"通道保存的选区，对"背景"层应用"挤压"滤镜。

（5）调整"图层1副本"层的混合参数，再调整"背景"层的色相和饱和度即可。

制作过程

本例的具体制作如下：

（1）启动Photoshop CS4，选择【文件】|【打开】命令，在出现的"打开"对话框中选择要处理的原始图像，然后单击【打开】按钮在新窗口中将其打开，如图15-2所示。

（2）从工具面板中选取【矩形选框工具】，在人像面部的主要区域创建一个选区，如图15-3所示。

图15-2 打开原图

图15-3 创建选区

（3）选择【编辑】｜【拷贝】命令，将选区中的图像复制到剪贴板上，然后关闭图像。

（4）打开如图15-4所示的图像。

（5）选择【编辑】｜【粘贴】命令，将剪贴板中的图像粘贴到当前图像中，并自动生成"图层1"层。

（6）激活"图层"面板，选中"图层1"层，选择【编辑】｜【自由变换】命令，在按住【Shift】键的同时，拖动控制点调整人像大小和位置，如图15-5所示。

图15-4 打开背景图像

图15-5 调整人像大小和位置

（7）选择【裁剪】工具，沿人像的边沿确定裁剪框，确认后按下【Enter】键裁剪图像，如图15-6所示。

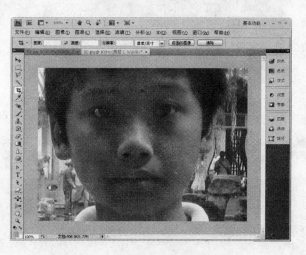

图15-6 裁剪图像

（8）综合使用各种选择工具，沿人像四周创建一个选区，如图15-7所示。

（9）选择【选择】|【修改】|【羽化】命令，将选区羽化10像素，如图15-8所示。

图15-7　创建选区　　　　　　　　　　　　　　　图15-8　羽化选区

（10）选择【选择】|【反向】命令反向选择选区，效果如图15-9所示。

（11）按下键盘上的【Delete】键将选区内容删除，效果如图15-10所示。

图15-9　将选区反向　　　　　　　　　　　　　　图15-10　选区内容删除效果

（12）在"图层"面板中暂时关闭"背景"，如图15-11所示。

（13）激活"通道"面板，将"绿"通道拖动到面板下方的【创建新通道】按钮上，复制出"绿 副本"通道，如图15-12所示。

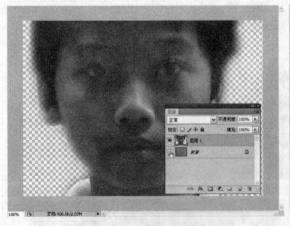

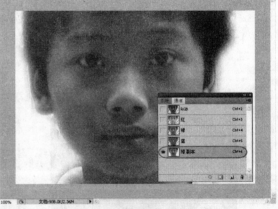

图15-11　关闭背景层　　　　　　　　　　　　　　图15-12　复制通道

（14）激活"图层"面板，将"图层1"层拖动到面板下方的【创建新图层】按钮上，复制出"图层1副本"层，如图15-13所示。

（15）选择"图层1"层，将该图层的混合模式设置为"强光"，如图15-14所示。

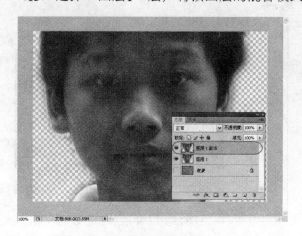

图15-13　复制图层　　　　　　　　　　　　　　图15-14　更改混合模式

（16）激活"通道"面板，在按住【Ctrl】键的同时，单击"绿 副本"通道，载入其保存的选区，如图15-15所示。

（17）激活"图层"面板，选中"背景"层，如图15-16所示。

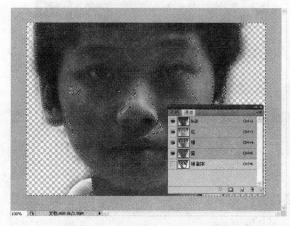

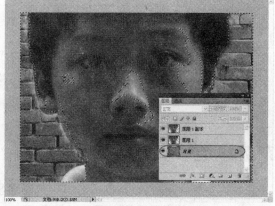

图15-15　载入"绿 副本"通道保存的选区　　　　　图15-16　选择"背景"层

（18）选择【滤镜】|【扭曲】|【挤压】命令，打开"挤压"对话框，参数设置如图15-17所示。

（19）在"图层"面板中双击"图层1副本"层，打开"图层样式"对话框，设置其混合参数，如图15-18所示。

（20）单击【确定】按钮，效果如图15-19所示。

（21）选择"背景"层，再选择【图像】|【调整】|【色相/饱和度】命令，参数设置和应用效果如图15-20所示。

（22）保存图像，完成制作。

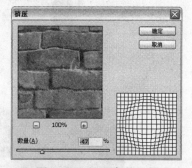

图15-17　挤压参数设置

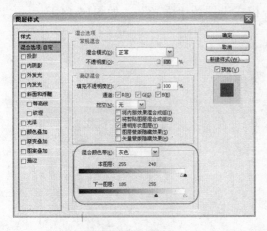

图15-18　混合参数设置

图15-19　更改混合参数的效果

图15-20　调整"背景"的色相和饱和度

范例2　色彩校正

本例将综合应用Photoshop CS4的色彩调整功能，将如图15-21（a）所示的明显偏色的数码相片进行色彩修正，修正后的效果如图15-21（b）所示。

（a）色彩修正前

（b）色彩修正后

图15-21　修正相片色彩

制作思路

本例的色彩修正思路是:

(1) 打开原始照片然后复制一个图层。

(2) 图层混合模式更改为"滤色"并适当降低不透明度。

(3) 创建一个照片滤镜调整层,调整图像的色彩。

(4) 使用"曲线"进一步调整图像色彩,完成照片色彩的修正。

制作过程

本例的具体制作如下:

(1) 启动Photoshop CS4,选择【文件】|【打开】命令,在出现的"打开"对话框中选择要处理的原始图像,然后单击【打开】按钮在新窗口中将其打开,如图15-22所示。

(2) 按下快捷键【Ctrl】+【J】创建"背景 副本"层,如图15-23所示。

图15-22 打开原始图像

图15-23 复制图层

(3) 将"背景 副本"层的图层混合模式更改为"滤色",使图像变亮,如图15-24所示。

图15-24 使图像变亮

（4）将"背景 副本"层的不透明度修改为50%，效果如图15-25所示。

图15-25　降低不透明度

（5）确认当前图层为"背景 副本"层，在"图层"面板中单击【创建填充或调整图层】按钮，从出现的菜单中选择【照片滤镜】选项，打开"照片滤镜"对话框，如图15-26所示。

图15-26　打开"照片滤镜"对话框

（6）选择"颜色"选项，将颜色设置为"红色"，将"浓度"设为18%，设置完成后即可更改图像色彩，如图15-27所示。

（7）用这种方法添加调整层后，可以在"图层"面板中看到调整的名称和位置，如图15-28所示。

图15-27　设置"照片滤镜"参数　　　　　　　　图15-28　调整层添加效果

（8）选中"背景 副本"层，选择【图像】|【调整】|【曲线】命令，打开"曲线"对话框后对图层的色彩进一步进行调整，参数设置和效果如图15-29所示。

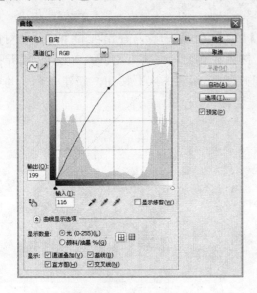

图15-29　曲线参数设置和效果

（9）保存图像完成相片的色彩修正。

范例3　人造雨景

本例将使用Photoshop CS4，将一幅照片的环境由晴天变为雨天，如图15-30所示。

图15-30　人造雨景

制作思路

本例的制作思路如下：

（1）打开原照片，新建一个图层并用黑色填充，再往图层中添加杂色。

（2）用"动态模糊"滤镜对图层进行模糊处理，然后将图层的混合模式设置为"滤色"。

（3）对图层进行色阶调整，突出"雨"的效果。

（4）新建一个图层，然后用从黑色到白色的渐变色进行填充。

（5）将图层混合模式设置为"正片叠底"并适当降低不透明度即可。

制作过程

本例的具体制作如下：

（1）启动Photoshop CS4，选择【文件】|【打开】命令，在出现的"打开"对话框中选择要处理的原始图像，然后单击【打开】按钮在新窗口中将其打开，如图15-31所示。

（2）激活"图层"面板，单击其下方的【创建新建图层】按钮，新建一个名为"图层1"的图层，如图15-32所示。

图15-31　打开原始图像　　　　　　图15-32　创建新图层

（3）将前景色设为白色，背景色设为黑色，然后用背景色填充"图层1"层。

（4）选择【滤镜】|【杂色】|【添加杂色】命令，在出现的"添加杂色"对话框中设置好杂色参数，具体设置情况和应用效果如图15-33所示。

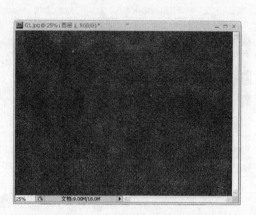

图15-33　杂色参数设置和应用效果

（5）选择【滤镜】|【模糊】|【动态模糊】命令，对图层进行模糊处理，参数设置和效果如图15-34所示。可以看到，所添加的杂点变成了雨滴。

（6）在"图层"面板上，将"图层1"的混合模式设置为"滤色"，去除"雨"中的黑色部分，效果如图15-35所示。

（7）选择【图像】|【调整】|【色阶】命令，调整"图层1"层的色阶，参数设置和效果如图15-36所示。

（39）选择【文件】｜【存储为Web和设备所用格式】命令，打开"存储为Web和设备所用格式"对话框，参数设置如图16-76所示。

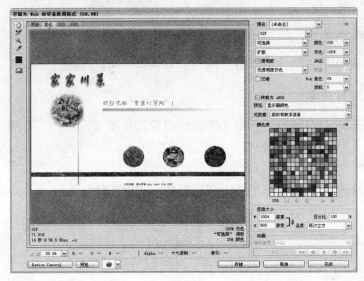

图16-76　"存储为Web和设备所用格式"对话框

（40）单击【保存】按钮，然后在出现的"将优化结果存储为"对话框中指定保存位置和文件名后，即可以Gif格式保存图像。

（41）要在网页编辑器中调用该图像，只需启动网页编辑器（如Adobe Dreamweaver CS4等），然后将保存的Gif格式的图像作为页面背景即可，如图16-77所示。随后，只需在网页编辑器中添加其他页面元素，即可完成网站首页页面的制作。

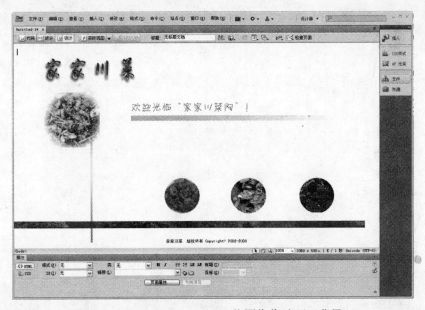

图16-77　在Dreamweaver CS4将图像作为页面背景

举一反三训练

训练1　Web按钮设计

使用Photoshop CS4制作一组用于网页的立体化按钮。

训练2　制作栏目边框

使用Photoshop CS4制作一个用于网页的栏目边框图案。

训练3　制作LOGO

使用Photoshop CS4，为一个网上书店制作一个LOGO。

第3篇

Photoshop CS4
实 训 指 导

　　Photoshop是全球公认的一流的图像处理工具，其功能十分强大，应用领域广。学习Photoshop CS4，既要熟悉软件的操作环境、主要功能和图像处理的相关知识，掌握各种工具、命令、面板的用法，学会选区的创建技巧，掌握图层、通道、蒙版等图像复合技术，更要掌握综合应用Photoshop CS4的各项功能来实现图像设计制作的技能。要实现这些目标，必须通过一系列行之有效的实训，才能真正提高动手能力和创新能力。

　　本篇将配合第1篇所介绍的知识点，安排多个实训项目。通过上机实训操作来掌握Photoshop CS4的基本功能，加深对基本概念的理解，重点学会将软件功能和创意设计需求结合起来，最终能独立创作出各种作品。

　　本篇的每个实训项目都设置有"目标"、"任务"、"过程"、"实训总结"和"思考与练习"等环节，建议读者在动手实训前，先弄清每个实训项目要实现的目标，了解实训的具体任务，明白该项实训的技术和艺术要领，然后再进行具体的实训操作。制作出作品后，请认真进行实训总结，将实际操作过程中的经验和教训记录下来，并与其他同学交流。同时，请认真解答"思考与练习"中提出的针对性极强的问题，以便举一反三。

　　本篇共安排了两章的内容，主要实训项目有：

* Photoshop CS4基础实训。
* Photoshop CS4综合实训。

第17章　Photoshop CS4基础实训

本章结合Photoshop CS4的主要知识点，重点安排以下12个强化实训项目，进行软件功能应用的基础训练：

- Photoshop CS4基本操作训练。
- 选区创建和编辑训练。
- 图像绘制和修饰训练。
- 图像编辑训练。
- 图层应用训练。
- 文字处理训练。
- 图形绘制训练。
- 图像色彩调整训练。
- 通道应用训练。
- 蒙版应用训练。
- 滤镜应用训练。
- 图像自动化处理训练。

实训1　Photoshop CS4的基本操作

要掌握使用Photoshop CS4进行图像创意设计的技能，首先应在了解Photoshop CS4用户界面的基础上进行必要的上机实训，逐步熟悉绘制图像的方法和技巧。

目标

本次上机实训将进行Photoshop CS4的基本操作训练。具体实训目标是：

（1）了解Photoshop CS4的用户界面元素。

（2）初步了解Photoshop CS4的操作方法。

过程

具体实训操作时，可以参考下面的过程：

（1）选择【开始】|【所有程序】|【Adobe Photoshop CS4】命令，启动Photoshop CS4，选择【文件】|【打开】命令打开Adobe Photoshop CS4安装文件夹下的"示例"文件夹中名为"鱼"的图像，如图17-1所示。

（2）了解主菜单栏主要菜单项的功能和基本操作。实训时可分别尝试选择各个菜单命令，然后统计菜单栏的相关信息。

（3）将鼠标指针移动到工具面板的各个工具上，先熟悉各个工具的名称，然后通过尝试，大致了解各个工具的功能。

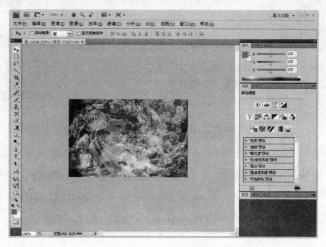

图17-1 打开名为"鱼"的图像

（4）从工具面板中选择一些工具，观察其控制面板上提供的设置选项。

（5）用各种方法调整当前图像窗口的大小。

（6）再打开3幅图像，利用【窗口】菜单中的【排列】子菜单下的【层叠】、【水平平铺】、【垂直平铺】、【排列图标】等命令来排列窗口，熟悉各个命令的功能。

（7）用各种方法在已打开的多个图像窗口中切换当前窗口。

（8）尝试使用屏幕模式显示用户界面，比较各种模式的特点。

（9）激活一个图像窗口，使用"放大镜"工具缩放图像的显示比例。

（10）利用【视图】菜单中的【放大】、【缩小】、【满画布显示】、【实际像素】、【打印尺寸】等命令缩放图像的显示比例。

（11）放大图像，然后利用滚动条或"手型"工具在图像窗口中移动显示区域。

（12）利用主界面右上角的面板图标（或使用【窗口】菜单中的相关命令）分别打开不同的面板，了解主要面板的功能。

（13）使用【文件】菜单中的【新建】命令，分别创建几个不同规格的图像文件。

（14）激活一个图像窗口，使用【图像】|【画布大小】命令，更改画布的大小。

（15）激活一个图像窗口，分别使用【图像】|【旋转画布】菜单中的子命令将画布连同其中的图像一起旋转一定的角度。

（16）激活一个图像窗口，选择【视图】|【显示标尺】命令在窗口中显示出标尺。

（17）激活一个图像窗口，在窗口中创建一系列参考线。

（18）激活一个图像窗口，选择【视图】|【显示】|【网格】命令，在窗口中显示出网格。

（19）在Photoshop CS4中选择【文件】|【浏览】命令打开Adobe Bridge CS3，先熟悉其主界面，然后利用Adobe Bridge CS3查看本地磁盘中已有的图片。

（20）如有条件，使用Photoshop CS4或Adobe Bridge CS3从数码相机和扫描仪中导入一些图像。

（21）退出Photoshop CS4。

总结

　　本次实训进行了Photoshop CS4最基本的操作训练，重点对界面元素和一些通用操作进行了练习。完成实训后，请总结出实际操作过程中的经验和教训，并与其他同学交流。

思考与练习

　　以下问题请在实际动手上机操作的基础上回答。

　　（1）在文件夹窗口中双击BMP格式的图像文件，能否启动Photoshop CS4来进行编辑？如果不能，该如何设置默认使用Photoshop CS4打开该文件？

　　（2）如何使用快捷键选择工具面板中常用的工具？

　　（3）如何设置Photoshop CS4的基本选项？

实训2　创建和编辑选区

　　选区的创建是图像处理的基础，也是一种经常性的操作。

目标

　　本次上机实训将多幅图像合成为如图17-2所示的效果图，合成时需要使用各种方法创建选区。具体实训目标是：

图17-2　图像合成效果

　　（1）了解选区的功能和意义。

　　（2）熟练掌握创建选区的基本工具及其用法。

　　（3）熟悉【选择】菜单中各个命令的功能和用法。

过程

　　具体实训操作时，可以参考下面的过程。

　　（1）启动Photoshop CS4，选择【文件】｜【打开】命令打开如图17-3所示的图像并创建一个矩形选区。

　　（2）选择【编辑】｜【拷贝】命令，将选区中的图像复制到剪贴板中。

（3）选择【文件】｜【新建】命令，将自动按剪贴板中的图像大小创建一个图像文件，其他参数设置如图17-4所示。

图17-3　打开图像并创建选区　　　　　　图17-4　新图像参数设置

（4）选择【编辑】｜【粘贴】命令，将剪贴板中的图像粘贴出来，效果如图17-5所示。

（5）选择【快速选择工具】，参数设置如图17-6所示。

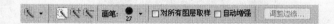

图17-5　粘贴效果　　　　　　　　图17-6　【快速选择工具】参数设置

（6）在图像窗口中拖动鼠标选择天空区域，如图17-7所示。

图17-7　选择天空区域

（7）仔细观察选区，会发现使用【快速选择工具】创建选区时，会将地面上的一些小山也包括在选区中。对此，可以在工具控制面板中单击【从选区中减去】按钮，再适当减小画笔大小，对选区进行修改，如图17-8所示。

（8）打开如图17-9所示的"天空"图像，然后选择【选择】｜【全部】命令全选图像。

图17-8　修改选区

图17-9　打开并全选图像

（9）选择【编辑】|【拷贝】命令将选区中的图像复制到剪贴板中，然后关闭"天空"图像。

（10）激活"沙漠"图像窗口，选择【编辑】|【贴入】命令将剪贴板中的图像粘贴到选区中，如图17-10所示。

（11）选择【移动工具】调整好"天空"图像的位置，效果如图17-11所示。

图17-10　在选区中贴入图像　　　　　图17-11　调整【快速选择工具】

（12）打开如图17-12所示的图像，使用【磁性套索】等工具选取其中的人物部分。

图17-12　打开图像并创建选区

（13）选择【选择】|【修改】|【羽化】命令，在出现的"羽化选区"对话框中将"羽化半径"设置为3像素，对选区进行羽化处理，如图17-13所示。

（14）选择【编辑】|【拷贝】命令将选区中的图像复制到剪贴板中，然后关闭"小孩"图像。

（15）激活"沙漠"图像窗口，选择【编辑】|【粘贴】命令将剪贴板中的图像粘贴到选区中，然后选择【编辑】|【自由变换】命令调整好人物图像的大小和位置，效果如图17-14所示。

图17-13 羽化选区　　　　　　　　　　　　图17-14 加入小孩图像

（16）打开如图17-15所示的图像，然后选择【魔术棒工具】，在图像的白色背景区域中单击鼠标，选取白色区域。

图17-15 选择背景区域

（17）按住【Shift】键，再单击当前还没有选取的背景区域，将其添加到选区中，如图17-16所示。

（18）选择【选择】|【反向】命令，反向选择图像，如图17-17所示。

图17-16 添加选择区域　　　　　　　　　　图17-17 反选选区

（19）选择【选择】|【修改】|【平滑】命令，将选区平滑2像素，如图17-18所示。

（20）再选择【选择】|【修改】|【羽化】命令，将选区羽化3像素，如图17-19所示。

图17-18 平滑选区　　　　　　　　　　　　图17-19 羽化选区

（21）选择【编辑】｜【拷贝】命令将选区中的图像复制到剪贴板中，然后关闭"螳螂"图像。

（22）激活"沙漠"图像窗口，选择【编辑】｜【粘贴】命令将剪贴板中的图像粘贴到选区中，然后选择【编辑】｜【自由变换】命令调整好"螳螂"的大小和位置，效果如图17-20所示。

图17-20　添加"螳螂"图像

（23）打开如图17-21所示的素材图像。

（24）选择【选择】｜【色彩范围】命令，用"取样吸管"吸取图像的背景区域的颜色，如图17-22所示。

 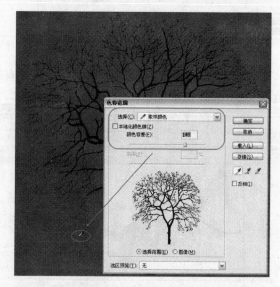

图17-21　打开素材图像　　　　　　　　图17-22　吸取图像的背景区域的颜色

（25）单击【确定】按钮，即可选取图像背景，效果如图17-23所示。

（26）选择【选择】｜【反向】命令，反向选择图像（即选择"树"部分），如图17-24所示。

（27）选择【编辑】｜【拷贝】命令将选区中的图像复制到剪贴板中，然后关闭"树"图像。激活"沙漠"图像窗口，选择【编辑】｜【粘贴】命令将剪贴板中的图像粘贴到选区中，然后选择【编辑】｜【自由变换】命令调整好"树"的大小和位置，效果如图17-25所示。

（28）打开如图17-26所示的图像。

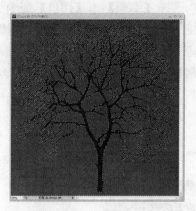

图17-23　选择图像背景

图17-24　选择"树"部分

图17-25　加入一棵树

图17-26　打开图像

（29）选择【多边形套索】工具，沿"铁树"的四周创建一个大致的选区，如图17-27所示。

（30）激活"路径"面板，单击其下方的【将选区转换为路径】图标，将选区转换为工作路径，如图17-28所示。

图17-27　创建大致的选区

图17-28　将选区转换为路径

（31）综合使用各种路径编辑工具，对路径进行调整，使之与"铁树"完全吻合，如图17-29所示。

（32）激活"路径"面板，单击其下方的【将路径作为选区载入】按钮，将路径转换为选区，即可精确选区"铁树"。

图17-29　编辑路径

（33）选择【编辑】｜【拷贝】命令将选区中的图像复制到剪贴板中，然后关闭"铁树"图像。激活"沙漠"图像窗口，选择【编辑】｜【粘贴】命令将剪贴板中的图像粘贴到选区中，然后选择【编辑】｜【自由变换】命令调整好"铁树"的大小和位置，效果如图17-30所示。

（34）保存图像，完成制作。

图17-30　加入"铁树"图像

总结

本次实训进行了选区创建和编辑的训练。实训时，涉及了大多数选择工具和选择命令的操作。完成实训后，总结实际操作过程中的经验和教训，并与其他同学交流。

思考与练习

以下问题请在实际动手上机操作的基础上回答。

（1）什么情况下适合使用【快速选择工具】创建选区？什么情况下适合使用【魔棒工具】创建选区？什么情况下适合使用【色彩范围】命令创建选区？

（2）使用路径来创建选区有何好处？

（3）如何修改选择区域？

实训3　绘制和修饰图像

图像绘制和修饰是Photoshop CS4的重要功能之一，可以利用各种绘图工具和修饰工具来"手绘"图像。

目标

本次上机实训将绘制如图17-31所示的水彩画，绘制时不使用任何素材图片。具体实训目标是：

（1）熟练掌握【画笔工具】的设置和使用方法。

（2）熟悉各种图像修饰工具的用法。

（3）初步掌握"手绘"图像的技巧。

过程

具体实训操作时，可以参考下面的过程。

（1）启动Photoshop CS4，选择【文件】|
【新建】命令，新建一个图像文件，参数设置如图
17-32所示。

（2）单击"图层"面板下方的【创建新图
层】按钮，新建一个名为"图层1"的图层。

图17-31　水彩画绘制效果

（3）将前景色设置为C：69、M：52、Y：26、K：4，背景色设置为C：28、M：17、
Y：14、K：0。

（4）选择【滤镜】|【渲染】|【云彩】命令，在"图层1"上生成云彩图案，如图17-33
所示。

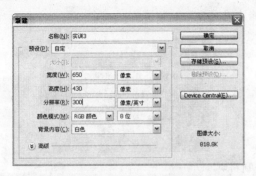

图17-32　新图像参数设置

图17-33　生成云彩图案

（5）单击"图层"面板下方的【创建新图层】按钮，新建一个名为"图层2"的图层。

（6）将前景色设置为C：54、M：43、Y：56、K：14。

（7）选择【画笔工具】 ✓.工具，设置好参数后在图像窗口中绘制出"河滩"图案，如
图17-34所示。

图17-34　绘制"河滩"

（8）将前景色更改为C：41、M：34、Y：46、K：2，再用【画笔工具】在"河滩"上
进行修饰，绘制出其阴影区域，如图17-35所示。

（9）将前景色更改为C：47、M：41、Y：72、K：14，再用【画笔工具】在"河滩"
进行进一步修饰，如图17-36所示。

（10）将前景色更改为C：57、M：46、Y：65、K：22，再用【画笔工具】在"河滩"
上绘制一些石块，如图17-37所示。

图17-35　绘制"河滩"阴影区域

图17-36　进一步修饰"河滩"

图17-37　绘制石块

（11）选择【涂抹工具】 ，设置好参数且在"河滩"上进行涂抹，如图17-38所示。

图17-38　涂抹"河滩"

（12）单击"图层"面板下方的【创建新图层】按钮，新建"图层3"层。

（13）将前景色设置为C：65、M：53、Y：38、K：12。

（14）选择【画笔工具】 ，绘制一座山的形状，如图17-39所示。

图17-39　绘制"山"

（15）更改画笔参数，绘制出山体的纹理，如图17-40所示。

图17-40 绘制山体的纹理

（16）将前景色设置为C：83、M：77、Y：47、K：46。然后设置好画笔参数后对"山"进行修饰，如图17-41所示。

图17-41 修饰山体

（17）将前景色设置为C：73、M：69、Y：55、K：56。设置好画笔参数后对山体进一步进行修饰，如图17-42所示。

图17-42 进一步修饰山体

（18）复制"图层3"层为"图层3副本"层，选择【编辑】|【变换】|【垂直翻转】命令垂直翻转"图层3副本"层，并将其下移到"山体"的正方，再将不透明度设置为65%，如图17-43所示。

（19）新建一个图层（默认为"图层5"层），将前景色设置为C：64、M：39、Y：51、K：11，再设置好画笔后绘制一些树木，如图17-44所示。

（20）将前景色设置为C：73、M：55、Y：57、K：37。更改画笔参数，绘制出树枝形状，如图17-45所示。

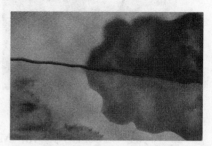

图17-43 制作山体的倒影

（21）再新建一个图层（默认为"图层6"），然后将其移动到"图层1"层的上方。

（22）将前景色设置为C：20、M：13、Y：13、K：0。更改画笔参数，绘制出水面的形状，如图17-46所示。

图17-44　绘制树木

图17-45　绘制树枝

图17-46　绘制水面

（23）将"图层1"和"图层4"层合并为一个图层，然后选择【滤镜】|【模糊】|【动感模糊】命令，将"角度"设置为90度，"模糊距离"设置为28，效果如图17-47所示。

（24）将前景色设置为白色，然后用【画笔工具】绘制出如图17-48所示的白鹭，如图17-48所示。

图17-47　动感模糊效果

图17-48　绘制白鹭

（25）将前景色设置为C：78、M：57、Y：59、K：45；背景色设置为C：56、M：35、Y：40、K：3。然后选择【画笔工具】　，设置好参数后绘制一些草，如图17-49所示。

（26）合并所有可见图层，选择【滤镜】|【艺术效果】|【水彩】命令，参数设置和效果如图17-50所示。

（27）选择【图像】|【调整】|【亮度/对比度】命令，适当调整图像的亮度和对比度，效果如图17-51所示。

图17-49　绘制"草"

图17-50　应用水彩滤镜

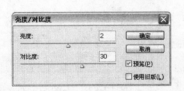

图17-51　调整图像的亮度和对比度

总结

本次实训进行了"手工"绘制图像的操作训练。实训时，涉及了大多数选择工具和选择命令的操作。完成实训后，请总结出实际操作过程中的经验和教训，并与其他同学交流。

思考与练习

以下问题请在实际动手上机操作的基础上回答。

（1）画笔的"硬度"参数对绘画效果有何影响？

（2）在设置绘画颜色时应注意把握哪些技巧？

（3）设置画笔的混合模式后会生产哪些特殊绘画效果？

实训4　编辑图像

Photoshop CS4提供了完善的图像编辑功能，可以根据需要选择【编辑】菜单中的命令来对图像进行灵活的编辑处理。

目标

本次上机实训将通过图像编辑功能，将一些素材图像合成为如图17-52所示的效果，具体实训目标是：

(1) 了解图像编辑的一般方法。

(2) 熟练掌握常用图像编辑命令的功能和用法。

(3) 初步掌握图像编辑技巧。

过程

具体实训操作时，可以参考下面的过程。

(1) 启动Photoshop CS4，选择【文件】|【新建】命令，新建一个图像文件，参数设置如图17-53所示。

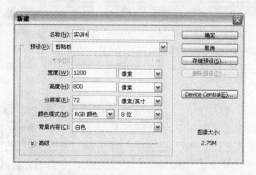

图17-52　图像编辑效果　　　　　　　　图17-53　新图像文件参数设置

(2) 单击"图层"面板下方的【创建新图层】按钮，新建一个图层，如图17-54所示。

(3) 选择【矩形选框工具】，创建如图17-55所示的选区。

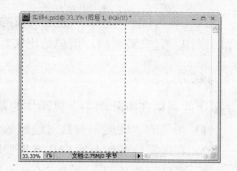

图17-54　新建图层　　　　　　　　　　图17-55　创建选区

(4) 选择【编辑】|【填充】命令，用"50%灰色"填充选区，如图17-56所示。

(5) 打开如图17-57所示的图片。

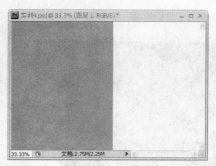

图17-56 填充选区

(6) 选择【选择】|【色彩范围】命令，选择背景区域的色彩，如图17-58所示。

(7) 选择【选择】|【反向】命令径反选选区，效果如图17-59所示。

(8) 将选区中的图像复制到新建的图像窗口中，自动创建一个名为"图层2"的图层，如图17-60所示。

(9) 选择【编辑】|【自由变换】命令，调整好图像的大小和位置，如图17-61所示。

图17-57 打开图片

图17-58 选择背景区域

(10) 将"图层2"的混合模式设置为"线性光"，不透明度设置为64%，如图17-62所示。

(11) 新建一个名为"图层3"的图层，然后创建如图17-63所示的椭圆选区。

(12) 选择【选择】|【羽化】命令，将选区羽化20像素，如图17-64所示。

(13) 打开如图17-65所示的图像，将其全部选择后复制到剪贴板中，再将其贴入选区中。

图17-59 反选选区

图17-60 复制图像

图17-61 变换图像

图17-62 设置混合模式和不透明度

图17-63 新建图层并创建选区

图17-64 羽化选区

（14）新建一个图层（默认为"图层5"层），然后在其中创建一个圆形选区，如图17-66所示。

（15）选择【编辑】|【描边】命令，为选区描边，如图17-67所示。

（16）在选区中贴入一幅图像并调整好大小和位置，如图17-68所示。

（17）用同样的方法创建另两个圆形并贴入图像，效果如图17-69所示。

图17-65　在选区中贴入图像

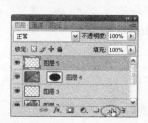

图17-66　创建选区

图17-67　描边参数设置

图17-68　贴入图像

（18）选择文字工具，输入"花之苑"3个字，然后用"样式"面板中的样式进行修饰，效果如图17-70所示。

图17-69　创建另两个圆形　　　　　　　　　　图17-70　添加并修饰文字

（19）保存图像，完成制作。

总结

本次实训进行了图像编辑的操作训练。完成实训后，请总结出实际操作过程中的经验和教训，并与其他同学交流。

思考与练习

以下问题请在实际动手上机操作的基础上回答。

（1）【变换】命令和【自由变换】命令的区别是什么？它们分别适用于何种场合？

（2）使用【贴入】命令粘贴图像的好处是什么？

（3）填充图像的方式有哪些？

实训5   图层及其管理

图层是启动Photoshop CS4的灵魂，只有熟练掌握图层的操作，方能制作出较为复杂的图像效果。

目标

本次上机实训将制作如图17-71所示的创意画，其中涉及了多个图层的处理。具体实训目标是：

图17-71   创意画制作效果

（1）深刻理解图层的功能和用途。

（2）熟练掌握"图层"面板的使用方法。

（3）掌握图层的创建、编辑和管理功能。

（4）初步掌握图层的应用技巧。

过程

具体实训操作时，可以参考下面的过程。

（1）启动Photoshop CS4中文版，按【Ctrl】+【O】组合键，从出现的"打开"对话框中选择打开如图17-72所示的图片。

（2）再打开一幅"自由女神"图像，并将"自由女神"部分选取，如图17-73所示。

图17-72 打开作为图像背景的图像

图17-73 打开图像并创建选区

（3）将选取的"自由女神"图像复制到背景图像中，即可创建一个名为"图层1"的图层，如图17-74所示。

（4）调整好"自由女神"图像的大小和位置，如图17-75所示。

图17-74 复制图像生成的图层

图17-75 调整图层大小和位置

（5）打开如图17-76所示的图像，将除背景外的部分选取。

（6）将选区中的图像复制到要编辑的图像窗口中，生成"图层2"层，如图17-77所示。

（7）同时选中"图层1"和"图层2"层，然后将它们链接起来，如图17-78所示。

（8）选中链接图层中的任意一个图层，选择【编辑】|【自由变换】命令，即可对两个图层同时进行变换，如图17-79所示。

（9）选取"图层2"层，从"图层"面板菜单中选择【向下合并】命令，将"图层2"和"图层1"层合并为一个图层，如图17-80所示。

（10）如果要将所有图层合并为"背景"层，只需选择【图层】|【拼合图像】命令即可，拼合效果如图17-81所示。

（11）双击"背景"层，将打开如图17-82所示的"新建图层"对话框，输入图层名称后单击【确定】按钮，即可将"背景"层转换为普通层。

（12）新建一个图层，然后选择【渐变】工具，在工具控制面板中将渐变色设置为"橙，黄，橙渐变"，然后对"图层1"层进行渐变填充，如图17-83所示。

图17-76　打开图像并创建选区

图17-77　复制图像

图17-78　链接图层

图17-79　同时变换两个图层

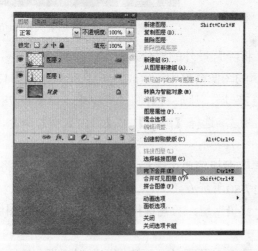

图17-80·合并图层

（13）将"图层1"层的不透明度降低，效果如图17-84所示。

（14）更改"图层1"层的混合模式为"正片叠底"，效果如图17-85所示。

图17-81　拼合图像

图17-82　"新建图层"对话框

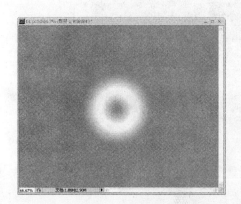

图17-83　渐变图层

图17-84　降低不透明度

图17-85　更改"图层1"层的混合模式

　　（15）单击"图层"面板中的【添加填充层和调整层】图标，从出现的菜单中选择【色阶】命令，创建一个色阶调整层，如图17-86所示。

　　（16）在"调整"面板中调整色阶参数，如图17-87所示。

图17-86　创建色阶调整层

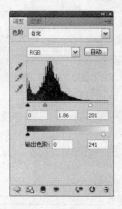

图17-87　调整色阶参数

（17）选择【横排文字工具】输入需要的文字，按下数字键盘上的【Enter】键后，即可创建一个文本层，如图17-88所示。

图17-88　添加文字

（18）选定文本层，单击"图层"面板下方的【添加图层样式】按钮，从出现的菜单中选择【投影】命令，打开"图层样式"对话框并选中"投影"选项，如图17-89所示。

（19）选中"外发光"选项，再设置好"外发光"参数，单击【确定】按钮，即可对图层应用两个图层效果，如图17-90所示。

（20）保存图像，完成制作。

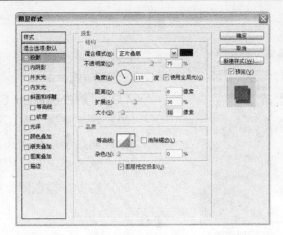

图17-89 设置"投影"选项

图17-90 为文本层添加图层效果

总结

在本次实训进行了图层操作和图层管理的综合训练。完成实训后，总结实际操作过程中的经验和教训，并与其他同学交流。

思考与练习

以下问题请在实际动手上机操作的基础上回答。

（1）图像编辑处理时，分层管理的好处是什么？

（2）"图层"面板菜单和【图层】菜单中的命令有哪些完全相同？

（3）如何快速调整图层的排列顺序？

（4）复制图层的方法有哪些？

实训6 文字处理

文字是大多数图像中不可缺少的元素，Photoshop CS4具有丰富的文字编辑处理功能，为创建各种文字效果提供了保障。

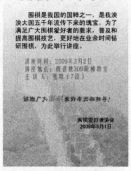

图17-91　海报制作效果

目标

本次上机实训将制作如图17-91所示的海报，其中用到了大量文字处理功能。具体实训目标是：

（1）了解Photoshop CS4的文字功能。

（2）熟练掌握文字工具的用法。

（3）熟悉字符格式和段落格式的设置方法。

（4）熟悉文字图层的处理方法。

（5）初步掌握在图像中处理文字的技巧。

过程

具体实训操作时，可以参考下面的过程。

（1）启动Photoshop CS4，选择【文件】｜【新建】命令新建一个图像文件，参数设置如图17-92所示。

（2）单击工具面板中的【前景色】图标，在出现的"拾色器"对话框中设置前景色，如图17-93所示。然后，再将背景色设置为白色。

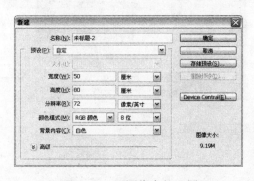

图17-92　新图像参数设置

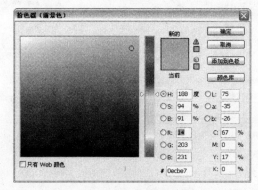

图17-93　前景色参数设置

（3）从工具面板中选择【渐变】工具，选择"前景色到背景色渐变"，其余参数设置如图17-94所示。

图17-94　渐变参数设置

（4）从下往上拖出渐变路径，对"背景"图层进行渐变填充，如图17-95所示。

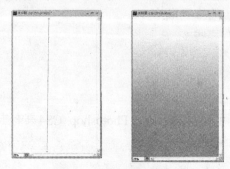

图17-95　渐变填充图层

（5）打开如图17-96所示的图像，并将其复制到"海报"图像窗口中，效果如图17-97所示。

图17-96 素材图像

图17-97 复制图像

（6）使用【自由变换】命令调整好图像的大小和位置，如图17-98所示。

（7）选取"长城"图像的天空部分，然后按【Delete】键将其删除，删除后取消选择，效果如图17-99所示。

图17-98 变换图像

图17-99 删除"天空"区域

（8）单击"图层"面板中的【添加图层蒙版】图标，为"图层1"层添加图层蒙版，如图17-100所示。

（9）选择【渐变】工具，将渐变色设置为"黑，白渐变"，在图像中拖出渐变路径，产生如图17-101所示的渐隐效果。

（10）选择【横排文字工具】，在工具控制面板中设置好如图17-102所示的参数。

（11）在图像中单击鼠标出现文字插入点，然后输入如图17-103所示的文字。输入后按数字键盘区中的【Enter】键确认。

（12）激活"样式"面板，对文字层应用"彩虹"样式，如图17-104所示。

（13）再选择【横排文字工具】，在图像窗口中拖出如图17-105所示的文字框。

（14）选择【窗口】|【字符】命令，打开"字符"面板，设置字符参数，如图17-106所示。

图17-100　添加图层蒙版

图17-101　渐隐效果

图17-102　文字参数设置

图17-103　输入文字

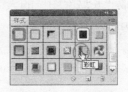

图17-104　为文字层添加样式

图17-105　拖出文字框

图17-106　设置字符参数

（15）切换到"段落"面板，设置文字的段落参数，如图17-107所示。

（16）设置好参数后输入如图17-108所示的文字内容。

图17-107 设置段落参数 图17-108 输入文字内容

（17）单击"图层"面板下方的【添加图层样式】按钮，从出现的菜单中选择【投影】命令，为文字层添加投影效果，如图17-109所示。

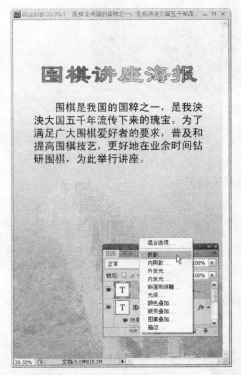

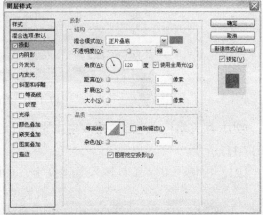

图17-109 添加投影效果

（18）继续添加如图17-110所示的文字内容。

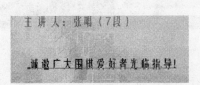

图17-110 添加其他文字

（19）选中文字图层，利用文字工具的控制面板更改文字参数，如图17-111所示。

图17-111　更改文字参数

（20）从文字行中选中要更改格式的个别文字，利用文字工具的控制面板更改文字参数，如图17-112所示。

（21）再使用文字工具输入其他文字，如图17-113所示。

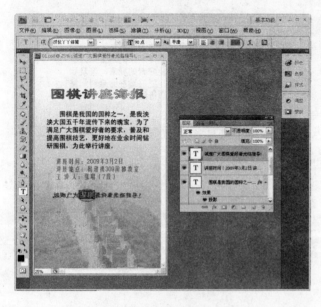

图17-112　修改个别文字的参数

图17-113　输入其他文字

（22）保存图像，完成制作。

总结

本次实训进行了Photoshop CS4的文字处理训练。完成实训后，总结实际操作过程中的经验和教训，并与其他同学交流。

思考与练习

以下问题请在实际动手上机操作的基础上回答。

（1）文字蒙版工具的用途是什么？

（2）如何设置文本图层的样式？

（3）如何对齐多个段落中的文字？

（4）文字处理的常用技巧有哪些？

实训7 绘制矢量图形

Photoshop CS4不但可以处理位图图像，还可以使用路径工具和形状工具来绘制矢量图形，也能较灵活地对矢量图形进行编辑处理。

目标

本次上机实训将绘制如图17-114所示的矢量图形——护士。具体实训目标是：

图17-114 "护士"绘制效果

（1）了解矢量图形的特点和一般绘制过程。

（2）熟练掌握路径的绘制和编辑方法。

（3）熟悉"路径"面板的操作应用方法。

（4）初步掌握矢量图形的绘制技巧。

过程

具体实训操作时，可以参考下面的过程。

（1）启动Photoshop CS4，新建一个图像文件。

（2）单击"图层"面板下方的【创建新图层】按钮，新建一个图层。

（3）从工具面板中选择【钢笔工具】 ，绘制出"护士"的头部轮廓，如图17-115所示。

（4）再次选择【钢笔工具】 ，绘制出"护士"的身体部分，如图17-116所示。

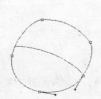

图17-115 绘制头部轮廓

图17-116 绘制身体部分

（5）选择【铅笔工具】，将画笔大小设置为**3px**，然后对路径进行描边，再将路径填充为白色，效果如图17-117所示。

（6）新建一个图层，绘制一个输液瓶，然后用黑色描边1像素，再对其进行渐变填充，效果如图17-118所示。

图17-117　描边和填充路径　　　　　　　　图17-118　绘制并填充图形

（7）使用【钢笔工具】，绘制出输液管线并进行描边，如图17-119所示。

（8）将前景色设置为**C：7、M：30、Y：54、K：0**，然后用前景色填充面部和手部，效果如图17-120所示。

图17-119　绘制输液管　　　　　　　　图17-120　填充面部和手部

（9）选择【椭圆选框工具】，绘制出眼睛部分并进行填充，如图17-121所示。

（10）用【椭圆选框工具】、【矩形选框】工具绘制"护士"的其他部分并填充上颜色。

（11）选择【画笔工具】，设置好画笔和前景色后对"护士"进行修饰，最后的效果如图17-122所示。

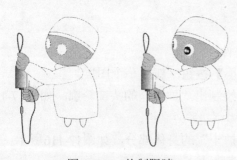

图17-121　绘制眼睛　　　　　　　　图17-122　修饰图像

（12）保存图像，完成制作。

总结

本次实训进行了路径绘制和编辑的操作实训。完成实训后，总结实际操作过程中的经验和教训，并与其他同学交流。

思考与练习

以下问题请在实际动手上机操作的基础上回答。

（1）路径的功能有哪些？常用的路径工具有哪几种？各有何功能？

（2）如何精细地调整路径的形状？

（3）如何实现路径和选区的互换？

实训8　调整图像色彩

图像的色彩是图像表现的关键，利用【图像】｜【调整】菜单中的命令和"调整"面板，都可以进行色彩调整。

目标

本次上机实训将制作如图17-123所示的创意画，具体实训目标是：

图17-123　创意画制作效果

（1）了解图像的重要性。

（2）熟悉Photoshop CS4的色彩功能。

（3）熟练掌握色彩的调整方法。

（4）初步掌握图像色彩调整的技巧。

过程

具体实训操作时，可以参考下面的过程。

（1）启动Photoshop CS4中文版，按【Ctrl】＋【O】组合键，从出现的"打开"对话框中选择打开如图17-124所示的图片。

（2）选择【图像】｜【调整】｜【亮度/对比度】命令调整图片的亮度/对比度，如图17-125所示。

（3）利用"调整"面板添加一个"色阶"调整层，并调整图像的色阶，如图17-126所示。

（4）选择【椭圆选框工具】，创建如图17-127所示的选区。

（5）利用"调整"面板添加一个"色彩平衡"调整层，并调整图像的色彩，如图17-128所示。

图17-124　打开原始图像

图17-125　调整图片的亮度/对比度

图17-126　调整图像的色阶

图17-127　创建选区

（6）在按住【Ctrl】键的同时单击"图层"面板中的"图层蒙版缩览图"，载入蒙版保存的选区，如图17-129所示。

（7）利用"调整"面板添加一个"照片滤镜"调整层，并设置如图17-130所示的参数。

（8）选中"背景"层，选择【图像】|【调整】|【色相/饱和度】命令，调整背景层的色相/饱和度，参数设置和效果如图17-131所示。

（9）保存图像，完成制作。

图17-128 色彩平衡调整

图17-129 载入蒙版保存的选区

图17-130 添加照片滤镜

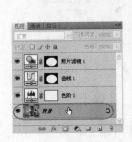

图17-131　调整背景层的色相/饱和度

总结

本次实训进行了色彩调整的训练。完成实训后，总结实际操作过程中的经验和教训，并与其他同学交流。

思考与练习

以下问题请在实际动手上机操作的基础上回答。

（1）图像色彩调整的方式有哪些？各有何不同？

（2）如何合理选择色彩调整命令？

（3）"调整"面板的应用技巧有哪些？

实训9　应用通道

通道是Photoshop中一个较难的概念，只有通过实践操作，才能理解通道的意义，掌握其应用方法。

目标

本次上机实训将一幅"白天"环境下的照片转换为"黑夜"环境下的照片，如图17-132所示。具体实训目标是：

图17-132　图像变换前后的对比

（1）理解通道的含义。

（2）熟悉"通道"面板的基本操作。

（3）初步掌握"通道"计算的方法。

（4）初步掌握通道的应用技巧。

过程

具体实训操作时，可以参考下面的过程。

（1）启动Photoshop CS4，选择【文件】|【打开】命令，打开如图17-133所示的素材图片。

（2）激活"图层"面板，将"背景"层拖动到面板下方的【创建新图层】图标上，创建出"背景 副本"层，然后将"背景"层暂时关闭，如图17-134所示。

图17-133 打开原图 　　　　　　图17-134 创建新图层

（3）选中"背景 副本"层，选择【图像】|【调整】|【反相】命令使图像颜色反相，如图17-135所示。

图17-135 反相图层

（4）选择【图像】|【调整】|【色相/饱和度】命令，调整图像的饱和度，参数设置和效果如图17-136所示。

（5）选择"背景 副本"层，选择【图像】|【调整】|【应用图像】命令，打开"应用图像"对话框，参数设置如图17-137所示。设置好参数后单击【确定】按钮确认。注意其中的"通道"选项设置。

图17-136　调整图像的饱和度

图17-137　应用图像参数设置

（6）选择【图像】|【调整】|【色阶】命令，对图像进行色阶调整，参数设置和效果如图17-138所示。

（7）选择"背景　副本"图层，切换到"通道"面板，按住【Ctrl】键的同时单击"绿"通道，载入其选区，然后进行"色相/饱和度"调整，如图17-139所示。

（8）按住【Ctrl】键的同时单击"红"通道，载入其选区，然后进行"曝光度"调整，如图17-140所示。

图17-138　色阶调整

（9）保持选择，再进行"色相/饱和度"调整，如图17-141所示。

（10）为"背景·副本"层创建图层蒙版，然后选择黑色画笔在各房间的窗口处涂沫，显示出"背景"层的内容，生产出灯光效果，如图17-142所示。

（11）保存图像，完成制作。

总结

本次实训进行了通道操作训练。完成实训后，请总结出实际操作过程中的经验和教训，并与其他同学交流。

图17-139　调整色相/饱和度

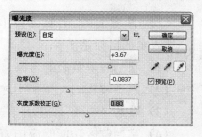

图17-140　调整曝光度

图17-141　调整色相/饱和度

图17-142　制作灯光效果

思考与练习

以下问题请在实际动手上机操作的基础上回答。

（1）如何正确理解通道？

（2）通道和选区有何关系？

（3）在通道中可以使用哪些图像处理命令？不能使用哪些图像处理命令？

实训10　应用蒙版

蒙版也是Photoshop CS4的一个重要含义，它主要用于遮蔽被保护的区域，使受保护的区域能免受任何编辑操作的影响。

目标

本次上机实训将制作如图17-143所示的创意画，具体实训目标是：

（1）深刻理解蒙版的含义。

（2）熟悉蒙版的类型和用途。

（3）熟悉"蒙版"面板的基本操作方法。

（4）掌握蒙版功能的应用方法。

图17-143　创意画制作效果

（5）初步掌握蒙版的添加、设置和应用技巧。

过程

具体实训操作时，可以参考下面的过程。

（1）启动Photoshop CS4中文版，按【Ctrl】+【O】组合键，从出现的"打开"对话框中选择打开如图17-144所示的3幅图片。

图17-144 原始图像

（2）将第1幅素材图片拖到第2幅素材图片中，如图17-145所示。

（3）单击图层面板下方的【添加图层蒙版】按钮 ◙，为"图层1"层添加图层蒙版，如图17-146所示。

图17-145 在第2幅素材图片加入第1幅素材图片

图17-146 添加图层蒙版

（4）从工具箱中选择【渐变工具】 ▣，设置好渐变参数，如图17-147所示。

（5）在图中拖出渐变路径，产生一种渐隐效果，使"背景"层中的部分内容显示出来，如图17-148所示。

（6）将第3幅素材图片拖动到第2幅图中，然后调整好大小和位置，如图17-149所示。

（7）选择【图层】|【添加图层蒙版】|【显示全部】命令，在"图层2"上添加图层蒙版，如图17-150所示。

图17-147　渐变参数设置

图17-148　制作渐隐效果

图17-149　加入第3幅素材图片

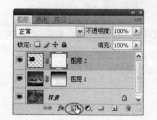

图17-150　在"图层2"上
添加图层蒙版

（8）选择【画笔工具】✎，设置好工具的属性参数，然后用黑色的画笔在蒙版上涂抹，去除图像背景并将"鸡脚"部分隐藏在云层中，如图17-151所示。

（9）用移动工具适当调整各图层的位置，效果如图17-152所示。

（10）保存图像，完成制作。

图17-151　在蒙版上涂抹不需要的内容

图17-152　调整图层位置

总结

　　本次实训进行了蒙版操作的训练。完成实训后，总结实际操作过程中的经验和教训，并与其他同学交流。

思考与练习

　　以下问题请在实际动手上机操作的基础上回答。

　　（1）蒙版主要用于哪些场合？

　　（2）图层蒙版和通道蒙版的区别是什么？

　　（3）在哪些情况下会用到矢量蒙版？

实训11　应用滤镜

　　滤镜是表现创意，制作图像特效最简单有效的工具。Photoshop CS4提供了大量滤镜，必须通过实践操作，才能熟悉这些滤镜的参数设置和应用技巧。

目标

　　本次上机实训将一幅普通人物图像制作为"水上行走"的夸张效果，如图17-153所示。具体实训目标是：

　　（1）理解滤镜的重要作用。

　　（2）熟悉常用滤镜的功能。

　　（3）掌握应用和设计滤镜的各种方法。

　　（4）初步掌握滤镜的应用技巧。

图17-153　创意图像制作效果

过程

　　具体实训操作时，可以参考下面的过程。

　　（1）启动Photoshop CS4，打开如图17-154所示的图像并在其中创建一个矩形选框。

（2）选择【编辑】｜【拷贝】命令，将选区中的图像复制到剪贴板中。

（3）选择【文件】｜【新建】命令，出现如图17-155所示的"新建"对话框，其中的图像尺寸与剪贴板中的图像尺寸相同。

图17-154　打开图像并创建选框

图17-155　"新建"对话框

（4）在"新建"对话框中适当增加图像的高度，如图17-156所示。

（5）单击【确定】按钮新建一个图像文件。

（6）选择【编辑】｜【粘贴】命令，将剪贴板中的图像粘贴到新的图像窗口中，然后使用【移动】工具将图像移动到如图17-157所示的位置。

图17-156　增加图像高度

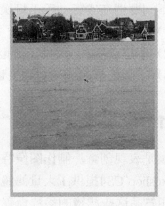

图17-157　粘贴并移动图像

（7）在图像中创建如图17-158所示的选区。

（8）选择【选择】｜【修改】｜【羽化】命令，参数设置如图17-159所示。

图17-158　创建选区

图17-159　羽化参数设置

（9）选择【编辑】|【拷贝】命令，将选区中的图像复制到剪贴板中。再选择【编辑】|【粘贴】命令，将剪贴板中的图像粘贴到新的图像窗口中，然后使用【移动】工具将图像移动到如图17-160所示的位置。

（10）单击"图层"面板下方的【添加图层蒙版】按钮，为当前层创建图层蒙版，如图17-161所示。

图17-160　复制图像

图17-161　添加图层蒙版

（11）选择【渐变】工具，将渐变色设置为"黑，白渐变"，然后在图像中两个图层的交界处拖出渐变路径，使两个图层能较好地融合在一起，如图17-162所示。

（12）在"图层"面板中单击"图层2"层的"图层缩览图"将其激活，如图17-163所示。

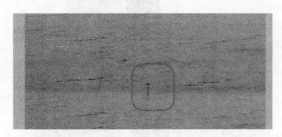

图17-162　对蒙版进行渐变

图17-163　激活图层缩览图

（13）选择【图像】|【调整】|【曲线】命令，调整"图层2"层的色彩，使之与"图层1"层完全融合，如图17-164所示。

（14）选择【文件】|【打开】命令，打开如图17-165所示的图像。

（15）使用【磁性套索工具】，勾勒出图中人物部分的轮廓，如图17-166所示。

（16）将选区中的人物复制到"水面"图像上，如图17-167所示。

（17）使用【自由变换】命令调整"人物"的大小和位置，如图17-168所示。

（18）选择【图像】|【调整】|【色阶】命令，对"人物"图层的颜色进行调整，如图17-169所示。

（19）在"图层"面板上将"人物"图层（本例为"图层3"层）拖动到面板下方的【创建新图层】按钮上，复制出"图层3 副本"层，如图17-170所示。

（20）选择【编辑】|【变换】|【垂直翻转】命令，将人物部分翻转，再使用【移动工具】将"图层3 副本"层移动到"图层3"层中人物的下方，如图17-171所示。

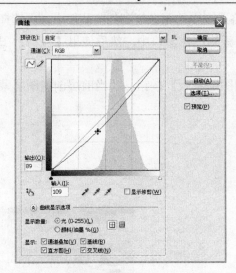

图17-164   调整"图层2"层的色彩

图17-165   打开人物图像

图17-166   选取人物

图17-167   复制图像

图17-168   调整人物的大小和位置

（21）将"图层3 副本"层进行自由变化，使人物的倒影部分的高度适当压缩，如图17-172所示。

（22）在"图层"面板中选中"图层2"层，从面板菜单中选择【向下合并】命令，将"图层2"和"图层1"层合并为一个图层。

（23）选中"水面"背景所在图层（"图层1"）层，用【椭圆选框工具】以人物的底部为中心，绘制一个椭圆选区，如图17-173所示。

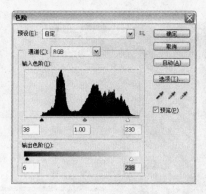

图17-169　调整"人物"图层的颜色　　　　　　图17-170　复制图层

图17-171　垂直翻转并移动图层

图17-172　改变倒影的高度　　　　　　　　图17-173　创建选区

（24）选择【滤镜】|【扭曲】|【水波】命令，参数设置和效果如图17-174所示。

（25）取消选择，然后在"图层"面板上选中"倒影"所在图层（"图层3 副本"层），将"不透明度"降为35%左右，效果如图17-175所示。

（26）保存图像，完成实训操作。

总结

本次实训进行了滤镜应用的操作训练。完成实训后，总结实际操作过程中的经验和教训，并与其他同学交流。

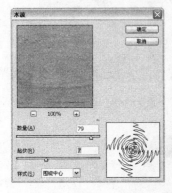  

图17-174 应用"水波"滤镜   图17-175 降低不透明度

思考与练习

以下问题请在实际动手上机操作的基础上回答。

（1）使用"滤镜库"能运行哪些滤镜？"滤镜库"是如何进行滤镜管理的？

（2）设置滤镜参数时，应注意哪些事项？

实训12 图像自动化处理

Photoshop CS4提供了一些自动处理图像的功能，合理应用这些功能，可以提高图像处理的效率和质量。

目标

本次上机实训的目标是：

（1）了解Photoshop CS4的主要自动化图像处理功能。

（2）熟练掌握"动作"面板的操作方法。

（3）熟悉创建和应用"自定义动作"的方法和技巧。

过程

具体实训操作时，可以参考下面的过程。

1. 使用内置动作

首先，进行内置动作的操作训练。

（1）启动Photoshop CS4，打开如图17-176所示的图片。

（2）激活"动作"面板，然后单击面板右上角的小三角按钮，从出现的面板菜单中选择【画框】选项，载入"画框"动作组，如图17-177所示。

（3）展开"画框"动作组，从中选择名为"拉丝铝画框"的动作，如图17-178所示。

图17-176 打开图片

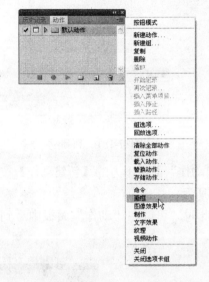

图17-177 载入"画框"动作组

图17-178 选择动作

（4）单击面板下方的【播放】按钮▶，稍后便将自动生成如图17-179所示的画框效果，从"图层"面板中可以看出，在执行动作时自动生成了两个图层并应用了图层效果。

图17-179 运行动作的效果

（5）保存图像，完成制作。

2. 使用自定义动作

下面再进行自定义动作的操作训练。

（1）启动Photoshop CS4，打开如图17-180所示的图片。

（2）使用快捷键【Ctrl】+【J】复制一个"背景 副本"层，并选择"背景 副本"层为当前层。

（3）激活"动作"面板，单击【新建组】按钮，新建一个名为"自定义动作"的动作组，如图17-181所示。

图17-180　原图　　　　　　　　　　　　　图17-181　新建动作组

（4）选定新建的"自定义动作"动作组，单击"动作"面板下方的【新建动作】按钮，创建一个名为"钢笔画效果"的新动作，如图17-182所示。

（5）单击【记录】按钮，即可开始记录动作。此时，可以在"动作"面板中看到，其下方的【记录】按钮处于激活状态，如图17-183所示。

图17-182　新建动作　　　　　　　　　　　图17-183　开始记录动作

（6）选择【图像】|【调整】|【阈值】命令，打开"阈值"对话框，参数设置如图17-184所示。

（7）单击【确定】按钮，即可将彩色图像转换为高对比度的图像。此时，可以在"动作"面板中看到新记录的名为"阈值"的步骤，如图17-185所示。

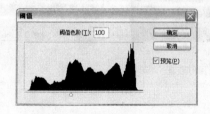

图17-184　设置"阈值"　　　　　　　　　图17-185　第1个动作步骤的记录效果

（8）选择【滤镜】｜【画笔描边】｜【喷溅】命令，参数设置如图17-186所示。

图17-186 "喷溅"滤镜参数设置

（9）单击【确定】按钮，即可按设置的参数应用"喷溅"滤镜，并在"动作"中记录一个操作步骤，如图17-187所示。

（10）要结束动作的记录，只需单击"动作"面板下方的【停止】按钮，如图17-188所示。

图17-187 应用"喷溅"滤镜的效果

图17-188 结束动作的记录

（11）打开另一幅图像，展开"动作"面板中的"自定义动作"组，选择其中的"钢笔画效果"动作，再单击【播放】按钮，即可执行动作将新打开的图像快速制作为钢笔画效果，如图17-189所示。

图17-189   使用自定义的动作

总结

本次实训进行了"动作"应用的操作训练。完成实训后，总结实际操作过程中的经验和教训，并与其他同学交流。

思考与练习

以下问题请在实际动手上机操作的基础上回答。

（1）哪些操作或命令可以作为"动作"中的步骤？

（2）如何在记录动作时暂停动作的执行，等待用户输入参数后继续？

（3）自定义动作时应把握好哪些要领？

第18章　　Photoshop CS4综合实训

通过第14章的基础实训，读者已经初步掌握Photoshop CS4的主要功能和基本使用方法。但是，无论Photoshop CS4的功能多么强大，它都只是一种用于辅助创意设计的工具。要真正创作出富有创意和艺术性的实用作品，需要将Photoshop CS4的操作技能与实用图像处理的方法及平面设计理念融为一体，必须强化平面设计的专业技能训练，培养综合运用理论知识分析和解决实际问题的能力，实现由理论知识向操作技能的转化。为此，本章提供一些实训参考选题，读者可以根据实际需要选择其中的部分项目，严格按要求进行实际操作实训，尝试制作出具有文化性、新颖性、观赏性和艺术性的作品。

实训目的

Photoshop CS4综合实训的主要目的如下：
（1）进一步巩固、深化和扩展理论知识及平面设计的专业技能。
（2）系统掌握平面作品的创意构思方法。
（3）熟练掌握Photoshop CS4的基本操作和具体应用技能。
（4）学会收集整理各种素材资料。
（5）培养综合运用所学的理论知识和技能解决平面设计过程中所遇到的实际问题的能力及其基本工作素质。
（6）培养理论联系实际的工作作风、严肃认真的科学态度以及独立工作的能力。

实训参考选题

实训时，可从下面的参考选题中选择部分项目进行设计，也可以根据自己的爱好自拟其他选题。

1. 特效文字设计

不使用素材图像，直接用Photoshop CS4制作特效文字作品，如金质字、铜雕字、铁质字、雕刻字、环绕字、光晕字、投影字、流星字、霓虹灯字、火焰字、石块字、水晶字、玻璃字、塑料字、飘带字、反白字、泡泡字、立体字、花粉字等。

2. 特效材质纹理设计

不使用素材图像，直接用Photoshop CS4制作一些特效材质纹理作品，如金属纹理、木纹、水纹、火纹、石纹、布纹等。

3. 卡通形象设计

不使用素材图像，直接用Photoshop CS4制作生动的卡通形象作品，如动物卡通、人物卡通、童话卡通、公众形象卡通、生肖卡通等。

4. 漫画设计

不使用素材图像，直接用Photoshop CS4制作一些漫画作品，如技击漫画、体育漫画、儿童漫画、科幻漫画、历史漫画、公益漫画、商业漫画等。

5. 艺术绘画效果设计

不使用素材图像，直接用Photoshop CS4制作一些仿艺术绘画作品，如速写、国画、油画、水彩画、彩色蜡笔画、钢笔画、素描、水粉画、壁画等。

6. 实物造型设计

不使用素材图像，直接用Photoshop CS4绘制一些实物造型，如笔记本电脑、苹果、西瓜、光盘、烟缸、篮球、手表、汽车等。

7. 企业形象设计

为一家儿童食品生产企业设计一套企业视觉识别（VI）系统，包括图形标志、标准字、基本规范组合、标准色、吉祥物、旗帜、办公事务用品（名片、信封、信纸、便笺、留言条、笔记本、会议席位牌、文件夹、证件、胸卡、财务报表）、宣传用品系统（贺卡、礼品手提袋、雨伞、钥匙牌、T恤衫、领带夹、打火机、徽章、茶具、挂历、企业宣传册）、员工服装饰系统（白领装、蓝领装、圆领衫、T恤衫、保安人员装饰）、运输系统、标识符号指示系统等。

8. 包装设计

使用Photoshop CS4设计制作产品外包装展开图和包装效果图，如药品包装盒、日用品包装袋、文化用品包装盒、玩具包装盒、服装包装盒、礼品包装盒、化工产品包装袋、钟表照相器材包装盒、儿童用品包装袋、电子产品包装盒、体育用品包装盒等。

9. 装帧设计

使用Photoshop CS4设计制作某种杂志封面及版式、画册封面及版式、图书封面及版式、光盘封面及盘面等。

10. 广告设计

为一家企业设计制作一套平面广告，如报纸广告、杂志广告、户外广告、交通广告、POP广告、商业海报、DM广告等。

实训要求

综合实训的要求如下：

（1）实际动手制作作品前，必须对要制作的作品进行认真分析，拟定创意设计方案。

（2）收集好所需的文字资料、图像资料和其他素材。

（3）为便于图像修改，应规划好制作所需的图层。

（4）作品要具有一定的艺术美感，能给观众较大的视觉冲击。

（5）设计理念应新颖独特，布局精巧，出人意料，呈现效果要令人赞叹。

（6）要充分发挥主观能动性、独立思考、努力钻研、勤于实践、勇于创新。

实训报告要求

作品制作完成后，应认真完成综合实训报告，全面总结实训工作，全面反映在综合实训过程中所做的主要工作及取得的主要成果，以及设计体会。综合实训报告主要内容包括：

（1）作品的主题说明。

（2）作品的创意思路。

（3）作品的设计风格。

（4）作品的主要制作过程和样图。

（5）设计制作的心得及体会。

附录A　部分习题参考答案

第1章　电脑平面设计入门

选择题

（1）D　　　（2）C　　　（3）B·　　（4）A　　　（5）C·

填空题

（1）数字化后　　（2）指令集合　　（3）像素

（4）像素大小　　（5）数量

第2章　Photoshop CS4应用初步

选择题

（1）C　　　（2）B　　　（3）A　　　（4）D　　　（5）B

填空题

（1）工具选项栏　　（2）【Shift】+【Tab】组合键　　　（3）【视图】

（4）状态栏　　（5）新建，保存

（6）组织、浏览、查找和管理本地磁盘和网络驱动器中的图像文件

（7）像素/英寸　　（8）标尺、网格和参考线

第3章　创建和编辑选区

选择题

（1）C　　　（2）D　　　（3）C　　　（4）A　　　（5）D

填空题

（1）选择方式，羽化、消除锯齿和样式　　（2）"调整边缘"　　　（3）45

（4）徒手描绘选取范围　　　（5）圆形画笔笔尖　　　（6）相近的色素

（7）变换手柄　　（8）相似的颜色

第4章　绘制和修饰图像

选择题

（1）D·　　（2）B　　　（3）A　　　（4）B

（5）B　　　（6）C　　　（7）B　　　（8）C

填空题

（1）毛笔，柔和边缘，棱角突出、无边缘发散效果

(2)【颜色替换工具】

(3)"历史记录"面板中记录的某种历史状态

(4)指定源状态

(5)使用绘画工具绘出的图像颜色，图层的底色

(6)魔棒工具

(7)【仿制图章工具】

(8)【污点修复画笔工具】

(9)像素和光源

(10)背景色，同色调，所有相近

(11)类似于用毛笔在未干的油墨上拖过

(12)曝光过度

(13)色彩饱和度

第5章 编辑图像

选择题

(1)C　　　(2)B　　　(3)B　　　(4)A　　　(5)D

填空题

(1)新的　　　　　　　(2)可见图层　　　　　　(3)背景色

(4)图像或文字　　　　(5)"宽度"、"颜色"、描边位置

(6)某些不需要保留　　(7)背景层

(8)当前图层或选区内　(9)内容识别缩放

第6章 应用图层

选择题

(1)C　　　(2)A　　　(3)D　　　(4)C　　　(5)A

填空题

(1)分层处理和保存，一个独立的图像文件　　(2)100，0，50

(3)任何像素　　　(4)原图层中选区　　　(5)普通

(6)关联　　　　　(7)分组　　　　　　(8)填充

(9)全局光　　　　(10)像素的混合方式　(11)填充

(12)非破坏性

第7章 文字和矢量图形的编辑处理

选择题

(1)B　　　(2)A　　　(3)D　　　(4)C　　　(5)C　　　(6)D　　　(7)B

填空题

(1)【横排文字工具】或【直排文字工具】，文字格式

（2）点，段落，沿路径   （3）外框的尺寸

（4）"消除锯齿方法"   （5）左右排列（水平）和上下排列（垂直）

（6）【文字变形】   （7）临时路径

（8）贝塞尔曲线   （9）【转换点工具】

（10）包含像素

第8章　调整图像色彩

选择题

（1）B   （2）D   （3）C   （4）C

（5）A   （6）C   （7）B   （8）A

填空题

（1）品质和色彩参数   （2）【吸管工具】，颜色取样器

（3）颜色   （4）其下方图层

（5）图像亮度强弱的指数   （6）线段

（7）饱和度   （8）CMYK

（9）印刷色   （10）色彩平衡、对比度和饱和度

（11）0   （12）亮度值

第9章　通道及其应用

选择题

（1）C   （2）A   （3）B   （4）C

填空题

（1）洋红，黑色   （2）复合，颜色信息，专色，Alpha

（3）"非彩色"，选区   （4）Alpha

（5）蒙版区和非蒙版区   （6）印刷色（CMYK）

（7）目标通道或新通道

（8）【应用图像】，源图像与目标图像有相同的像素大小

第10章　蒙版及其应用

选择题

（1）C   （2）D   （3）A   （4）D   （5）D   （6）A

填空题

（1）显示程度   （2）缩览图

（3）剪贴蒙版   （4）附加控件，蒙版边界

（5）【矢量蒙版】   （6）临时蒙版，选区

（7）Alpha

第11章 滤镜及其应用

选择题

(1) D (2) C (3) A (4) A
(5) D (6) C (7) B (8) D

填空题

(1) 省略号

(2) 管理和设置滤镜

(3) 【编辑】|【渐隐】

(4) 平面

(5) 产生艺术绘画效果

(6) 柔化

(7) 扭曲和变形处理，"镜头校正"

(8) 更为明显

(9) 前景色和背景色

(10) 材质

(11) 单元格

(12) 亮光照在相机镜头，像素值

(13) "艺术效果"，对比度

(14) 噪点

(15) 亮度逐渐增加，扩大亮区、缩小暗区

(16) "液化"和"消失点"

(17) 设置选项

第12章 Photoshop CS4的其他功能

选择题

(1) C (2) D (3) A (4) B (5) D

填空题

(1) 命令

(2) "动作"面板

(3) 【播放选定的动作】按钮

(4) 需重复执行的一系列操作

(5) 批处理

(6) 批处理的快捷方式

(7) 自动分成多个单独的图像文件

(8) 【合并到HDR】

(9) 【条件模式更改】

反侵权盗版声明

电子工业出版社依法对本作品享有专有出版权。任何未经权利人书面许可，复制、销售或通过信息网络传播本作品的行为；歪曲、篡改、剽窃本作品的行为，均违反《中华人民共和国著作权法》，其行为人应承担相应的民事责任和行政责任，构成犯罪的，将被依法追究刑事责任。

为了维护市场秩序，保护权利人的合法权益，我社将依法查处和打击侵权盗版的单位和个人。欢迎社会各界人士积极举报侵权盗版行为，本社将奖励举报有功人员，并保证举报人的信息不被泄露。

举报电话： （010）88254396； （010）88258888

传　　真： （010）88254397

E-mail：　dbqq@phei.com.cn

通信地址：北京万寿路173信箱

　　　　　电子工业出版社总编办公室

邮　　编：100036

欢迎与我们联系

为了方便与我们联系，我们已开通了网站（www.medias.com.cn）。您可以在本网站上了解我们的新书介绍，并可通过读者留言簿直接与我们沟通，欢迎您向我们提出您的想法和建议。也可以通过电话与我们联系：

电话号码： （010）68252397

邮件地址：webmaster@medias.com.cn